Erich Mühsam

UNPOLITISCHE ERINNERUNGEN

• • • • • • •

Mit einem Nachwort von
Hubert van den Berg

Edition Nautilus

Editorische Notiz: Der Text folgt der Ausgabe von 1961, Brücken Verlag Düsseldorf, herausgegeben von der Deutschen Akademie der Künste zu Berlin.
Umschlaggestaltung: Maja Bechert

Edition Nautilus Verlag Lutz Schulenburg
Alte Holstenstraße 22 · D-21031 Hamburg

1. Auflage 2000 · ISBN: 3-89401-356-7
Printed in Germany

www.edition-nautilus.de

SOLL MAN MEMOIREN SCHREIBEN?

Was, zum Teufel, gehen eigentlich andere Leute meine Erlebnisse an?! Du hast, sagen meine Freunde, mehr erlebt als die meisten; du solltest, wo du jetzt an die Fünfzig herankommst, deine Memoiren schreiben.

Mehr erlebt? Niemand erlebt mehr als ein anderer; jeder erlebt im Maße der Zeit, und dieses Maß hat nur *eine* Eichung, faßt nicht verschiedene Mengen. Ich habe nicht mehr erlebt als die meisten. Ich habe erlebt wie alle Menschen meines Alters: vom Morgen zum Abend und vom Abend zum Morgen, im Wachen und im Schlafen, im Gehen, Stehen und Sitzen, im Arbeiten und im Träumen, im Spiel, in der Liebe und im Kampf. Ich habe anderes erlebt als die meisten – das wird wohl wahr sein. Kommt es darauf viel an? Etwas vielleicht. Es kommt an auf die Intensität des Erlebens, auf die Beteiligung von Geist und Seele am äußeren Geschehen, auf Impuls und Heftigkeit der Mitwirkung an Leben und Erlebnis. Es kann aber nicht Sache des Memoirenschreibers sein, zu bestimmen, mit wieviel Kraft sein seelischer Motor läuft. Über die Richtung der Erlebnisse, in die mein Temperament mich drängte, kann ich aussagen, nicht über den Grad der Wallungen, die die Erlebnisse bewirkten. Den mögen die Nekrologe post mortem ermessen an Hand der kontrollierbaren Niederschläge des Charakters, der Gedichte und Aufsätze, der Tagebücher und Briefe, der sichtbar gewordenen Einwirkung auf den Gang der öffentlichen Dinge, meinetwegen auch der Anekdoten, die nahe Freunde und gelegentliche Bekannte des Erzählers wert halten mögen. Wozu also Memoiren schreiben?

Es kann sein, daß nur derjenige anderes erlebt als die meisten, der anders erlebt als sie. Es liegt mir aber wenig, vor unbekannten Lesern Beichten abzulegen von meinen Freuden, Schmerzen, Gefühlen und Empfindungen, von der ganzen Art meines Reagierens auf die Erscheinungen meiner Umwelt – es sei denn in den selten gewordenen lyrischen Auslassungen, die aus dem Drange entstehen, sich selbst Rechenschaft zu geben, und die man drucken läßt – warum eigentlich?: aus Eitelkeit, literarischem Ehrgeiz, seelischem Exhibitionsdrang, der das Charakteristikum des Künstlers ist, oder – nun ja, weil bei genügendem Abstand vom lyrisch geformten Gegenstand das Gedicht seinem Autor auch unter dem Gesichtspunkt der pekuniären Ertragsfähigkeit interessant wird. *Memoiren* schreibt man gleich für andere. Daher habe ich die Frage: Was gehen andere Leute meine Erlebnisse an? besser so zu formulieren: Welche meiner Erlebnisse gehen andere Leute an? Worauf zu antworten wäre: diejenigen, die nicht meine Erlebnisse allein sind, sondern in irgendwelcher Beziehung zur Zeitgeschichte, zur Kultur und zur Kennzeichnung der Gegenwart stehen.

Es gibt noch etwas anderes zu bedenken, bevor ans Werk gegangen werden darf, rückschauend Erinnerungen zu sammeln. Memoiren schreiben heißt Inventur aufnehmen, heißt Erlebnisse registrieren, heißt einen Schlußstrich ziehen unter eine abgeschlossene Rechnung. Mir kommt es um so mehr zu, mich mit diesem Bedenken auseinanderzusetzen, als eine meiner unangenehmsten Erinnerungen, die mir bis heute als Vorwurf gegen mich selbst im Gedächtnis geblieben ist, eben mit dem Einwand gegen das Memoirenschreiben zusammenhängt, der hier zu erörtern ist. In der Einleitung des dritten Bandes seiner gesammelten Werke, die nach seinem Tode von Freunden herausgegeben wurden (bei Egon Fleischel 1907), sagt Heinrich Hart zu seinen »Literarischen Erinnerungen«:

»Als ich einige Bruchstücke dieser Erinnerungen im ›Tag‹ veröffentlicht hatte, machte ein lieber Freund die liebevolle Bemerkung: Erinnerungen pflegt man zum besten zu geben, wenn man sich am Abend seines Lebens, seine Kräfte ermatten fühlt und die produktive Epoche seines Daseins hinter sich hat. Leider werde ich wohl so boshaft sein, mit meiner Person diese Hoffnung nicht zu bestätigen, werde mich schwerlich schon jetzt vom Mitlauf und Mitringen in der großen Arena zurückziehen.«

Leider zog er sich doch recht bald nach dieser Verwahrung aus der großen Arena zurück; er starb im Juni 1906, die liebevolle Bemerkung, die er zitiert, hatte ungefähr 1904 im *Magazin für Literatur* gestanden, der liebe Freund aber, der sie gemacht hatte, war ich. Ich hätte sie ihm bestimmt abgebeten, wenn die Zeit ihr Gras statt über Heinrich Harts Grab über die keineswegs wichtigen Verstimmungen hätte wachsen lassen, die der Anlaß meiner Bosheit waren. Mögen denn jetzt nach mehr als zwanzig Jahren seine Manen die Abbitte entgegennehmen, die ich gern und dankbar leiste, denn Heinrich Hart war derjenige, der mich bei dem Ursprung aus dem bürgerlichen Beruf eines Apothekergehilfen ins Ungewisse dessen, was mir Freiheit schien und was sich auf dem schwanken Grunde der erwerbsmäßigen Schriftstellerei aufbauen sollte, ermutigte und förderte und mir so lange ein selbstloser und guter Berater war, bis mein Enthusiasmus für die von ihm und seinem Bruder Julius Hart begründete »Neue Gemeinschaft« verflogen war und mein rebellisches Temperament mich steinigere Wege aufsuchen ließ. Sachliche Differenzen wuchsen sich zu persönlichen aus, wobei mir Unrecht geschah, was ich sehr schwernahm. Meine Rache aber schoß in die verkehrte Ecke auf Heinrich Hart, der an den Stänkereien gegen mich, die ich damals für Intrigen und noch Ärgeres hielt, gar keinen Anteil hatte. Sollte es also dazu kommen, daß ich meine Memoiren doch schreibe, so sei das Schuldkonto gegen den ersten Mentor meines literarischen Lebensweges gleich anfangs aufgezeigt und durch ein lautes Peccavi! zu begleichen versucht. Von Heinrich und Julius Hart und von der »Neuen Gemeinschaft« wird dann noch mancherlei Friedliches zu erzählen sein.

Was ich aber als Sechsundzwanzigjähriger in Bitterkeit und um zu verletzen schrieb, hat das nicht, losgelöst von allem Persönlichen, dennoch seine volle Berechtigung? Ich finde: ja. Man kann nicht mitten »in der großen Arena« im »Mitlauf und Mitringen« einhalten, geruhsam Platz nehmen, am Bleistift lecken und jede Kurve des Wettlaufs, jeden Griff des Ringkampfs notieren, um sofort wieder in die Hände zu spucken und weiter zu starten. In der Tat habe ich Aufforderungen, ich solle Erinnerungen schreiben, aus der Buntheit und Fülle meiner Begegnungen und Abenteuer ein Buch schaffen – und solche Anregungen sind schon früher oft an mich herangetreten – noch immer mit dem Einwand abgewiesen, ich sei *noch nicht fertig* mit meiner Biographie, das Material sei noch nicht beisammen, ich stecke noch mitten drin im Erleben.

Selbst in der mehr als fünfeinhalbjährigen bayerischen Gefangenschaft, die mir die Muße zu solcher Arbeit viel leichter gewährt hätte als zu großen literarischen Unternehmungen anderer Art, zu denen ich dank der Behinderungen durch den Strafvollzug die Konzentration nicht fand — selbst in Niederschönenfeld konnte ich mich nicht dazu entschließen, Memoiren zu schreiben. Dazu brachte gerade dort jeder Tag zu heftige Erregungen und seelische Erschütterungen; dazu stand auch der Aufenthalt in der Festung in zu enger Verbindung mit den Vorgängen, die mich hineingebracht hatten und die immerhin den bewegtesten Teil meiner Erlebnisse ausmachen. Die Erlebnisse, die ich zu Memoiren sortieren sollte, waren noch brausende Gegenwart, die Gegenwart aber läßt sich nicht in Erinnerungen zerlegen.

Die Arena des politischen Kampfes, des Meinungskampfes, hat mich bisher nicht freigegeben, wird mich auch nie freigeben, solange nicht Ziele erreicht sind, die nicht die Ziele der Leser dieser Bekenntnisse sind. *Politische* Memoiren denke ich somit in absehbarer Zeit nicht zu schreiben. Vielleicht werde ich einmal im Rollstühlchen sitzen, müde, runzlig und resigniert – dann mag meinetwegen auch auf dem Gebiet des sozialen Geschehens der erzählende Schriftsteller den Agitator, Propagandisten und auf öffentliches Wirken bedachten Menschen ablösen. Die Frage erhebt sich: Läßt sich Leben und Schicksal eines in verschiedenen Bezirken geistiger Regsamkeit tätigen Individuums im Ausschnitt betrachten? Kann ich den Teil meiner Daseinsbemühungen, der um Wandlung von Welt und Gesellschaft geht, herausnehmen aus meinen Erinnerungen und Rückschau halten nur auf Begebenheiten, die außerhalb des politischen Kampfplatzes geschahen? Ich glaube, das wird möglich sein. Gerade meine Vergangenheit lief viele Jahre auf zwei getrennten Geleisen, und wenn die Schienen auch manchmal einander eng berührten oder selbst schnitten, so war ich doch streng bedacht, die Züge, deren einen ich als Passagier benutzte, deren anderm ich die Weichen zu stellen strebte, nicht aneinanderfahren zu lassen.

Ich galt ja wohl lange Zeit als »Prototyp eines Caféhausliteraten«, und doch war es für niemanden ein Geheimnis, daß ich in Arbeiterzirkeln verkehrte, mit Zettelverteilung und Hauspropaganda Kleinarbeit tat, an Gruppenabenden Vorträge und in öffentlichen Versammlungen Agitationsreden hielt. Ich stand als Angeklagter in politischen Prozessen vor dem Strafrichter, und jeder wußte, daß ich im Privatleben unter Künstlern zigeunerte, in Kabaretts lustige Gedichte, Schüttelreime und allerlei Bosheiten vortrug, mich in Berlin, München, Zürich, Genf, Florenz, Paris, Wien herumtrieb, in fidelen Ateliers, ein Mädel auf dem Schoß, schlechte Witze riß, mit den zeitlosen Schwärmern der Boheme, wie dem prachtvollen Friedrich von Schennis, ganze Nächte durch zechte und mit vielen berühmten Leuten, die ich – nicht immer bloß für mich – anpumpte, befreundet war.

»Sie reiten stehend auf zwei Gäulen«, sagte mir einmal Frank Wedekind, »die nach verschiedenen Richtungen streben; sie werden Ihnen die Beine auseinanderreißen.« – »Wenn ich einen laufen lasse«, erwiderte ich, »verliere ich die Balance und breche mir das Genick.«

Heute stimmt das Bild nicht mehr. Krieg, Revolution, Gefängnis, nahes Mitleben schwerer Schicksale, tiefgehende Veränderungen der Umwelt, daneben auch wohl das Nachlassen der physischen Elastizität, wachsende Neigung zur Regelmäßigkeit und die Schaffung eines eigenen Hausstandes haben meinem Lebensritt das Zirkusmäßige abgewöhnt.

Wenn mich mein Gefühl nicht täuscht, sitze ich nun fest im Sattel, wenn auch gerade auf dem Pferd, von dem Wedekind mich gern befreit gesehen hätte; das andere, das geflügelte, führe ich neben mir an der Trense und lasse mich nur in Feierstunden von ihm tragen. Ihr Futter aber erhalten beide aus derselben Krippe.

Ich blicke zurück. Hinter mir liegt das Caféhaus, die Boheme, der ungefegte Ballsaal des sorglosen Lebensspiels: Erinnerung – schöne, frohe, liebenswerte Erinnerung; aber keine Sehnsucht nach dem Vergangenen; keine Spur eines Zurückverlangens nach jenen Freuden und Gefahren des Zigeunertums. Das ist vorbei; das liegt hinter mir – endgültig. So wäre denn wohl nichts mehr dagegen einzuwenden, in diesem Teil meiner Vergangenheit, von dem der Gegenwart kaum etwas mehr gehört, zu graben. Ein paar hübsche Anekdoten werden dabei jedenfalls zutage kommen, ein paar Lichter werden auf die Charakterbilder von Menschen fallen, die ihrer Zeit von ihrem Geiste gaben; ein paar Persönlichkeiten, zu Unrecht vergessen oder verkannt, werden aus dem Schatten gehoben werden. Vielleicht lohnt es wirklich, im Gedächtnis zu wühlen und einige Kleinigkeiten zusammenzutragen, von denen dies und jenes späterhin einmal einem fleißigen Seminaristen als Beitrag zu seiner literarhistorischen Doktordissertation dienen mag.

Unpolitische Erinnerungen eines politischen Menschen! Aber warum soll ein Ackerbauer nicht, ehe das Korn schnittreif ist, die Blumen holen aus seinem herbstelnden Garten? Die Arbeit auf dem Felde wird darum doch getan.

Ich soll Memoiren schreiben? Ich werde euch, meine Freunde, hin und wieder ein paar Blumen aus dem Garten holen. Aber ich habe, wenn auch die Fünfzig bald da sind, auf meinem Ackerfelde noch viel zu tun.

LATENTE TALENTE

Heutzutage führen in bürgerlichen Häusern verliebte Mütter sorgfältig Tagebuch über die frühen Ausstrahlungen des unverkennbaren Genies ihres Lieblings. Der arglose Besucher freut sich an der natürlichen Aufgewecktheit des spielenden Kindes und bekommt plötzlich zu Kaffee und Kuchen eine Sturzflut noch nicht dagewesener Beobachtungen, Randbemerkungen, kritischer Betrachtungen, psychologischer Finessen, dazu stoßweise Zeichnungen, Gedichte und sonstige Wunderwerke des kleinen Phänomens serviert. Man glaubt dann wirklich, den großen Philosophen, Dichter, Maler oder Reformator der künftigen Menschheit vor sich zu sehen und läßt sich erst nach genossener Gastfreundschaft auf dem Nachhausewege von dem Gedanken ernüchtern, daß, seit das Buchführen über die geistigen Emanationen der Kinder in Mode geraten ist, reichlich viele latente Genies auf den Tummelplätzen der öffentlichen Anlagen aus Sand Kuchen backen. Sicherlich wird es den Kindern selbst später ganz nützliche Dienste leisten, daß die Eltern recht zeitig beobachtet haben, in welche Richtung die Anlagen des Sprößlings streben, und da die Vorurteile gegen künstlerische Berufe bei der zur Zeit Kinder erziehenden Generation ja einigermaßen geschwunden zu sein scheinen, da andrerseits die Registrierung der kindlichen Gescheitheiten zumeist doch nur in Kreisen üblich ist, die dem Nachwuchs die freie Berufswahl leisten können, so wird dadurch manchem jungen Menschen mancher Stein aus dem Wege seiner Entwicklung geschafft sein.

Früher war das anders. Die Eltern, die ihre Kinder zu

ehrengeachteten Mitgliedern der Gesellschaft heranzuziehen trachteten, worunter sie die rechtschaffene Ausübung eines solid-bürgerlichen Berufes verstanden, der nach Absolvierung einer Reihe von Studien- oder Avancementjahren seinen Mann komfortabel zu ernähren vermöchte, bewunderten zwar auch oft kluge Fragen und niedliche Antworten der Kleinen mit viel Stolz, schätzten aber die Bekundung besonderer Talente erheblich niedriger ein als artiges Betragen und ließen die Beschäftigung mit Bleistift oder Tuschkasten und das Fabrizieren gereimter Geburtstagswünsche als Kinderspiel neben dem Häuserbau mit Holzklötzchen und dem Aufstellen der Bleisoldatenheere gelten. Traten beim heranwachsenden Schulkind dergleichen Neigungen mit dem Fanatismus der Monomanie zutage, dann begann ein erst stiller, allmählich offener energischer Kampf dagegen. Die frühreifen Produktionen wurden ignoriert, herabsetzend kritisiert, endlich mit Unterdrückungsmaßnahmen als Extravaganzen systematisch niedergehalten. Es entstanden Konflikte, die sich oft genug zu Tragödien auswuchsen. Fast alle meine Altersgenossen, die von einem übermächtigen Drang zur Besonderheit aus den Bezirken bürgerlicher Wohlhäbigkeit und damit aus dem Zusammenhalt ihrer Gesellschaftsklasse gerissen wurden, wissen davon ein Lied zu singen.

Ich erinnere mich eines Abends im alten »Café des Westens« am Künstlertisch, der vollbesetzt war. Schriftsteller, Maler, Bildhauer, Schauspieler, Musiker mit und ohne Namen saßen beisammen; da warf Ernst von Wolzogen die Frage auf, wer von uns konfliktlos und in Eintracht mit seinen Angehörigen zu seiner Lebensführung als Künstler gekommen sei. Es stellte sich heraus, daß wir allesamt, ohne eine einzige Ausnahme, Apostaten unserer Herkunft, mißratene Söhne waren.

Es wäre wahrscheinlich sehr verkehrt, nun zu meinen, Genialität bedürfe zu ihrer künstlerischen Entfaltung des Familienkrachs. Zunächst beweist die Wahl eines künstlerischen Berufs, auch wenn sie gegen noch so heftigen Widerstand der Eltern erfolgt ist, noch nichts für die Berufung zur Kunst. Es gibt arge Stümper und Kitscher, sogar fürchterliche Philister unter denen, die den Bruch mit ihrer ganzen Sippe auf sich nahmen, um zu tun, was sie nicht lassen konnten. Des weiteren aber wurzelt in zahlreichen Fällen – sehr möglich, daß hierher auch mein eigener Fall gehört! – der familiäre Konflikt weniger in der vom stürmenden Jüngling erkannten Notwendigkeit, zur Bereitung seiner der Menschheit zugedachten unsterblichen Werke ausschließlich der künstlerischen Mission zu leben, als umgekehrt in dem von den Erziehern richtig gewitterten Hang, sich aus der entsetzlichen Uniformität einer an regelmäßige Arbeitsstunden gebundenen Tätigkeit ins Künstlertum zu drücken. Der kürzlich an den Folgen eines brutalen Hakenkreuzlerüberfalls verstorbene witzige Philosoph Dr. Gregor Itelsohn erwiderte einmal einem frisch im Café gelandeten jungen Mann, der sich auf Befragen als Schriftsteller bezeichnet hatte: »Ja, so nennt man das ja wohl, wenn man für sein Nichtstun einen Namen haben will.« Gewiß ist, daß die Einbildung, ein Dichter oder Maler zu sein, den Dichter oder Maler noch nicht macht – auch dann nicht, wenn die kleinen Talentproben, über die jeder aus dem bürgerlichen Milieu Ausgesprungene verfügt, die latente Künstlerschaft zu bestätigen scheinen.

Was den Künstler ausmacht, ist, neben der angeborenen Veranlagung, Gesehenes, Erdachtes und Erlebtes zu formen: Gesinnung, Fleiß und das Streben nach einem Weltbild. Wirklich tragische und unüberwindbare Künstlerkonflikte, die grundverschieden sind von privaten Differenzen mit der Umwelt, ergeben sich fast nur aus dem Fehlen einer dieser Eigenschaften. Selbstverständlich ist besonders der Mangel an Fleiß in zahllosen Fällen begründet im Mangel an materiellen Mitteln, und ich kenne keine widerwärtigere Weisheit als die, daß Not und Entbehrung geniebefördernde Antriebsmotoren sein sollen. Übrigens habe ich, sooft er mir auch begegnet ist, den Trostspruch niemals von anderen Leuten gehört als von kunstfremden Banausen oder gehemmten Mäzenaten, deren eigener Leib zeitlebens von Not und Entbehrung verschont geblieben ist. Dagegen bedingt das Vorhandensein aller Voraussetzungen echter Künstlerschaft durchaus nicht immer die Klarheit des begnadeten Individuums über das Gebiet seines Könnens und seiner Berufung. Goethe ist mit seinem Jugendwahn, sein Genie habe ihn zum Maler bestimmt, keine Ausnahmeerscheinung. Künstler, die sich verschiedenen Musen ergeben haben, beweisen nichts für die onkelhafte Lehre, wer in mehreren Künsten brillieren wolle, könne in keiner etwas leisten; sie beweisen nur, daß Künstlerschaft im Drange zu metaphorischem Ausdruck in Erscheinung tritt, nicht in der Zufälligkeit einer formalen Begabung. Gerhart Hauptmann (den ich merkwürdigerweise persönlich nie kennengelernt habe; wir hätten wohl auch wenig miteinander anzufangen gewußt) war meines Wissens zuerst Bildhauer; die Schauspieler Friedrich Kayßler und der achtzigjährige Aloys Wohlmuth in München dichten, Albert Steinrück malt; Lovis Corinth schrieb ausgezeichnete deutsche Prosa, und Rudolf Levy, der Maler, dessen sonores Organ das Pariser »Café du Dôme« von heimatlichen Klängen erzittern läßt, schreibt Verse, an deren graziöser Laszivität der alte Aretino seine Freude gehabt hätte. Ein paar Jahre vor Kriegsausbruch besuchte ich einmal auf der Durchfahrt durch Weimar Johannes Schlaf. Da zeigte er mir Bleistiftskizzen, Federzeichnungen und Pastellbildchen aus seiner Jugendzeit, die in ihrer künstlerischen Feinheit und zarten Sorgfalt das Heranreifen eines bedeutenden Malers hätten erwarten lassen. Aus dem latenten Talent erwuchs dann aber die dichterische Kraft, die im »Frühling« und den übrigen an Walt Whitman geschulten meisterhaften lyrischen Kleinmalereien seiner Skizzen und Romane Gestalt gewann.

Was meine eigene künstlerische Laufbahn betrifft, so habe ich allerdings Zweifel darüber, wohin ich durch Neigung und Fähigkeit gehöre, niemals kennengelernt. Ich glaube, ich habe Verse gemacht, ehe ich schreiben und lesen konnte. Als Elfjähriger dichtete ich Tierfabeln, verdiente mit knapp sechzehn Jahren in der Woche drei Mark, indem ich – in ängstlicher Heimlichkeit vor Eltern und Geschwistern – für den Komiker eines Lübecker Zirkus-Variétés regelmäßig die letzten lokalen und politischen Aktualitäten in seine Couplets hineinwob, und verfaßte als Sekundaner das übliche Gymnasiasten-Drama in fünf aus je mindestens drei Vorhangszenen bestehenden Akten in fünffüßigen Jamben mit gereimten Kraftstellen und Aktschlüssen; es hieß »Jugurtha«, hielt sich in seinem Verlauf eng an Sallusts Beschreibung und ließ zuletzt den trotzigen König von Numidien auf offener Szene im Kerker verhungern. Mit siebzehn Jahren flog ich aus dem Lübecker Katharineum heraus, weil ich den Direktor und einige Lehrer in anonymen Berichten an die sozialdemokratische Zeitung bloßgestellt hatte, was die feierliche Bezeichnung »sozialistische Umtriebe« erhielt, und entfaltete, nach einjährigem Besuch des Gymnasiums in Parchim in Mecklenburg in die Vaterstadt zurückgekehrt, als Lehrling der Adler-Apotheke in Gemeinschaft mit meinem Freund, dem damaligen Unterprimaner Curt Siegfried, eine lebhafte Tätigkeit als ungenannter Artikelschreiber für sämtliche Lübecker Tageszeitungen.

Wir verlangten mehr und größere Volkslesehallen, forderten und erreichten allsonntägliche Demonstrationsvorträge im Museum an Hand der ausgestellten Gegenstände, setzten die Schaffung eines Zoologischen Gartens durch und leisteten unser Meisterstück mit der Rettung des zum Abriß bestimmten ältesten Unterbaues eines Lübecker Gebäudes, der Löwen-Apotheke. Eines Sonntagmorgens standen in fünf lübeckischen Zeitungen fünf verschiedene Artikel, die die erschrockenen Landsleute von der Absicht unterrichteten, die alte Stadt eines ihrer wertvollsten Baudenkmäler zu berauben, und zu allgemeinem Protest aufriefen. Der Freund hatte mir tags zuvor die Mitteilung gebracht, und ich setzte mich hin, schrieb meine fünf Aufsätze bis kurz vor Mitternacht, und Siegfried gelang es, in sämtlichen Redaktionen, deren jede natürlich glaubte, die erste und einzige Alarmbläserin zu sein, die Aufnahme noch in der Frühnummer durchzusetzen. Die Wirkung war erstaunlich. In zwei Tagen schon hatte sich ein Komitee zur Erhaltung des Hauses gebildet, der schon angesetzte Termin für die Abrißarbeiten wurde inhibiert; die Architekten erklärten, daß der Umbau der Apotheke bei Erhaltung des Unterbaues 25 000 Mark Mehrkosten verursachen werde, die »Gesellschaft zur Beförderung gemeinnütziger Tätigkeit« rief auf, die Summe durch eine Kollekte herbeizuschaffen, und in wenigen Tagen war das Geld beisammen. Alles freute sich, nur mein Lehrchef, dem dieses Mal meine Aktivität nicht verborgen geblieben war, ärgerte sich, da sich die Angelegenheit doch als schöne Reklame für die Konkurrenz-Apotheke anließ.

Meine Tätigkeit war in diesem einen Falle über das anonyme Artikelschreiben hinausgegangen. So kam es, daß ich während meiner Dienstzeit in der Apotheke den Besuch des Vorsitzenden des »Vereins zur Hebung des Fremdenverkehrs« empfing, daß der Lehrling von Senatoren und anderen Honoratioren antelephoniert wurde und sich allerlei Ungewöhnliches in der Apotheke zutrug. Unter den Konferenzen, die in der Affäre der Löwen-Apotheke mit mir und Curt Siegfried gepflogen wurden, fand eine statt, zu der uns der Vorsitzende der Gemeinnützigen Gesellschaft eingeladen hatte; das war ein Landrichter namens Neumann. Er ist später Senator und Bürgermeister von Lübeck gewesen und ist identisch mit dem im vorigen Jahre zur Berühmtheit gelangten Reichskanzlerkandidaten des Justizrates Claß.

In dieser Zeit, 1898, 1899, wurden die ersten Gedichte und Artikel auch außerhalb des heimatlichen Umkreises und mit meinem Namen gedruckt. Einer der ersten, die Aufsätze sozialkritischen Inhalts von mir veröffentlichten, war Hans Land in seiner Wochenschrift *Das neue Jahrhundert*; Gedichte erschienen – mir scheint, erst etwas später – in der Münchener *Gesellschaft*. Damals trat ich auch, immer in Verbindung mit Curt Siegfried, in persönlichen Verkehr mit dem Lübecker Journalisten- und Schriftstellerverein, und als dort einmal Maximilian Harden einen Vortrag gehalten hatte, an den sich ein geselliges Beisammensein anschloß, ließ ich meine erste Rede vom Stapel, indem ich den Gast im Namen der geistigen Jugend Lübecks begrüßte. Harden hat sich viele Jahre später noch im Gespräch mit mir an das Zusammensein mit dem Primaner und dem Apothekerlehrling erinnert.

Curt Siegfried hat leider früh geendet. Er entschloß sich, nach Absolvierung des Gymnasiums Jura zu studieren. Die Flohknackerei der Rechtswissenschaft und das studentische Treiben mißfielen ihm gleichermaßen. 1901 waren wir in Berlin viel zusammen. Für meine mehr und mehr der Arbeiterbewegung zuneigenden Interessen brachte er gar kein Verständnis auf, wie er, der um mehrere Jahre jüngere, schon mein abruptes Fortstoßen der bürgerlichen Existenzgrundlage kopfschüttelnd mißbilligt hatte. Er selbst fand jedoch, obwohl er materiell sorglos gestellt war und bei einer gütigen und verständnisvollen Mutter in allen Launen und Absonderlichkeiten einen Rückhalt hatte, überhaupt keine Basis im Leben. Höchstes künstlerisches Verlangen setzte sich um in bare genießerische Rezeptivität. Was irgend an moderner Literatur zu erreichen war, fraß er förmlich in sich hinein, blieb endlich bei Oscar Wilde hängen und gefiel sich in der Rolle eines Dorian Gray. Er kleidete sich in übertriebene Eleganz, trug stets eine große Chrysantheme im Knopfloch und gab sich müde und blasiert. Den letzten Versuch, in neuer Umgebung die Beziehung zum Leben und zu seinem Studium wiederzufinden, machte er in München; vergeblich. Eines Tages, im Juli 1903, kam unser gemeinsamer Schulfreund, Gustav Radbruch, der spätere Reichsjustizminister, damals Referendar, zu mir und brachte mir die Mitteilung, daß sich Siegfried in München erschossen habe. Schmerz um seinen Tod habe ich erst in nachträglicher Reflexion empfunden, obgleich ich an diesem Freunde sehr hing. Im ersten Augenblick sagte ich nur: »Es war wohl für ihn das richtigste.«

Curt Siegfried – das war für mich immer ein Schulfall des künstlerischen Menschen, bei dem es zur Künstlerschaft nicht reicht. Es fehlte die Leidenschaft einer gefügten Gesinnung, von der allein das Streben nach einem Weltbild kommen kann. Eine genialische Natur verlor sich in Resignation und Ästhetizismus. Dennoch. Ich danke ihm viel, seiner Freundschaft und seiner oft verblüffend scharfsinnigen Kritik, die um so wertvoller war, weil sie aus reinem und neidlosem Herzen kam. Hier unterschied sich Siegfried von andern verhinderten Künstlern, von den latenten Talenten, denen es am Wichtigsten gebricht, wenn schon sonst die Bedingungen zum Künstlertum gegeben sind – an Fleiß. Das ist ein Mangel, der die trüben Eigenschaften im Charakter hochtreibt, am meisten den Neid. Laßt ein Theater ein Stück, einen Verleger ein Buch annehmen, laßt womöglich den materiellen Erfolg der Arbeit eines Caféhauskumpanen sichtbar werden – es bleibt kein heiler Faden an dem Autor und seinem Werk. Nur wirkliche Künstler wissen auch zu loben und sich mit andern zu freuen. Als die Latenten einmal wieder herfielen über einen Akuten, fragte Dr. Itelsohn: »Haben Sie eigentlich schon mal darüber nachgedacht, warum Ihre Dramen und Ihre Romane keinen Erfolg haben? – Das liegt nur daran, daß Sie sie gar nicht geschrieben haben!«

Es ist zu loben, daß heutzutage liebende Mütter die Klugheiten ihrer Kleinen in Tagebüchern niederlegen. Aber es ist nicht sicher, ob die versprochenen Schöpfungen der Genies jemals entstehen werden.

BOHEME

Vor zwanzig Jahren wurde schrecklich viel über den Begriff der Boheme und des Bohemiens orakelt, und ich gehörte zu denen, die sich gelegentlich in Zeitschriften um die Klärung des wichtigen Problems bemühten, ob ein Bohemien als Produkt sozialer Gegebenheiten oder als ahasverischer Menschentypus anzusehen sei, wie er, unabhängig von Zeit und Umwelt, aus dem Zwang individueller Eigenschaften entsteht. In einem Artikel, den Karl Kraus 1906 in seiner *Fackel* druckte, habe ich mich, wenn mich mein Gedächtnis nicht täuscht, im Sinne der

Auffassung ausgesprochen, daß Boheme die gesellschaftliche Absonderung künstlerischer Naturen sei, denen die Bindung an Konventionen und die Einfügung in allgemeine Normen der Moral und der öffentlichen Ordnung nicht entspreche. Wogegen ich besonders polemisierte, war die neckische Leutseligkeit, mit der die Verehrer des »munteren Künstlervölkchens« einen Taler springen ließen, um irgendwo ein gereimtes Dankeschön zu erwischen oder sich im Kreise von Malern, Dichtern und hübschen Modellen angenehm und ein wenig sündhaft unterhalten zu lassen.

Meine eigene Lebensführung entsprach so wenig den Anforderungen grundsatzfester Zeitgenossen an geregelte Ausgeglichenheit, daß das Bestreben, mich doch wie jeden Menschen irgendwo einzuordnen, nur durch die Etikettierung als Bohemien erreicht werden konnte. Die mit dieser Bezeichnung verbundenen Assoziationen werden gemeinhin von Murgers Zigeunerleben und Puccinis Oper hergeleitet, wo materielle Kalamitäten so lange mit leichtsinnigen Scherzen verpflastert werden, bis die Kunstjünger arrivieren und die Kapitulation vor sittenstrammer Moral und staatsbürgerlicher Korrektheit vollziehen. Man braucht nur an die ganz großen Bohemenaturen der Weltliteratur, etwa an Li Tai Pe oder François Villon, zu erinnern, um die Seichtigkeit solcher Vorstellungen zu zeigen. Ich habe gewiß viele recht vergnügte Stunden in Gesellschaft künstlerischer Menschen verlebt, und wir haben uns gewiß, wenn kein Geld da war, mit allerlei gewagten Mitteln zu helfen gesucht, weniger, um uns zu amüsieren, als um in häufig schlimmster Not unsere Kameradenpflicht zu erfüllen, aber daß das sozusagen organisierte Bummeln den Lebensinhalt geistig bewegter Persönlichkeiten ausgemacht hätte, dafür habe ich kein Beispiel gefunden. Weder Armut noch Unstetigkeit ist entscheidendes Kriterium für die Boheme, sondern Freiheitsdrang, der den Mut findet, gesellschaftliche Bindungen zu durchbrechen und sich die Lebensformen zu schaffen, die der eigenen inneren Entwicklung die geringsten Widerstände entgegensetzen.

Stimmt die Definition, dann habe ich nichts gegen meine Charakterisierung als Bohemien einzuwenden, dann ist aber auch klar, daß Boheme angeborene Eigenschaft von Menschen ist, die sich dadurch nicht ändert, daß der Freiheitswille nicht auf die Führung des eigenen Lebens in größtmöglicher Ungebundenheit beschränkt bleibt, sondern sich in Arbeit für die soziale Befreiung aller umsetzt. Bewußt oder geahnt – der Rebellentrotz der Fronde war bei all den Bohemenaturen lebendig, die nur je meinen Weg gekreuzt haben, ob sie sich aus dumpfen Proletarierkreisen, aus bigottischer Kleinbürgeratmosphäre, aus behütetem Bürgerwohlstand oder aus dem Museumsstaub adliger Herrenschlösser zur Freiheit der Künste und zur Geselligkeit auf sich selbst gestellter Menschen geflüchtet hatten. Ich kann nicht mit Bestimmtheit sagen und will in diesem Zusammenhange, der Beschränkung meines Themas wegen, keine Vermutung begründen, warum die Boheme von heute so gut wie völlig unsichtbar ist; denn die Meinungsbörse im »Romanischen Café« wird im Ernst wohl niemand als den Sammelplatz freier Geister, aus Protest Entwurzelter und freiwillig Abseitiger ansehen, der das alte »Café des Westens«, das Münchener »Café Stefanie«, das »Café du Dôme« in Paris und das »Café Landolt« in Genf gekannt hat, wenn auch der Schatten der einstigen Boheme in der Gestalt meines lieben alten John Höxter aus Erwerbsgründen noch Abend für Abend, ein Gruß vergangener Kulturen, durch das Industriegebiet der Intelligenz an der Gedächtniskirche geistert.

Wer sonst noch aus der Bohemezeit der »Neuen Gemeinschaft«, der »Elf Scharfrichter«, des Peter-Hille-Kreises und der nächsten zehn Jahre hineinlebt ins Gewerkel und Gemächel eines Intellektuellentums, das keine Programme entwirft, sondern sich in der Anbetung vorgefundener Programme modern dünkt – der sitzt ironisch schauend und ironisch angeschaut beiseite, fremd an einem Orte, der statt der Zuflucht der Besonderheit das Büro für originelle Effekte zu sein scheint. Ich meide, seit ich mir meine Gesellschaft wieder selber aussuchen darf, ängstlich jedes Literatencafé; ehemals suchte ich es auf, um zwischen dichterischer Arbeit und werbendem Eifer für eine Idee den Geist mit der spielerischen Akrobatik von Witz, Aperçu, Abstraktion, Kritik und schlagfertiger Bosheit elastisch zu halten, ihn mit anderen Gedanken zu beschäftigen und zu kneten, als der ernste Teil des Tages von ihm verlangte, heute, kommt mir vor, ist das Foyer zur Szene geworden, das Café zur Brutstätte eines katechisierten Radikalismus, dem es an jeder schöpferischen Radikalität gebricht. Sehe ich in dieser Umgebung wertvolle Überbleibsel der alten Boheme, wie S. Friedländer-Mynona, Lotte Pritzel, Max Herrmann-Neisse oder die geniale, ihrer ungebändigten Eruptivität halber spießerhaft belächelte Else Lasker-Schüler, wahrhaftig: so finde ich Zurückgebliebenheit und Vergreisung nicht bei ihnen und Zukunft und Erneuerung nicht bei denen, die durch ihre Hornbrillen auf ihre Antiquiertheit herabschauen.

Die Absicht, die Erinnerung an Vergangenes zu wecken, hat mich wieder zu Vergleichen mit Gegenwärtigem verführt, und nun frage ich mich besorgt, ob denn die Resultate all dieser Vergleichungen stimmen können, ob man mich nicht selbst mit Grund für zu senil halten wird, um die Wirklichkeit von heute mit der von vorgestern vergleichen zu dürfen. Bin ich schon ein zahnloser Nörgler geworden, der, den knochigen Gichtfinger erhoben, der nachwachsenden Generation nichts Besseres zu sagen hat, als: Ja, je nun, als ich noch so jung war wie ihr – das waren ganz andere Zeiten!? Bitte: Ich kritisiere weder Neues noch Künftiges – und ich weiß mein eigenes Streben voll von Neuem und Künftigem –, ich kritisiere auch das Alte nicht, sondern freue mich, daß es gewesen ist. Aber *das* kritisiere ich, daß man das Gewesene nicht als Gewesenes in Ruhe läßt, daß man die Boheme, die vor einem Vierteljahrhundert lebendig war, nicht als tot anerkennt, so tot, daß man aus ihrem Moder Memoiren ziehen kann und daß man den köstlichen Wein, für den ich selber das Kristall der Zukunft zu schleifen bemüht bin, muffig werden läßt, indem man ihn in alte Schläuche füllt. Die Boheme, derer ich mich erinnere, lebt nicht mehr, und sie wird dadurch nicht lebendig, daß von solchen, die sich heute Boheme dünken, ihre Gesten kopiert werden. Der abmessende Vergleich jedoch möge sich im ferneren aus der Belebung der Vergangenheit direkt ergeben, wenn Figuren der Boheme aus dem Nebel tauchen, die keines Vorläufers Epigonen waren: Peter Hille, Paul Scheerbart, Friedrich von Schennis, Rudolf Johannes Schmied, Margarete Beutler, Franziska zu Reventlow und viele noch, von deren Freundschaft mein Leben reicher geworden ist.

Die »Neue Gemeinschaft« ließ den sprühenden Glanz ihres Heiligenscheins rasch matt werden. Weihe in Permanenz schafft Narren, Zeloten und Spekulanten. Die Wohnung in der Uhlandstraße diente uns Jungen immerhin in den weihefreien Stunden als Klubraum zur Selbstbeköstigung. Zuerst hatten Gustav Landauer und ich uns die Erlaubnis erwirkt, dort zu kochen. Mir wurde die Erlaubnis dazu allerdings von Landauer bald entzogen, und er, der damals keine Familie hatte, übernahm die Bereitung der Mahlzeiten allein, nachdem ich einmal zur Herstellung von Omeletten alle Milch- und Eiervorräte verrührt hatte, ohne daß die Eierkuchen aufhörten zu zerbröckeln; ich hatte nämlich eine falsche Tüte genommen und statt Mehl Gips erwischt. Bald fand sich als dritter Mittagsstammgast ein Blumen- und Ansichtskartenmaler, Albert Jung, ein, und als Landauer dann zur Begründung seiner zweiten Ehe mit Hedwig Lachmann nach England abreiste, etablierten etliche junge Leute eine reguläre Tischgemeinschaft, und eine Anzahl Damen der »Neuen Gemeinschaft« übernahmen je einen Wochentag, um uns mit einem regelmäßigen Mittagessen zu versorgen. Außer mir kamen als tägliche Gäste mein Freund Eduard Wetzel, ein auf Grund etlicher lyrischer Gedichte aus einem Bankgeschäft ausgesprungener Schwärmer, dessen schwarze Augen alle Frauen bezauberten (er ist jung an einer Lungenentzündung gestorben), die Architekten Rometsch und Suppes, Woldemar Hafa, ein Christ herrnhutischer Richtung, der ebenfalls früh starb, der Maler Duphorn, die Schriftsteller und Dichter Adolf Knoblauch, Dr. Hans

W. Fischer (Dr. Frosch) und Otto Albert Schneider. Wir sollten bestimmte Verpflegungsbeiträge leisten, taten es aber selten und ließen uns recht gern von unseren freiwilligen Köchinnen gratis bewirten, am liebsten von der schönen, jungen Ludmilla von Rehren, die stets erlesene Speisen auf den Tisch stellte und in die wir samt und sonders verliebt waren.

Diese Tischgemeinschaft hatte mit Boheme herzlich wenig zu schaffen, sie war für die eigentlichen Zigeuner unter uns Verbürgerlichung, für die zu bürgerlichem Wandel Hinstrebenden so etwas wie Sturm und Drang, für uns alle eine Faute-de-mieux-Angelegenheit, die kennzeichnender für die Entwicklung der »Neuen Gemeinschaft« war als für uns. Die »Neue Gemeinschaft« selbst alterte mit unheimlicher Geschwindigkeit. Die Harts und einige der Gläubigsten erhielten sich ihren Optimismus, andere fanden sich bald enttäuscht. Denn aus dem Überschwang des Sternenfluges zu neuen Lebensformen wurde Gewöhnung und in Jugendstil, der dazumal revoltierend modern war, gekleidete Spießerei. Regelmäßig zweimal wöchentlich gab es Vortragsabende, bei denen manchmal ausgezeichnete Köpfe ausgezeichnete Gedanken entwickelten: Martin Buber z.B., noch sehr jung, aber schon priesterlich versonnen, sprach im modernen Geiste von altjüdischer Mystik, Dr. Magnus Hirschfeld erzählte von sexuellen Absonderlichkeiten, die beim Namen zu nennen damals noch grauenvoll verwegen schien, es gab sehr interessante und wertvolle Diskussionen – aber der Freiheitsdrang derer, die im »Orden vom wahren Leben« grundstürzende Erschütterung von Himmel und Erde fördern und feiern wollten, blieb ungestillt. Kritik schuf Verstimmung, und der Zorn der Eiferer wandte sich nicht gegen das Kritisierte, nicht dagegen, daß schon geistige Damen sich gewöhnten, mit Häkelarbeiten dabeizusitzen, wenn Julius Hart unsere Seelen mit All-Einheit impfte, nicht dagegen, spleenige Weltreformer zu Dutzenden in der »Neuen Gemeinschaft« ihre Traktätchen zu verhökern suchten, sondern gegen uns junge Stänkerer mit dem Eigensinn des unbestechlichen Idealismus, die wir Verwirklichung forderten und die Gemeinschaft der Vereinsversimplung anklagten.

Die Idee, auf eigener Scholle Verbindung von Arbeit und Verbrauch zu schaffen, lockte sogar Makler herbei, die mit sauber ausgerechneten Voranschlägen in der Tasche an Sonnenwendfeiern draußen in der Mark teilnahmen und zwischen Chorgesang und Weiherede ein smartes Grundstücksgeschäft anregten. Schließlich versackte die ganze Siedlungsidee in einem Kompromiß, der den Bohemecharakter des Plans, Menschen, fern von aller Konvention, ein freies Leben in selbst gewählten Formen führen zu lassen, zur komischsten Karikatur verzerrte. Statt Land zu erwerben, wurde in Schlachtensee ein Säuglingsheim gemietet, dessen Räume nach Bedarf und Zahlfähigkeit unter die Familien verteilt wurden, welche sich bereit zeigten, die Überwindung der Gegensätze durch Benutzung einer gemeinsamen Küche vorzuleben. Auch ein paar junge Adepten der neuen Weltanschauung durften mit hinausziehen; ich gehörte schon nicht mehr dazu, war aber in der ersten Zeit noch häufig als Gast draußen und sah ingrimmig und höhnend die erträumte Herrlichkeit in einem Lustspiel-Pensionat grotesken Kalibers dahinschwinden. Ein paar schöne Feste und künstlerische Veranstaltungen konnten die ursprüngliche Idee nicht retten.

Ein großes Verdienst bleibt den Brüdern Hart und ihren Schlachtenseer Gefährten: Sie richteten in einem neben dem großen Würfelbau des Sanatoriums gelegenen kleinen Wirtschaftsgebäude für Peter Hille einen netten wohnlichen Raum her, wo der Dichter bis zu seinem Tode, befreit von der Sorge um Miete und Ernährung, das Dasein gewissermaßen eines geselligen Eremiten führen konnte. Er hat dort draußen noch wundervolle Dichtungen geschaffen und erlebte unter den Föhren des dunklen Waldes beim Schlachtensee die Aufführung zweier seiner merkwürdig traumhaften, märchenzarten und bildstarken dramatischen Skizzen. Die literarische Abteilung der Berliner freien Studentenschaft hatte das Freilichtspiel veranstaltet, und ich war zusammen mit ihrem Vorsitzenden

Ludwig Rubiner ausersehen worden, Regie zu führen. Die Hauptrollen wurden von dem damaligen Studenten, dem jung gestorbenen Dichter Siegmund Kalischer, und seiner späteren Frau Beß Brenk gespielt. Die Sphärenmusik wurde von einem im Gebüsch versteckten Harmonium geliefert; das Publikum setzte sich aus der literarischen und künstlerischen Elite Berlins und massenhaft Studenten zusammen. Ich hielt eine Ansprache an das unter Bäumen gruppierte Parkett und wurde dann in der Zeitung darüber belehrt, daß man dabei nicht die Hand in die Hosentasche zu versenken habe. Heinrich und Julius Hart machten die Honneurs als Gastgeber, und Peter Hille war glücklich. Ein Photograph aber wollte ihn für ein illustriertes Blatt aufnehmen und durfte es erst, als Rubiner und ich aus dem Walde herbeigerufen waren. Denn Peter Hille erklärte, daß wir als Mittäter mit auf das Bild müßten.

Das Schlachtenseer Heim der »Neuen Gesellschaft« löste sich nach wenigen Jahren auf. Wird einmal die Geschichte der deutschen Künstlerboheme um die Jahrhundertwende geschrieben, so wird es nur Peter Hilles wegen hineingehören. Über ihn und seine Freunde wird noch in anderen Zusammenhängen zu berichten sein. Mir ist die Gestalt dieses kindlichen Weisen, der mich seiner Freundschaft gewürdigt hat, zu lieb, um die große Zahl der von ihm handelnden Anekdoten bereichern zu mögen. Wenn irgendein Mensch, der mir begegnet ist, als Genie bezeichnet werden darf, so Peter Hille. Alle Geschichten, die man von ihm erzählt, stammen aus den Eigenschaften, die sein Genie begründen, aus den gleichen Eigenschaften übrigens, die ihn als typischen Vertreter jener Boheme erkennen lassen, die unter den Wirrnissen der Gegenwart verschwunden zu sein scheint. Diese Eigenschaften, deren Personifizierung Peter Hille war, sind: Leben aus der Eingebung des Augenblicks, zeitlose Hingabe an Welt und Menschheit, Verbundenheit mit allen Leidenden im Wissen um Freiheit und Glück. Lovis Corinth hat Peter Hille gemalt: ein Porträt des Menschen, ein Bild des Dichters, ein Symbol der Boheme.

NAMEN UND MENSCHEN

Im Sommer 1900 war ich als Apothekergehilfe in Blomberg, einer kleinen lippe-detmoldischen Stadt im Teutoburger Walde, tätig. Mein Gehalt erlaubte mir das Halten zahlreicher Zeitschriften und die Anschaffung der Bücher, die ich darin empfohlen sah. Der geistige Ertrag der Lektüre wurde in den Briefen zu verarbeiten versucht, die in schneller Folge mit Curt Siegfried gewechselt wurden. Der saß noch in Lübeck und ochste stöhnend an den Kenntnissen, die zum Abiturium zur Auswahl stehen sollten. Er fand aber doch die Zeit, die von mir angepriesene Literatur auf ihren Wert zu prüfen, mir seine Entdeckungen mitzuteilen und die Verse, die ich an meinen freien Tagen auf den Wanderungen zum Arminius-Denkmal der noch ziemlich spröden Muse abrang, mit dem Bestreben zu kritisieren, seine freundschaftliche Bewunderung hinter warnenden Einschränkungen des Lobes zu verbergen. Da gab es Hinweise auf die neueste moderne Lyrik und Ratschläge, was ich von Dehmel und Liliencron, Falke, Dauthendey, Franz Evers und den Allerjüngsten wie Ernst Schur oder Richard Schaukal noch alles lernen könnte. Dabei entspannen sich dann Debatten über die Moderne allgemein und ihre Vertreter in der neuen Dichtung speziell, doch glaubte ich kaum, daß unsere Urteile für die Abschätzung der Literatur um die Jahrhundertwende irgendwie anders brauchbar wären als zur Anstellung von Vergleichen unserer neunzehn und zweiundzwanzigjährigen Begeisterungsfreudigkeit mit der gleichaltrigen Abgeklärtheit des literarischen Nachwuchses von heute. Vielleicht sind wir Fünfzigjährigen nicht mehr imstande, die Jugend zu begreifen. Aber es will mir scheinen, als ob der Teil der literarisch und künstlerisch bewegten Zwanzigjährigen, deren Leidenschaften nicht in irgendeiner Richtung von den ungeheuren sozialen Geschehnissen der Gegenwart entflammt sind, den Enthusiasmus und die Fähigkeit zu bedenkenloser Bejahung überhaupt hätte vertrocknen lassen.

Was uns betraf, so war unsere naive Gläubigkeit, unsere Bereitschaft, anzuerkennen, zu bewundern, zu preisen, unbegrenzt. Von wem in der *Gesellschaft*, im *Magazin für Literatur* die Rede war, galt uns als Berühmtheit; zu allem Berühmten aber sahen wir in Ehrfurcht auf. Eine Postkarte von Richard Dehmel, auf der er mir, noch in meiner Lehrlingszeit, für einen hymnischen Brief dankte, war ein beneidenswertes Heiligtum, und als mir Siegfried dann schrieb, er sei in Hamburg gewesen und habe Detlev von Liliencron besucht, der unendlich nett zu ihm gewesen sei, da war es, als hätte sich der Tempel des Ruhmes uns selber erschlossen. Übrigens hat Liliencron dem jungen Lübecker anhaltende Sympathie entgegengebracht. Ich lernte ihn später ebenfalls kennen, und er brachte das Gespräch sofort auf meinen Freund, und nach dem Tode Siegfrieds erhielt ich einen sehr warmen und herzlichen Brief von dem Dichter. Liliencron gehörte zu den Berühmtheiten, die persönlich nicht enttäuschten; er war kindlich glücklich über jedes Lob, das ihm zuteil wurde, kritiklos bereit, selbst zu loben, und völlig frei von Anmaßung, Selbstgerechtigkeit und Neid.

Das letzte Quartal meiner pharmazeutischen Laufbahn war ich in Berlin engagiert, in einer Apotheke am Weddingplatz. Die Absicht, zum 1. Januar 1901 den Beruf aufzugeben, stand schon fest, als ich die Berliner Stelle antrat. Wie das eigentlich sein würde, wenn ich nun mein Brot als freier Schriftsteller suchen sollte, davon hatte ich nur sehr dunkle Vorstellungen. Die wenigen Menschen, denen ich mich anvertraute, rieten mir dringend ab, auch Siegfried, dessen materialistische Besorgnisse mich ärgerten und meinen Trotz versteiften. Hans Land, dem ich mit einem Novellenmanuskript einen Brief mit meinen Nöten und Konflikten schickte, ermahnte mich in der Antwort ausführlich, ich solle das Heer des geistigen Proletariats nicht vermehren helfen. Daß er dazu aber fand, daß meine eingesandte Geschichte »irrelevant« und als Beitrag seiner Wochenschrift abzulehnen sei, das kränkte mich so, daß ich von dem Entschluß, ihn persönlich aufzusuchen, abstand. Ich habe Hans Land erst Jahre später persönlich gesprochen. Er wird wohl erst jetzt erfahren, wieviel Verstimmung er vor siebenundzwanzig Jahren in einer vertrauensvollen und ringenden Seele aufgerührt hat.

Aber gerade in Hans Lands *Das neue Jahrhundert* hatte ich den enthusiastischen Hinweis auf eine Schrift und eine Vereinigung gefunden, die dann für meine Entwicklung und sogar für die Gestaltung meines Lebens größte Bedeutung bekam. Es war die erste Schrift einer beabsichtigten Serie von »Flugschriften zur Begründung einer neuen Weltanschauung«, die unter dem Namen *Das Reich der Erfüllung* von Heinrich Hart und Julius Hart bei Eugen Diederichs herausgegeben war. Ob ich bei der Lektüre der violett kartonierten Schrift den philosophischen Kern der zum Begreifen der All-Einheit aufrufenden Essais »Vom höchsten Wissen« und »Vom Leben im Licht« gut gekaut und solide verdaut habe, bezweifle ich. Aber das weiß ich, daß mich die mystisch-trunkene, gonghaft schallende Prosa benebelte: »Vom Wahnsinn wollen wir euch befreien. Apokalyptische Reiter brausen in der Luft. Von den Bergen steigt der Paraklet herab, der Tag des Wieder-Christus bricht an.« Und im Schlußappell »Unsere Gemeinschaft« wurde aufgefordert, die Erkenntnis der Identität von Welt und Ich umzusetzen in Leben und Tat. »Über all die Trennungen hinaus, welche die heutige Menschheit zerklüften, will unsere Gemeinschaft diejenigen zusammenführen, in denen sich klares Schauen, reife Einsicht mit dem festen Willen verbindet, die neue Weltanschauung zu leben und das höchste Kulturideal zu verwirklichen.« Wer nähere Mitteilungen haben wollte, sollte sich bei einem der Brüder Hart melden. Da der feste Wille, das höchste Kulturideal zu verwirklichen, bei mir vorhanden war, ich auch in mein klares Schauen und meine reife Einsicht keine Zweifel setzte, so schrieb ich an Heinrich Hart und war so glücklich, postwendend von ihm eine sehr freundlich gehaltene Antwort zu erhalten, in der er mich aufforderte, ihn zu besuchen. Der nächste freie Nachmittag sah mich zum ersten Male in der drei Stock hoch gelegenen Mietswohnung eines berühmten Mannes, in der Rönnestraße 11. Das wird im Dezember 1900 gewesen sein.

Heinrich Hart schien meine Befangenheit gar nicht zu bemerken. Er behandelte mich wie einen Gleichaltrigen und Gleichklugen und berichtete von den Veranstaltungen, die die »Neue Gemeinschaft« schon geleistet hatte, von denen, die demnächst folgen sollten, von der Wohnung in der Uhlandstraße, wo bald im eigenen Heim Vorträge und gesellige Zusammenkünfte neue Menschen zu neuem Leben vereinigen würden, bis ein großes Landgut erworben werden könne, und da sollten wir dann als Vorläufer einer in sozialer Verbundenheit wirkenden großen Commune der Menschheit eine Gemeinschaft des Glücks, der Schönheit, der Kunst und der von neuer Religiosität erfüllten Weihe »vorleben«. Ich war aufs höchste begeistert von all den herrlichen Aussichten und auch von dem Mann, der so gläubig und von seiner Mission erfüllt, und dabei doch so klar und stellenweise sogar humorvoll in seiner harten westfälischen Aussprache mir jungem Menschen seine Ideen und Pläne darlegte. Dann fragte er mich nach meinen eigenen Angelegenheiten, und als ich ihm nun erzählte, daß mir die Apothekerei bis zum Halse stehe, daß ich die Berufung zum Dichter in mir fühle, daß ich deshalb meine Existenz als freier Schriftsteller führen wolle, daß mir aber von allen Seiten abgeraten und die schrecklichste Enttäuschung prophezeit würde, da rief er fröhlich: »Unsinn! Wenn Sie keine Angst haben vor ein bißchen Hunger und ein paar Fehlschlägen, dann tun Sie getrost, was Sie ja doch tun müssen. Wie kann man denn einem Menschen von dem abraten, wozu es ihn drängt!« Er stellte mir seinen Rat zur Verfügung, ermunterte mich, ihm meine Gedichte zu bringen, und lud mich ein, zur Eröffnung des Gemeinschaftsheims und zu dem Vortrag zu kommen, den Gustav Landauer an dem und dem Tage im Architektenhause über Tolstoi halten werde. Beim Abschied schenkte er mir die zweite Flugschrift vom *Reich der Erfüllung*: Die »Neue Gemeinschaft«, ein Orden vom wahren Leben. Vorträge und Ansprachen, gehalten bei den Weihefesten, den

Versammlungen und Liebesmahlen der »Neuen Gemeinschaft« mit Beiträgen von Heinrich Hart, Julius Hart, Gustav Landauer und Felix Hollaender.

Beglückt zurückgekehrt an meine Arbeitsstätte am Wedding, stürzte ich mich auf das Buch. Darin aber fand ich einen Aufsatz, den ich fünf-, sechsmal hintereinander las, der mich erschütterte, aufwühlte, überwältigte und mit einer Klarheit erfüllte, die mir zugleich zeigte, wie wenig Klarheit ich aus den Hymnen und Lyrismen des ersten Bändchens gewonnen hatte. Den Namen des Verfassers dieses Aufsatzes kannte ich bis dahin noch nicht, diese Berühmtheit war meinem und offenbar auch Curt Siegfrieds literarischem Spürgeist entgangen, und ich ahnte auch jetzt noch nicht, wie schlechthin entscheidend für mich der geistige Einfluß und die bis zu seinem gewaltsamen Tode anhaltende Freundschaft mit der Persönlichkeit werden sollte, die hier als Autor der Arbeit »Durch Absonderung zur Gemeinschaft« zum ersten Male in meine werdende Welt trat. Es war Gustav Landauer. Die von Heinrich und Julius Hart in den violetten Heften zuerst publizierte Arbeit aber hat Landauer später in sein Werk *Skepsis und Mystik* übernommen, ein Buch, dessen wesentlicher Inhalt bezeichnenderweise gerade eine scharfe Polemik gegen Julius Harts verschwommene Philosophie vom Neuen Gott und von der neuen Weltanschauung ausmacht. Der Eindruck, den ich von Landauers revolutionär-philosophischem Aufsatz erhielt, vertiefte sich noch, als ich seine Vorträge über Tolstoi und Nietzsche hörte. Welche Wege mich dieser große Denker und Mensch geführt hat, als in kurzer Zeit die persönliche, bald sehr nahe menschliche Beziehung sich auswirkte, wieviel Grund ich habe, dem Freunde, der mein Lehrer war, dankbar zu sein, davon zu sprechen würde sofort in Gebiete führen, die hier nicht berührt werden sollen.

Am 1. Januar 1901 bezog ich, nunmehr professioneller deutscher Dichter, ein Zimmer in der Wilsnacker Straße. Ich kannte nun schon verschiedene Berühmtheiten persönlich und konnte die Namen, vor denen ich mich bisher verbeugt hatte, mit den Menschen vergleichen, die ihre Träger waren. Die ersten Veranstaltungen der »Neuen Gemeinschaft«, an denen ich teilgenommen hatte, führten sofort Bekanntschaften herbei. Heinrich Hart stellte mich seinem Bruder Julius vor. Ich wurde zur Betreuung dem Photographen Fritz Löscher übergeben, einem Bekenner konsequentesten Tolstoianertums, dessen schöne Frau Ida die erste Werkstatt für moderne Frauenbekleidung eröffnet hatte, aus welcher in meiner Erinnerung alle die violett samtenen hängenden Gewänder der dem Reiche der Erfüllung zustrebenden Damen hervorgingen. Durch Löscher lernte ich die Gemeinschaftsanhänger kennen, die dem »Orden vom wahren Leben« sozusagen als dienende Brüder die Kleinarbeit besorgten, Arbeiter und Künstler, auch Kaufleute, junge Mädchen und Idealisten aller Art. Sie hielten im Architektenhause Tür- und Kassenwacht, führten die Vortragsbesucher zu ihren Plätzen, verkauften Broschüren und verteilten Zettel und Programme.

Einer der Handzettel stellte einen Sonderdruck eines Gedichtes an Böcklin dar, der eben gestorben war. Es war von Peter Hille, von dem ich höchstens einmal den Namen gelesen haben mochte. Das Gedicht war prachtvoll, man erlebte darin die ganze Phantasie der Böcklinschen Schöpfungen, und das seltsame Pathos der lose gebundenen Rhythmen mit der Häufung kühner und unbeschreiblich sinnfälliger Wortbilder — »Ein frohes Tosen wiehert der Stromsturz nieder«, »... des Wageblutes Scharlachtürme ...«, »... zypressendichter Schlaf ...« – ergriff mich mächtig. Der Dichter aber, den bartumwallten riesigen Kopf mit den verträumten Kinderaugen gnomenhaft über dem zarten schlanken Körper, begrüßte die Helfer am Türeingang und gab, seinen Namen nennend, auch mir die Hand, eine zierliche, durchsichtige, verblüffend kleine Frauenhand. Wir gingen miteinander vom Architekten aus zu Fuß nach Hause, das heißt, ich begleitete ihn zur Kesselstraße, lief noch eine Stunde im Gespräch mit ihm die Chausseestraße auf und ab und schwenkte dann nach Moabit heimwärts. Wir waren Freunde geworden.

Ja, der Respekt vor Namen ging mir schnell verloren, als ich – und gleich in Massen – mit den Individuen in Berührung kam, die ihnen zur Berühmtheit verholfen hatten. Doch das ist nicht wahr, daß in der Regel menschliche Armseligkeit und Kleinlichkeit die Illusionen zerstöre, die man sich von den Schöpfern bewunderter Werke zu machen pflegt. Was mich anlangt, so war ich fast immer glücklich, die Dichter und Künstler, deren Arbeiten mich innerlich bereichert hatten, als Menschen von Fleisch und Blut kennenzulernen. Die Desillusionierung bestand in der erfreulichen Wahrnehmung, daß die in knabenhafter Provinznaivität erwartete Höhe und Würde, welche die Vertraulichkeit entfernt, niemals bei anderen Berühmtheiten zutage trat als bei solchen, die ihren vergänglichen Ruhm selber künstlich aufgeblasen hatten und deren Leistungen keine Betrachtung sub specie aeternitatis zuließen. Eitel insofern, als sie ihren Wert unterschätzt empfanden und dadurch monomanisch, egozentrisch, überkritisch gegen andere und selbst mißgünstig wurden, habe ich manchen großen Künstler getroffen, aber stelzbeinig eingebildet und andauernd auf bedeutenden Mann posierend keinen, der bedeutend war.

Was für Prachtmenschen waren die Harts! Julius Hart, ewig in seligster Seid-umschlungen-Stimmung, schwelgend in der Lust seiner All-Einheits-Erkenntnisse und im Glück, den Gästen die von Fidus und dem Bildhauer Metzner geschmückten Räume der Uhlandstraßenwohnung vorführen zu können, wo nun alle Gegensätze praktisch überwunden werden sollten, küßte Männer und Frauen, duzte jeden, der sich mit ihm freute und verbat sich das Sie, und der Bruder strahlte neben ihm, etwas gehaltener, mit einem kleinen Stich Selbstironie, aber ebenso voll inniger Festlichkeit, voll strömender Gastgeberfreude. Das Brüderpaar – die fröhlichste Kreuzung von Weinwirten und Religionsstiftern.

Und Fidus! Er sah aus wie ein nach eigenem Entwurf gearbeiteter Faun. Ging es feierlich zu, dann war er der Feierlichste, ganz ergriffen, ganz hingegeben. Im Moment aber, wo die Feierlichkeit vorbei war, riß er Kalauer, die einen Hund zum Heulen gebracht hätten. Dies hinderte ihn nicht, meine Witze unter Schmerzenslauten und mit der Behauptung zu verfluchen: »Mühsam liegt schon seit zwei Stunden auf der Kalauer!«

Namen und Menschen! Alles, was Namen hatte, ging damals gelegentlich oder regelmäßig zur Tür der »Neuen Gemeinschafts«-Wohnung hinein und wieder hinaus, und ich gewöhnte mich, nie mehr Namen, immer nur Menschen zu sehen. Da kamen Dichter und Schriftsteller wie Cäsar Flaischlen, John Henry Mackay, Bruno Wille, Wilhelm Bölsche, Karl Henckell, Wilhelm Hegeler, Max Kretzer; Maler und Bildhauer wie Franz Metzner, Max und Oskar Kruse, Oskar Zwintscher und viele andere; Bühnenkünstler wie Kayßler, Reinhardt, Gertrud Eysoldt, Irene Triesch. Einmal erschien auch Ernst Haeckel als Gast, und in besonders deutlicher Erinnerung ist mir ein Vormittag, als ich, mit einer blauen Schürze bekleidet, den Boden fegte und es zu so ungewohnter Zeit klingelte. Ich öffnete, da stand vor mir Bernhard Kampffmeyer, der Begründer der deutschen Gartenstadtgesellschaft, und neben ihm ein alter freundlicher Herr: Elisee Reclus, der große französische Gelehrte und Revolutionär, und fragte mich aus, aber was wir besprachen – ich war nämlich schon aufmerksamer Schüler Landauers –, das gehört wieder nicht hierher. Nur soviel darf ich hier noch sagen, daß ich mich zeitlebens freuen werde, diesen großen Menschen nicht bloß als Namen verehren zu müssen.

FRIEDRICHSHAGEN

Paris hat seinen Montmartre; in München dehnt sich von der Theresienstraße nordwärts der Stadtteil Schwabing aus. Das sind Wohnbezirke der Musen, traditionelle Brutherde der Genialität, und der Fremdling, der seinen Fuß in diese Viertel setzt, fühlt Herz und Hirn umwittert von modernen Kulturen, aufgerührter und aufrührerischer Geistigkeit, von freier Gesittung, spielerischem Ernst, Träumerei, Ungeniertheit, Überschwang und wahrer oder posierter Originalität. In Berlin mag eine ähnliche, von Musenküssen gesättigte Atmosphäre zur Zeit Devrients und E.T.A. Hoffmanns um den Gendarmenmarkt herum oder, ausströmend aus den Zirkeln der jungen Rahel, in der Gegend des Monbijou-Platzes spürbar gewesen sein, die neupreußische Residenz, erst recht die Reichshauptstadt, wuchs zu schnell, um der gemächlichen Kultur auf Kosten des Tempos der Zivilisation Heimstätten der Besinnung und des Behagens reservieren zu können. Eine gewisse Konzentration der Malerateliers und Dichtermansarden gab es allenfalls im Umkreis des Savigny-Platzes; doch muß dieser Umkreis schon nach Berliner Dimensionen gemessen werden, er zog sich über ganz Charlottenburg, Schöneberg und Wilmersdorf in gewaltigem Bogen um den Kurfürstendamm zum »Café des Westens«, und niemand wird behaupten, daß außerhalb dieses Etablissements die Straßenzüge des Berliner Haute-volee-Westens jemals vom Ingenium schöpferischen Sturmes und Dranges imprägniert gewesen wären. Montmartre und Schwabing sind nicht so sehr geographische wie kulturelle Begriffe; Berlin W ist wohl auch nicht gerade nur eine geographische Bezeichnung, aber eine kulturelle...?

Als die Literaturgeneration, die heute zwischen sechzig und siebzig steht, so alt war wie ich in der Zeit des Flüggewerdens meines Pegasus, muß sie das Bedürfnis nach einem örtlichen Zusammenrücken ihrer Berliner Kampffront gegen die den Markt beherrschenden Eklektiker um Geibel und Heyse heftig empfunden haben. Ein Carl August, der ihnen etwa in

Potsdam ein Weimar etabliert hätte, war Unter den Linden nicht ansässig. So bewiesen die Brüderpaare Hauptmann und Hart und die Brüderpaare in Apoll Holz und Schlaf, Bölsche und Wille, Strindberg und Przybyszewski und wie die Literaturrevolutionäre des Jüngsten Deutschlands alle hießen, daß es keines fürstlichen Maecenas und keines Hofstaates bedarf, um Genie zu Genie, Kämpfer zu Kämpfer in friedlichem Wettstreit zu gesellen. Am Müggelsee, in Friedrichshagen, wurde die Fahne aufgepflanzt. Ein Teil der jungen Stürmer siedelte sich dort an, die anderen kamen als regelmäßige Gäste, zum Diskutieren, zum Revolutionieren, zum Aufbauen und Schaffen neuer geistiger und sozialer Werte. Die Erinnerung an diese Zeit ist von anderen festgehalten worden. Als ich, 1902, nach Friedrichshagen zog, war sie noch springlebendig, doch aber schon nur als Erinnerung.

Jene Tage des jungen Naturalismus hatten in Friedrichshagen die revolutionär-literarischen und die revolutionär-politischen Tendenzen der Zeit einander bis zum Verschmelzen nahegebracht. Die Brüder Bernhard und Paul Kampffmeyer repräsentierten in dem Freundeskreis das aktive Element der radikal-sozialistischen Bewegung, die Dichter Karl Henckell und John Henry Mackay erweckten mit ihren Gedichtbüchern *Trutznachtigall*, *Sturm* usw. die revolutionäre Tendenzlyrik in Deutschland, Bruno Wille stand dichtend, philosophierend und politisch agitierend in beiden Lagern, und diese Mischung von Verträumtheit und Draufgängerei, die von damals her dem Namen Friedrichshagen seinen Programmcharakter gab, lag noch über den Müggelbergen meiner Spaziergänge.

Ich kam nach Friedrichshagen als Mitbegründer, Mitarbeiter und verantwortlicher Redakteur der Wochenschrift *Der arme Teufel*, als dessen Herausgeber Albert Weidner zeichnete. Weidner war von Hause aus Setzer, die Zeitschrift wurde dadurch materialisiert, daß er sich auf Abzahlung den erforderlichen Schriftsatz kaufte; seine Artikel flossen stets ohne Manuskript aus dem Kopf in den Setzkasten, währenddem ich dabeisaß und mir bei einer Tasse Kaffee und einer Zigarre das aktuell-satirische Gedicht abquälte, das unter dem Pseudonym »Nolo« jede Nummer beleben mußte, oder technische Redaktionsarbeiten erledigte. Doch gehören die Erinnerungen, die unmittelbar mit dem *Armen Teufel* verbunden sind, nicht in den Zusammenhang dieser unpolitischen Rückschau. Um so mehr gehört das übrige Erleben meines Friedrichshagener Jahres hinein.

Schon die Wohnung. Kurz bevor ich mein Köfferchen packte, um den großen Umzug zur Vorortstation einzuleiten, klagte mir Margarete Beutler ihre Not: Sie war im Begriff, nach München zu ziehen, wo sie bei den »Elf Scharfrichtern« auftreten sollte. In ihrer Schöneberger Wohnung stand ihr ererbtes Mobiliar, das sie aus Pietät nicht verkaufen wollte, dessen Transport nach München aber zu teuer war und das bei einem Spediteur einzustellen ihr ebenso sinnlos wie kostspielig schien. Wir lösten das Problem damit, daß ich in Friedrichshagen statt eines möblierten ein leeres Zimmer mieten sollte, worin ich die Möbel aufzustellen, zu benutzen und zu betreuen hätte. Zum Unglück fand sich in ganz Friedrichshagen kein leeres Wohnzimmer, sondern nur ein höchst primitiver Nebenraum zu einer Waschküche im Hofe eines Hauses in der Ahorn-Allee. Dort mietete ich mich ein. Ein Ofen war nicht vorhanden, auch keine Tapete, dafür aber eine Kalkwand, die früher von weißer Farbe gewesen sein sollte. Die Tür war ein gewaltiges, ungehobeltes Brett, außen wie innen ohne Klinke; sie schnappte beim Zuschlagen ins Schloß und konnte nur mit einem mächtigen Scheunentorschlüssel geöffnet werden. Der unbezahlbare Vorzug der Behausung war aber das Fenster, das, vom Hofe aus nicht erreichbar, in die das ganze Anwesen rückwärts abschließende Mauer eingelassen war und ins dichte Kieferngehölz hinauszeigte. Verließ ich mein Zimmer auf diesem Wege, so brauchte ich bloß einiges Gebüsch und Gestrüpp zur Seite zu kämpfen und befand mich auf der schönen Waldchaussee zwischen Friedrichshagen und Köpenick. So gelang es mir mehrmals, unwillkommenen Besuchern behördlicher Persönlichkeiten auszuweichen, und einmal konnte ich auch ein junges Mädchen aus dem Rheinland, dem es in unserer Friedrichshagener Gesellschaft besser gefiel als zu Hause, durch mein von keiner Straße sichtbares Fenster den Armen der ihr nachjagenden Mutter entreißen.

Unsere Gesellschaft! Eine gewisse Verwandtschaft mit der, die um das Jahr 1890 am Müggelsee gehaust hatte, war durch die enge freundschaftliche Beziehung des Kreises um den *Armen Teufel* mit den Künstlern und Schriftstellern, die den Ort reichlich belebten, von selbst gegeben. Die Rolle des Mittlers, der in beiden Lagern zu Hause war, fiel mir zu. Von der vorigen Generation hatten nur noch Bruno Wille und Wilhelm Bölsche ihren Wohnsitz in Friedrichshagen. Sie pilgerten Morgen für Morgen zusammen nach Rahnsdorf; einige wenige Male durfte ich sie begleiten und beobachten, daß ihre Gespräche nie um banale Dinge gingen, sondern literarische und zumeist naturwissenschaftliche Gegenstände betrafen, von denen Bölsche mit fröhlicher Forscherfreude, Wille mit der etwas pastoralen Würde sprach, die ihn nie verließ, selbst dann nicht, wenn sich die beiden unzertrennlichen Dioskuren einmal mit uns Jüngeren an den Zechtisch setzten; das geschah nur ausnahmsweise, aber diese Ausnahmen wurden in der »Klause« durch sehr ausgedehnte Sitzungen gefeiert, und an Trinkfestigkeit nahmen es die beiden Ehrensenioren durchaus mit uns auf.

Gleichzeitig mit mir war Fidus nach Friedrichshagen gezogen. Er hatte ein Haus gemietet, in dem es »umgehen« sollte. Fidus glaubte fest an okkulte Vorgänge, und sein Eifer, einen Spuk selbst zu erleben, hatte ihn veranlaßt, gerade dieses Haus zu beziehen. Er wurde auch nicht enttäuscht, denn er konnte uns bald erfreut berichten, daß das Gespenst regelmäßig erscheine, und zwar in Gestalt eines Lichtscheines, der sich trotz völliger Verdunkelung des Schlafzimmers Nacht für Nacht an den Wänden entlang bewegte. Eine Halluzination könne nicht vorliegen, da auch Frau Fidus die Erscheinung bestätigte und sogar der Säugling stets mit großen Augen dem tanzenden Lichtfleck zusehe. Später kündigte Fidus aber die Spukwohnung; er begründete den Verzicht damit, daß dem Gespenst gar nichts Neues einfalle, es käme immer bloß wieder mit dem abgedroschenen, närrischen Licht. Damals begann Fidus mit seinen eigenartigen Entwürfen zu seiner symbolistischen Tempelarchitektur. Ich gestehe, daß ich von den Erklärungen, die er mir von all den kreisenden Sonnen und Gestirnen zu geben versuchte, die in seinen Zeichnungen jetzt die halbreifen Mädchenakte ablösten, wenig begriffen habe. Viel amüsanter als in seinem Atelier war Fidus im geselligen Verkehr; doch war das Merkwürdigste an ihm die Sprunghaftigkeit, mit der er dort wie hier die Feierlichkeit mystischer Versunkenheit mit einem krassen Witz und die ausgelassenste Heiterkeit mit einer todernsten, wie aus dem Jenseitigen geholten Betrachtung durchbrechen konnte. Ein ähnliches Temperament, das sich freilich sowohl im persönlichen Verhalten als auch in der künstlerischen Auslösung völlig anders gab, habe ich später bei Gustav Meyrink wieder angetroffen.

Auf das Friedrichshagener Jahr geht auch meine Freundschaft mit Carl Rößler zurück. Der hieß noch Franz Reßner und war als Schauspieler bei Brahm am Deutschen Theater engagiert. Es hieß, er habe einmal ein wertvolles Revolutionsstück aus dem Jahre 1848 geschrieben; er selbst sprach nicht davon, ließ auch nicht merken, daß er seine Zukunft wieder auf das Schreiben von Theaterstücken stellen wolle. Als Bühnenkünstler sah ich ihn nur einmal wirken, das war, als Dr. Hermann Türck seine Hamlet-Auffassung, wonach der Dänenprinz den Typus des Genies darstelle, durch dramatische Vorführung zu bekräftigen versuchte. Franz Reßner hatte den König im Schauspiel zu spielen. Bevor er sich hinlegte, um sich von seinem Nachfolger das Gift ins Ohr träufeln zu lassen, trat er bedächtig an die Rampe, suchte unbefangen das Parkett entlang und nickte seinen Bekannten im Zuschauerraum freundlich zu. Rößlers Wohnung in Friedrichshagen war längere Zeit hindurch eine große Attraktion. Eines Tages nämlich war dort eine Fuhre mit Wein verschiedener erlesener Sorten abgeladen worden. Ein Reisender hatte sie dem Künstler aufgeschwätzt, und

Rößler hatte, ohne noch zu berechnen, wie er den reichen Segen bezahlen sollte, die Bestellung aufgegeben, um den beredten Mann loszuwerden. Über diesem Wein schwebt heute noch ein Geheimnis, denn Rößler hat niemals eine Rechnung dafür bekommen, nicht einmal erfahren, welche Firma das gute Getränk geliefert hatte. Es ist bis zum letzten Tropfen mit der Angst bezahlt worden, die mächtige Kostenforderung würde doch eines Tages ins Haus flattern. An der Vertilgung des Weines habe ich mich redlich beteiligt, meistens in Gesellschaft von Rößlers alten Münchener Freunden Kunold und Julius Schaumberger.

Wo es einen guten Schluck galt, war auch Theodor Etzel zu finden. Durch sein *Fabelbuch,* das er kurz zuvor mit Hanns Heinz Ewers herausgegeben hatte, war er über Nacht zu einem literarischen Namen gekommen. Die »Überbrettl« von Wolzogen und Zickel erheiterten Abend für Abend ihr Publikum aus der Sammlung, die in teilweise ausgezeichneten Versen in der Form von Tierfabeln die konventionelle Moral mit satirischen Anrempelungen übergoß. Etzel hatte sich mit einer Freundin in Friedrichshagen angesiedelt und sonnte seinen jungen Ruhm an den Ufern des Müggelsees. Dieser Ruhm brachte ihm die Anstellung als Schriftleiter einer Revue ein, die *Fröhliche Kunst* hieß und eine Art Vorläufer der heutigen Magazine war. Ich führte in diesem Organ den Schüttelreim als poetische Spezialität in die deutsche Literatur ein und erhielt außerdem den Briefkasten der Redaktion für fingierte Antworten zugewiesen. Da erschienen denn Belehrungen wie diese: »Sie täuschen sich: Muskat ist kein Kartenspiel, sondern ein Obst.« Als ich aber einmal den Verleger der *Fröhlichen Kunst* in einer ruchlosen Anzapfung bei den Lesern denunzierte, weil er dauernd das Honorar schuldig blieb, wurde mir das Amt des Briefkastenonkels schleunigst entzogen. Auch der Chefredakteur Etzel kriegte kein Gehalt, und als der Weihnachtsabend da war, saßen wir zu dritt bei ihm auf der Bude, ohne einen Bissen im Magen und recht kläglich bei Laune. Das Mädel heulte schrecklich, weil nicht einmal ein kleiner Weihnachtsbaum auf dem Tisch stand, und so holten wir denn aus dem nahen Walde einen Föhrenzweig, der in einen Lampenzylinder gepreßt und alsdann in einem Stiefel auf den Tisch gestellt wurde. Da dieser Zynismus die Tränenflut nur noch heftiger entfesselte, beschlossen wir, die Weihe einer Familienfeier zu stören und zu sehen, ob wir nicht wenigstens zu einem Abendbrot kämen.

Um neun Uhr abends drangen wir bei Bölsche ein und erläuterten die Situation. Was uns Frau Bölsche an diesem Heiligen Abend an Braten, Äpfeln, Pfefferkuchen, Bowle und anderen Genüssen eingeflößt hat, läßt sich nicht schildern. Ein goldenes Zwanzigmarkstück setzte uns überdies in die Lage, noch mit der ganzen Friedrichshagener Kolonie beider Fakultäten in der Klause weiterzufeiern, bis wir am Vormittag des ersten Feiertags ins Bett sanken.

Natürlich war Friedrichshagen damals bevorzugtes Ausflugsziel unserer Berliner Freunde. Sehr häufig kam Peter Hille, und unvergeßlich sind mir die Wanderungen mit ihm durch den Wald, die uns oft bis Hoppegarten und noch weiter führten und bei denen er mir seine neuesten Gedichte, Novellen und Aphorismen vorlas, die er quer über Zeitungsblätter, auf Straßenbahnscheine, braune Tüten und irgend erreichbare Papierfetzen geschrieben hatte. Hier will ich auch eines verstorbenen Freundes gedenken, der mich oft in Friedrichshagen besuchte und dessen Dichtername zu unrecht ganz in Vergessenheit geraten ist. Es ist Wilhelm Lentrodt. Seine schönen, stillen Novellen sind vor langen Jahren bei S. Fischer erschienen; niemand liest sie mehr, niemand spricht mehr von ihnen, kaum jemand weiß noch darum. Wenn ich über Nacht in Berlin blieb – und im Winter flüchtete ich oft aus meiner unheizbaren Kalkbude nach Berlin –, gab mir Lentrodt meistens Quartier in seinem Zimmer in der Elsholzstraße. Er war einer der besten Menschen, die ich kannte. Einmal sprach uns spät nachts in der Potsdamer Straße ein Mädchen an; es war durchfroren und schon zu alt und häßlich, um noch viel von ihrem Gewerbe erhoffen zu können. Sie klagte, sie sei versetzt worden, wohne in Lichtenberg und könne nicht mehr nach Hause. Lentrodt lud sie ein, kochte noch einen Tee, räumte dem armen Weib sein Bett ein, verstaute mich trotz meines Protestes auf dem Diwan und schlief selbst, in eine Decke gehüllt, auf dem Fußboden. Am anderen Tage begleiteten wir den Gast noch bis Stralau-Rummelsburg und fuhren nach Friedrichshagen weiter.

Von völlig anderem Schlage war Arthur Moeller-Bruck, ebenfalls Stammgast in unserem Kreise. Er schrieb in unendlich komplizierten Satzgefügen unheimliche Wälzer über die moderne Literatur; den holländischen Adel vor seinem zweiten Namen und die völkische Rassentheorie hatte er noch nicht entdeckt. Persönlich war er ein netter Kerl und unbeschreiblich leichtsinnig. Er ging in sehr origineller Eleganz, Monokel im Auge, langer, grauer Gummimantel, Stöckchen mit silbernem Griff und hellgrauer Zylinder. Dabei hatte er kaum je fünfzig Pfennig in der Tasche, pumpte uns groschenweise an und lud uns, die ganze Schar vom *Armen Teufel* und von der *Fröhlichen Kunst*, eines Abends zu einem opulenten Souper in den Friedrichshagener Ratskeller ein. Als es ans Zahlen ging, überreichte er mit vornehmer Geste dem Kellner seine Visitenkarte. Wir haben unter monatelangem Schwitzen den Schaden durch Umlagen und Vergleiche mit dem Wirt ausgleichen müssen.

Im Frühjahr 1903 nahm mir Margarete Beutler Bettlade, Tisch, Stühle und Sekretär wieder ab. Ich räumte den Waschküchenbau und bezog in der Augsburger Straße, ganz dicht beim »Café des Westens«, ein möbliertes Zimmer, das die Stätte reicher Erlebnisse und starker innerer Förderung für mich geworden ist.

JUNGE GENERATION

»Grün-Deutschland« nannte Paul Lindau ironisch die junge Literaturgeneration der Naturalisten, die um das Jahr 1890 gegen die festen Stellungen der in der Atmosphäre der Gründerjahre herangereiften Dichtergarnitur anrannten. Die Harts hatten in ihren *Kritischen Waffengängen* den Kampf eröffnet, ihnen folgten die Brahm, Harden, Servaes in der »Freien Bühne« und Michael Georg Conrad in der Münchener *Gesellschaft*. Heute fassen wir es kaum noch, daß das Wort Kampf in jenen Auseinandersetzungen um rein kulturelle und künstlerische Geschmackswerte volle Geltung hatte; aber die Dokumente der Zeit lassen keinen Zweifel, daß die Verteidiger des Alten und die Verfechter des Neuen einander in grenzenloser Erbitterung gegenüberstanden. Es wäre sehr lohnend, ist aber hier nicht meine Aufgabe, die inneren Beziehungen zwischen diesen Literaturkämpfen und den sozialen Erschütterungen aufzuzeigen, die damals spürbar waren, deren kämpferische Äußerungen sich jedoch politisch in vollständiger Trennung von der geistig-kulturellen Arena auswirkten. Es genüge zur Kennzeichnung dessen, was ich meine, die Erinnerung an das russische Analogon aus der Mitte des vorigen Jahrhunderts, als Dostojewskij mit seinem berühmten Vortrag über Puschkin einen Sturm in der jungen Intelligenz aufrührte, dessen an die Fundamente der Gesellschaft greifende Wucht erst Jahrzehnte später erkannt wurde.

In der Tat handelte es sich bei der Generation des »Jüngsten Deutschlands« vor vierzig Jahren darum, der völlig physiognomielosen Kunst und Literatur eines erst zu politischem Eigenleben erwachenden Volkes ein Gesicht aufzuzwingen, und das hieß, dem schöngeistigen Publikum die süßlichen Nettigkeiten der Viktor Scheffel und Julius Wolff aus der Hand zu schlagen und ihm die krasse Wirklichkeit ohne Retusche vorzuführen. Vom Throne herunter sauste der Bannstrahl gegen die »Rinnsteinkunst« und steigerte auf beiden Seiten den Ingrimm. Die junge Generation schuf sich im Buchverlag und auf dem Theater Ellenbogenfreiheit, satirische Kampforgane wie *Jugend* und *Simplicissimus* und streitbare Kabarette, »Das Überbrettl« und die »Elf Scharfrichter«, wuchsen auf; im Drama riefen Gerhart Hauptmann, Max Halbe, Georg Hirschfeld rebellische Gedanken aus, in der Lyrik Hermann Conradi, Richard Dehmel, John Henry Mackay, Karl Henckell, Ludwig Scharf, Franz Held, im Roman und in dichterischer Prosa Oskar Panizza, Stanislaw Przybyszewski, Johannes Schlaf; in der bildenden Kunst endlich entfesselten Max Liebermann, Lovis Corinth, Max Slevogt die Entrüstung der Braven. Die aber schlugen mit den Keulen der Kritik hinein in die andrängende junge Schar und beschuldigten sie des Wandalismus und der Vernichtung alles Schönen, das in den Künsten Welt und Menschheit veredle. Vornedran als Gralshüter überkommener Genrekunst standen auf der Wacht Oskar Blumenthal und Paul Lindau, derselbe Paul Lindau, der in seinen alten Tagen noch den Anschluß fand an die Jugend, die das von ihm in Todfeindschaft bekämpfte Grün-Deutschland ablöste. Er war schon weit über siebzig, da lernte ich ihn persönlich kennen, und zwar durch Frank Wedekind. Als ich ihn einmal zu stellen versuchte und ihn an seine stockreaktionäre Rolle in den achtziger und neunziger Jahren erinnerte, meinte er lachend: »Ja, sehn Sie, im Alter wird man kindisch, und jetzt bin ich auf dem Rückweg zum Säugling bei der jungen Generation angelangt.«

Zur Zeit meines Eintritts in die Zirkel der literarischen und künstlerischen Genieanhäufungen, Zirkel, deren jeder sich für den Nabel der Welt hielt, war der geistige Kampf, der zehn Jahre zuvor noch ernste gesellschaftliche Bedeutung gehabt hatte, schon zu einem für die Zeitgeschichte recht unwichtigen Intellektuellengefecht abgeschwächt. Die Moderne hatte gesiegt; was übrigblieb, waren Geplänkel mit den Nachzüglern der geschlagenen alten Generation, gegen die vor allen noch die Vorläufer der Moderne, Hebbel und Ibsen, durchgesetzt werden mußten. Diesen Kampf hatte das kritische Element unter uns Allerjüngsten übernommen, allen voran Siegfried Jacobsohn, mit dem ich von seinen Anfängen bei der *Welt am Montag* bis zu seinem Tode, ohne daß wir je eine eigentliche Freundschaft gepflegt hätten, gute Nachbarschaft hielt. Er war persönlich ein treuer Kamerad und ein dankbarer Mensch und hat es mir nie vergessen, daß ich ihm in der leidvollsten Stunde seines Lebens, als alles über ihn herfiel, schrieb: »Trösten Sie sich; es ist nicht alles Gold, was bei Ihnen glänzt.« Mir ist es bei der unheimlichen Empfänglichkeit seiner künstlerischen Nerven – er war ein rezeptives Genie – niemals zweifelhaft gewesen, daß die Erklärung, die er selbst für seine Plagiate abgab, zutraf, nämlich daß der Wortlaut der Kritiken von Alfred Gold sich klischeehaft in sein Gedächtnis festgesetzt hatte und mechanisch in Sätze hineinlief, in denen er ähnliches aussprechen wollte.

Eine einheitliche »Richtung« gab es bei uns Jungen in den ersten Jahren des Jahrhunderts gar nicht. Man konnte von uns auch kaum als von einer eigentlichen jüngsten Generation reden. Die repräsentierenden Dichter der naturalistischen Periode lebten, die meisten noch nicht vierzig Jahre alt, mitten zwischen uns, selbst viele von denen, welche der Literatur-Revolution der Moderne in eifernder Abwehr gegenübergestanden hatten, waren noch lange keine alten Männer. Ibsen war immer noch eine auch in Literaturkreisen umstrittene Erscheinung; August Strindbergs Größe wurde erst von ganz wenigen erkannt; um Frank Wedekind erhitzten sich nur die Gemüter der Rabiatesten, die von den andern als Hypermoderne belächelt wurden. Ein Übergangsgeschlecht rang um Geltung, dessen Werk nichts mehr mit dem Eklektizismus der Heyse, Geibel und Lorm zu tun hatte, sich aber bewußt gegen den schematischen Realismus der naturalistischen Schule abgrenzte. Wenn schon etikettiert werden soll, so wird man in Parallele zu der sich zu jener Zeit als Sezession organisierenden neuen Richtung in der bildenden Kunst von Impressionismus auch in der Dichtung sprechen dürfen: ich nenne, um die innere Verwandtschaft zwischen der jungen Malerei und der aufstrebenden Literatur sinnfällig zu machen, zwei Namen: Leo von König und Wilhelm von Scholz, dessen Gedichtband *Der Spiegel* damals bei uns noch Jüngeren lebhaft kommentiert wurde.

Der Ort, wo die Geister sich allwöchentlich raufen durften, um den besten Platz auf dem Parnaß zu erobern, war das Nollendorf-Casino in der Kleiststraße. Dort tagten jeden Freitag »Die Kommenden«, eine lose Vereinigung der jungen Dichter und Künstler. Ihr Gründer war Ludwig Jacobowski gewesen. Er war, als mich Margarete Beutler in diese Gemeinde einführte, schon tot. Als Leiter der Abende fungierte Dr. Rudolf Steiner. Dessen theosophische und anthroposophische Sendung hatte noch nicht begonnen. Seine Priesterschaft stand noch auf recht weltlichem Grunde. Die literarischen Diskussionen dirigierte er mit viel Geschick, provozierte scharfe Polemiken, trieb mit unauffälliger Regie möglichst heterogene Charaktere gegeneinander und beendete schließlich die erregten Debatten mit einem eigenen ausgleichenden Sermon, hinter dessen glatter, von breit ausladenden Gesten begleiteter Beredsamkeit ich immer einen falschen Unterton glaubte mitschwingen zu hören. »Die Kommenden« rekrutierten sich durchaus nicht allgemein aus dem gärenden Element jugendlicher Götzenzertrümmerer. Im Gegenteil: Die würdigen Herren und Damen, deren literarisches Schaffen allen Richtungskämpfen schon deswegen entrückt war, weil es außerhalb hausbackener Familienunterhaltung nirgends zur Erörterung stand, dürften in der Regel die Majorität gebildet haben. Dazu kamen dann noch Schriftsteller, die damals sicherlich Rang hatten, denen aber in der Welt nichts ferner lag als revoltierender Ansturm gegen gefestigte Kulturwerte. Ich glaube nicht, daß etwa Wolfgang Kirchbach oder Ottokar Stauf von der March sich selber je für Revolutionäre gehalten haben, dann schon noch eher der merkwürdige Eugen Reichel, der uns mit Vorträgen über den braven alten Poesieprofessor Johann Christoph Gottsched bombardierte, welcher in der Anerkennung der Nachfahren auf den Platz Goethes gehöre; es gelang dem unermüdlichen Reichel sogar, in Berlin eine Gottsched-Gesellschaft zu gründen, für die er die Mitglieder wohl aus den minder kämpferischen Beständen der »Kommenden« und im übrigen aus philologischen Fachvereinen geworben haben wird.

Es wäre undankbar, zu vergessen, daß dem jungen, sich eben orientierenden Literaten bei den »Kommenden« auch Persönlichkeiten großen Schlages begegnet und beim Suchen nach geistigen Grundlagen behilflich gewesen sind. Ich gedenke mit besonderer Ehrfurcht des bedeutenden und ausgezeichneten Menschen Leo Berg, der damals mit der Monographiensammlung *Kulturprobleme der Gegenwart* starken Einfluß auf das geistige Leben in Deutschland ausübte. Die meisten, die ihn kannten, werden den etwas verwachsenen, kränklichen Mann wohl als den galligen Spötter in Erinnerung haben, als den er sich gab; ich kannte ihn nur von den Zusammenkünften im Nollendorf-Casino, nach denen ich vielleicht vier-, fünfmal unten im Café mit ihm zusammenblieb. Da beriet er mich bei der Auswahl meiner Lektüre, und auf seine Anregung hin schund ich längere Zeit regelmäßig als nicht immatrikulierter Nassauer das Literaturkolleg bei Professor Erich Schmidt und die kunsthistorischen Vorlesungen des erst kürzlich nach Berlin berufenen Heinrich Wölfflin.

Neben Vorträgen und Diskussionen gab es bei den »Kommenden« Rezitationsabende. Ältere, jüngere und allerjüngste Lyriker durften ihre Erzeugnisse zur Kritik stellen. Es war von recht unterschiedlichem Wert, kam aber auch aus höchst gegensätzlichen Weltauffassungen, was da zu Gehör gebracht wurde. Der Kreis um Peter Hille, der stets anwesend war, spielte eine eigene lyrische Melodie. Die dichterische Grundnote gab ein eigenartiges Zusammenklingen von Jean-Paul-hafter Bildfreudigkeit und psalmodierender Getragenheit.

Die drei stärksten und begabtesten Persönlichkeiten dieses Kreises, Peter Hille selbst, Else Lasker-Schüler und Peter Baum, deren künstlerische Instrumente orchestermäßig zusammen stimmten, waren gleichwohl keineswegs als Lyriker voneinander abhängig. Die Temperamente waren viel zu verschieden, um eine wechselseitige Beeinflussung zuzulassen, die über das seelische Harmonieren hinausgegangen wäre. Peter Hille hatte gewiß die reichste Tonfülle auf seiner Leier, dafür glühte die Dichtung der Lasker-Schüler von dem Feuer orientalischer Phantasie, und Peter Baums Verse stiegen schemenhaft aus dem Dämmer mystischer Verträumtheit. Wahrscheinlich waren diese Gedichte eines menschlich und dichterisch aufeinander abgestimmten engen Kreises die wertvollsten, die jene literarischen Unterhaltungsabende überhaupt belebten. Im übrigen gab es mehr oder weniger konventionelles erotisches Mondscheingelispel. Die ausgesprochen soziale Note kam hauptsächlich in der jungen Frauenlyrik zum Ausdruck, und von den wiederholten Veranstaltungen, die ausschließlich der modernen Frauenliteratur gewidmet waren, haben, jedenfalls bei mir, die Vorträge aus den Gedichten der Ada Christen, Ada Negri, Clara Müller-Jahnke stärkere Eindrücke hinterlassen als die nymphomanischen und masochistischen Exhibitionismen der Tagessensationen von damals, Marie Madeleine und Dolorosa. Die bedeutendste Erscheinung unter den jungen Dichterinnen, die bei den »Kommenden« in eigener Person vor ihr Werk traten, war außer Else Lasker-Schüler ohne Zweifel Margarete Beutler, deren frohes Bekennen zur freien Mutterschaft zu jener Zeit noch Mut erforderte und deren prachtvolle *Bilder aus dem Norden Berlins* zum Besten gehören, was die soziale Lyrik überhaupt besitzt.

Viel mehr als Rudolf Steiner ist mir der zweite Vorsitzende der Vereinigung der »Kommenden«, Dr. Heinz Lux, als Freund und Förderer unseres rebellierenden Teiles der jungen Generation erschienen.

Eines Abends kam ich mit meinen Versen zu Worte. Ich las Gedichte, die wenig später, als sie in meinem ersten Buch *Die Wüste* gesammelt erschienen, mir den Zugang zur anerkannten Literatur erschlossen; Gedichte, voll von Angriff und Anklage, deren Wesen einmal ein Kritiker nicht ganz salonfähig, aber ziemlich zutreffend als »das Stimmungskotzen eines galligen Magens« bezeichnete. Mit dieser Rezitation verdarb ich der Mehrzahl meiner Zuhörer gründlich die Laune. Nach einigem Räuspern wurden empörte Bemerkungen und endlich »Schluß«-Rufe laut. Ich hielt inne und fragte, ob ich aufhören oder fortfahren solle. Steiner suchte zu vermitteln und riet, ich möchte Verse auswählen, die den Geschmack der Anwesenden weniger verletzten; da trat Lux auf mich zu, schüttelte mir die Hand und erklärte, daß ihm die Gedichte ausgezeichnet gefielen. Ich solle weiterlesen, damit ein richtiges Bild meiner Produktion entstehe. Und so las ich weiter, bis ein gegen die Wiener Lyriker gerichtetes Gedicht eine Dame veranlaßte, mich dringend zu ersuchen, aufzuhören, die an den guten Geschmack der Anwesenden gestellten Zumutungen hätten das Maß des Erträglichen längst überschritten. Wenn ich mich recht entsinne, wurde dann abgestimmt und mit Mehrheit entschieden, daß ich abzutreten hätte.

Unter den Wiener Lyrikern, denen ich meine sehr unhöflichen Verse gewidmet hatte, Verse, denen ich zur Deutlichmachung die Gebrauchsanweisung auf den Weg gab: »Auf silbernen Saiten zu begleiten« – verstand ich meine Altersgenossen Stefan Zweig, Camill Hoffmann und die in Berlin weniger beachteten jungen Österreicher, die als Trabanten des mir in seiner Kunst durchaus antipathischen Hugo von Hofmannsthal eine Art Dichterschule zu kreieren schienen. Ich habe später besonders den Erzähler Stefan Zweig sehr schätzengelernt. Vor zweieinhalb Jahrzehnten aber wütete ich gegen seine *Silbernen Saiten* und Camill Hoffmanns *Adagio stiller Abende* und propagierte schimpfend die lauten Abende und die Darmsaiten. Ich tue mir etwas darauf zugute, daß ich mir in dieser Hinsicht immer treu geblieben bin und, seit ich nur als Dichter und Essayist die Feder als Handwerkszeug brauche, die Kunst nie als Selbstzweck habe gelten lassen, sie immer als den dienstbaren Geist gefühlter Erlebnisse, erhabener Gedanken und werbenden Eiferns betrachtet und benutzt habe. Schon 1902 schrieb ich im *Armen Teufel* einen Artikel »Tendenz-Kunst«; später griff ich wiederholt in heftigen Ausfällen die »l'art pour l'art«-Dichtung Stefan Georges und seines Kreises an, und ich glaube heute noch recht zu haben mit der Ansicht, daß das gänzliche Ausbleiben einer Nachwuchs-Generation nach der unsern dem Fehlen eines künstlerischen Impulses zur Last zu legen war. Erst jetzt wieder, seit wenigen Jahren, flammt neue Kunst aus neuer Jugend, und diese Kunst ist bekennende Fanfare, Manifest, Entheiligung entthronter Götter und jauchzende Verbrüderung mit allen, die der Zukunft entgegenstürmen.

Als ich der Allerjüngsten einer war, stand ich vereinsamt und als Narr bespöttelt zwischen Gleichaltrigen. Nach unserer Generation, die etwa mit René Schickele abschloß, kam außer sporadischen Kometen wie der sehr bedeutsamen Erscheinung Franz Werfel in langen Jahren nichts. Im Februar 1912 schrieb ich in meiner Münchener Zeitschrift *Kain* die Sätze: »Hermann Bahr hat einmal das hübsche Wort gefunden: ›Es ist der Trost der alternden Generation, daß es immer wieder Zwanzigjährige gibt.‹ Ist es Hermann Bahr schon einmal aufgefallen, daß heute wir, die wir zwischen dreißig und vierzig stehen, eigentlich die Jüngsten sind? Seit in Wien das Verse machen zum Sport geworden ist, seit man dort bewiesen hat, daß mit einem Band Hofmannsthal in der Hand jeder Gymnasiast gute Gedichte machen kann, gibt es keinen Nachwuchs mehr.« Die Literatur – es ist wirklich so – war unter dem betäubenden Parfüm des Ästhetizismus eingeschlafen. Sie ist wieder wach geworden. Die Zwanzigjährigen sind wieder da. Der Nachwuchs führt wieder. Man mißgönne mir nicht die Eitelkeit, mich der jungen Generation zugehörig zu fühlen.

DIE ZEHNTE MUSE

Die zehnte Muse ist der Titel einer Anthologie humoristischer Gedichte und Chansons, die es zu außerordentlich hohen Auflagen brachte und mit der Maximilian Bern sich selbst und vielen jungen Dichtern einen guten Platz in der deutschen Literatur zu sichern suchte. Bern war regelmäßiger Gast bei den »Kommenden« und im »Café des Westens«. Er hatte den sehr sympathischen Ehrgeiz, als Förderer der jüngsten Generation in die Literaturgeschichte einzugehen, und erwähnte man nur irgendeinen bekannten oder Bekanntheit prätendierenden Dichternamen vor ihm, so konnte man mit Sicherheit hören: »Den hab ich doch entdeckt!« Mir war Maximilian Bern nicht sehr gewogen, und von meinen Versen hat keiner in seiner dickleibigen Sammlung Aufnahme gefunden; aber daran trug ich selbst die Schuld. Als mich nämlich der Allerweltsprotektor einmal aufforderte, ich solle ihm doch Gedichte zur Prüfung einsenden, gab ich ihm die patzige Antwort: »Lassen Sie das man, Herr Bern – ich entdecke mich selbst.« Es war vielleicht recht töricht von mir, dem durchaus uneigennützigen, braven Mann die Freude zu verderben, mich in die Herde aufzunehmen, die auf seinem Ruhmesanger weiden durfte, und es ist wohl möglich, daß Berns Förderung mir manche Schwierigkeit erspart hätte. Sicher ist, daß meine dichterischen Sprößlinge, so weit sie von der zehnten Muse gewiegt wurden – und das sind diejenigen, welche ihrem Erzeuger nahrhaftere Dankbarkeit erweisen als die zarten Schönheiten elegischer Sehnsüchte –, statt des einfachen Weges vom Buch zur öffentlichen Kritik den komplizierteren gehen mußten: vom Vortrag über die öffentliche Kritik zum Buch. Zum Glück war ein Podium, von dem aus meine Humoristik und Satiren ausgespritzt werden konnten, in den sich als Dernier cri der Moderne eben etablierenden Kabaretts vorhanden.

Auf dem »Überbrettl«, mit dem Ernst von Wolzogen 1901 der zehnten Muse die erste öffentliche Tribüne in Deutschland schuf, bin ich selbst noch nicht zu Worte gekommen. Doch verkehrte ich viel und gern in dem Künstlerkreis, der seinen Mittelpunkt im Wolzogen-Theater in der Köpenicker Straße hatte, saß bei jedem neuen Programm im Parkett und sah in dem vom Architekten Endell mit chinesisch anmutenden Drachenornamenten verzierten Bau zum erstenmal auch hinter die Kulissen eines Theaters. Die Persönlichkeiten, die mit Tanz, Gesang und Rezitation abends bis elf Uhr in Biedermeiertracht das Publikum erfreuten, saßen häufig nachher noch bis drei oder vier Uhr nachts am Künstlertisch im »Café des Westens« mit den allnächtlichen Stammgästen beisammen, und dort debattierten wir über Kunst und Kultur, über Theaterdirektoren und Buchverleger, über politischen und persönlichen Klatsch. Der Bildhauer Max Kruse, immer würdig und zugeknöpft, predigte statt der ethischen die ästhetische Kultur; sein lustiger Bruder, der Maler Oskar Kruse, amüsierte sich über die Witze des Architekten Ernst Rossius-Rhyn, der sich selbst kurz »das Roß« und Wolzogens spätere Frau, die mit ihren Liedern zur Laute uns alle begeisternde Elsa Laura Seemann, »die essigsaure Lehmann« nannte. Das »Überbrettl« war durch Ernst von Wolzogen selbst, durch Hanns Heinz Ewers, Robert Koppel, Bozena Bradsky, den Komponisten Oscar Straus und andere vertreten. Manchmal kam auch Arthur Pserhofer an den Tisch, und dann wurde in der fürchterlichsten Weise »gepserhofert«, das heißt seine Spezialität, sich mit der zehnten Muse zu vergnügen, geübt; denn es war zu einer wahren Epidemie geworden, den bekannten Pserhoferschen Vorbildern nachzueifern: »Es gehen mehr Leute ins Theater hinein als hineingehen« – oder: »Es gibt im Menschenleben Augenblicke, wo es im Augenblicke Menschenleben gibt« usw. Unter den regelmäßigen Tischgenossen nenne ich noch den Kunstkritiker Fritz Stahl, den Turgenjew-Übersetzer Comichau, Wilhelm Meyer-Förster, dessen *Alt-Heidelberg* damals den gewaltigsten Theatererfolg erlebte, zu dem es je ein deutsches Bühnenwerk gebracht hatte. Meyer-Förster kam meistens mit seiner jungen, liebenswürdigen, sehr klugen und anmutigen Frau, und als dann ganz unerwartet die Nachricht kam, daß Elsbeth Meyer-Förster nach kurzer Krankheit gestorben war, blieb auch der Gatte fort, und es lag lange der schmerzliche Druck der Verwaistheit über dem Caféhaus-Stammtisch; die Verarmung, die unsere Gesellschaft durch den Verlust Elsbeth Meyer-Försters erlitt, ist nie wieder ausgeglichen worden.

Das Bedürfnis, zur Pflege heiterer Kunst Zusammenkünfte zu organisieren, war, seit die »Überbrettl« in Mode gekommen waren, allenthalben bemerkbar. In privaten Zirkeln, in der sogenannten Boheme, in den Ateliers wurden Ulkvorträge, Schnellmaler-Produktionen, Brettllieder zur Gitarre und Grotesktänze üblich. Begüterte Bürger erließen Abendbrot-Einladungen nicht mehr bloß an die berühmten Heldentenöre der Oper, sondern auch an junge Künstler und Literaten, deren Darbietungen die Hörer nicht zwangen, ihre Ansprüche aus Schicklichkeitsgründen gewaltsam in die Höhe zu schrauben, die im saloppen Straßenanzug kamen und froh waren, außer einem guten Essen und reichlich Wein ein Zehn- oder Zwanzigmarkstück als Douceur zu bekommen. Besonders der Maler Paul Haase hatte großes Geschick darin, freundwillige Familien zu derartigen Einladungen anzuregen, den künstlerischen Invasionstrupp zusammenzustellen und uns vorher zu belehren, wie wir uns zu benehmen hätten, nämlich so ungesellschaftlich wie möglich. Ich höre ihn noch, wie er mich nach so einem Souper zusammenputzte: »Mensch, du bist nich ordinär jenuch; dir kann man ja nirjens mitnehmen!« Der gute Paul Haase! Er war ein Prachtkerl, ein richtiger Berliner Prolet, der er als bedeutender Künstler geblieben war, verläßlich und solidarisch als Kamerad in Bruch und Not – aber daß er ordinär genug war, um sich in jeder Berlin-W-Gesellschaft zeigen zu können, das mußte ihm der Neid lassen.

Der interessanteste Galan der leichten Muse in unserem Kreise war wohl Donald Wedekind. Ich verkehrte viel mit ihm, noch ehe ich seinen älteren Bruder Frank kennenlernte. Manche Nacht habe ich mit ihm in recht verschiedenartiger Gesellschaft durchbummelt. Bald saßen wir mit Peter Hille zusammen im »Vierzehntel-Topp«, einer Destille am Potsdamer

Platz, oder im Café Austria, bald zogen wir mit dem Lyriker Franz Evers, dem polnischen Bildhauer Franz Flaum, einem Freund Przybyszewskis, oder dem großen norwegischen Maler Edvard Munch durch die Friedrichstadt von einer Kneipe zur anderen, bald begegneten wir uns in dem Atelierhaus an der Möckernbrücke, wo Flaum seine an Rodin geschulten dämonisch-erotischen Skulpturen schuf und wo sich dann gewöhnlich noch der Redakteur des *Magazins für Literatur* Carl Philipps und mein alter Freund, der Stirnerianer Johannes Gaulke, einfanden. Bei den von Haase protegierten Veranstaltungen in Bürgerhäusern war Donald Wedekind ein vor allen beliebter Gast. Er sang die Chansons seines Bruders zugleich mit dem einschmeichelnd klangvollen Bariton seines Organs und der harten, fast unmodulierten Aussprache seiner schweizerischen Sprechweise, wobei er sich meisterhaft auf der Klampfe begleitete. Die Frauen waren von dem Zauber seines Vortrags völlig fasziniert, wozu freilich seine große schlanke Erscheinung, die hohe Stirn, die stählernen Augen und der geschwungene Mund mit dem herabhängenden blonden Schnurrbart nicht wenig beitrugen. Beim Singen vergnügte er sich damit, seine Zuhörerinnen nacheinander rot werden zu lassen. Er machte das so, daß er irgendein junges Mädchen starr ansah, sich immer weiter über sein Instrument weg zu ihr vorbog und sie zumal mit den gewagtesten Textstellen der Lieder zu hypnotisieren schien. Das arme Opfer wand sich förmlich unter seinem einbohrenden Blick und wurde schließlich puterrot. Hatte er es so weit, wandte er sich einer anderen zu, mit der gleichen, absolut sicheren Wirkung. Donald Wedekind schrieb Novellen mit haarsträubend eindeutiger Laszivität, die er zu Bändchen mit den Titeln *Bébé Rose* und *Das interessante Buch* sammelte. Als diese Hinweise auf den Inhalt nicht mehr zogen, nannte er die dritte Sammlung harmlos *O, du mein Schweizerland!*. Seine Landsleute, die das Buch in dem Glauben kaufen mochten, darin ihre heimatlichen Berge gepriesen zu finden, werden recht verwundert gewesen sein, als sie die derbsten Geschichtchen lasen, die auf alle möglichen erotischen Scherze, nur nicht auf die Schönheiten der Schweiz Bezug hatten. Dabei war Donald Wedekind nicht nur gläubiger Katholik, sondern sogar fanatischer Eiferer seiner Religion. Sein einziges Werk, das literarischen Wert hat, ist der Bekenntnisroman *Ultra montes.* Als er sich 1909 eine Kugel in den Kopf schoß, machte er Ferdinand Hardekopf zum Vollstrecker seines literarischen Testaments, das von der einzigen Sorge erfüllt war, dem Roman die Resonanz zu schaffen, die der Verfasser seinem dichterischen Wert und seiner werbenden Kraft sichern wollte. Der religiöse Fanatismus Donald Wedekinds kam bei den seltsamsten Gelegenheiten und oft in der bizarrsten Weise zum Vorschein. Wir saßen eines Nachts im Vierzehntel-Topp beisammen, hatten jeder ein Mädel neben uns, und es ging bei recht viel Alkohol recht ungezwungen zu. Da unterbrach er plötzlich die Unterhaltung und fuhr mich ganz unvermittelt an: »Ich wollte dir schon längst einmal sagen, wir beide haben im Grunde gar nichts miteinander zu schaffen: Du glaubst ja nicht einmal an einen Gott!« Ich erwiderte ihm kurz mit dem bekanntesten aller Goethe-Zitate und bekam zur Antwort: »Das kannst du leicht verlangen, aber es schafft deinen Unglauben nicht aus der Welt.« Dann ging Trinken und Unterhaltung weiter wie zuvor. Wir waren noch oft beisammen, ohne daß dies Intermezzo wieder erwähnt worden wäre. Als ich aber später einmal mit Hardekopf in Zürich war und Donald Wedekind aufsuchen wollte, ließ er sich verleugnen. Ich reiste ab, ohne ihn gesehen zu haben, erhielt aber tags darauf eine fidele Karte von beiden zusammen. Hardekopf berichtete mir dann, Donald habe ihm erklärt, er wünsche mit mir nicht mehr zusammenzukommen. Die Gründe habe er mir vor Jahren im Vierzehntel-Topp auseinandergesetzt. Die Brüder Wedekind habe ich nur ein einziges Mal zusammen gesehen, das war etwa 1906 in München. Auch da ging es vergnügt her, bis Donald auch hier die allgemeine Ausgelassenheit mit der ganz zusammenhanglosen Bemerkung unterbrach: »Wir wollen doch über alledem nicht vergessen, daß ein Gott im Himmel lebt, welcher über unsere Taten wacht...« Der Bruder sah ihn von unten herauf ernsthaft und mißbilligend an und meinte dann: »Donald, ich verstehe dich nicht; jeder Mensch geht mit der Mode, jeder Schneider geht mit der Mode – nur du gehst nicht mit der Mode!« Darauf wurde weitergetrunken und weitergesungen.

Eines Abends schleppte mich Paul Haase ins Hinterzimmer der italienischen Weinstube von »Dalbelli« an der Potsdamer Brücke. Dort hatte der Maler Max Tilke das erste Berliner Kabarett eröffnet; wenn ich mich recht erinnere, hieß es »Zum hungrigen Pegasus«. Ich traf eine Menge junger Künstler, die ich zum Teil schon kannte. Der Raum war mit ulkigen Zeichnungen dekoriert, die Kabarettisten saßen mit den aus dem Restaurant nach hinten geeilten Gästen am Tisch, es gab weder ein Programm noch einen Conférencier. Wer etwas vorzutragen hatte, trat aufs Podium, und nachher wurde eine Tellersammlung vorgenommen und der Ertrag, sofern er nicht gemeinsam verjuxt wurde, unter den Mitwirkenden verteilt. Diese sorglose Geschäftsgebarung wurde allerdings recht bald durch kaufmännischere Methoden ersetzt. Die Besucher mußten sich den Eintritt mit einer Mark erkaufen, doch blieb die Honorierung der Künstler dieselbe: kameradschaftliche Teilung. Man erfuhr nun aber schon von den großen Einnahmen der Elf Scharfrichter in München, es entstanden Meinungsverschiedenheiten zwischen den Hauptbeteiligten, und da diese Differenzen sich nicht auf die Dinge der Kunst beschränkten, sondern auf Angelegenheiten der Liebe übergriffen, konnte eine Spaltung nicht ausbleiben. Georg David Schulz etablierte im Weinrestaurant des Theaters des Westens das Kabarett »Im siebenten Himmel« und engagierte neben vielen anderen auch mich mit einem festen Honorar von fünf Mark, einmal in der Woche. Schulz selbst glänzte in allen Künsten, dichtete, komponierte und sang seine Vorträge allein, machte den Conférencier und betrieb das Unternehmen als Geschäftsmann. Der Star des Kabaretts war die vom »Hungrigen Pegasus« mit ausgewanderte spanische Tänzerin Marietta de Rignardo, nach ihrer Verheiratung mit dem Direktor

Marietta Schulz de Rignardo, später Frau Ludwig Thoma, deren Kastagnettentänze damals etwas völlig Neues in Berlin waren. Im »Siebenten Himmel« lernte ich unter anderen auch Roda Roda kennen, ferner den Humoristen Johannes Cotta und noch manchen, der so wie ich selbst das zur merkantilen Einrichtung gewordene Kabarett nie als etwas anderes betrachtet hat denn als eine Einkunftsquelle. Ich habe in den vielen Jahren, in denen ich längere oder kürzere Zeit als Kabarettist aufgetreten bin, niemals etwas anderes vorgetragen als Wortspiele und andere Gleichgültigkeiten. Die Rezitation ernsthafter Produktion vor einem zahlenden Amüsierpublikum habe ich stets, auch wenn es ausdrücklich von mir verlangt wurde, verweigert.

Anfangs 1903 fragte mich Peter Hille, ob ich ihm helfen wolle, ein Kabarett zu gründen, wo er regelmäßig seine Dichtungen vortragen und anderen ebenfalls dazu Gelegenheit geben könne. Ich ging mit ihm zu »Dalbelli«, und in dem Raum, wo Tilke seinen hungrigen Pegasus geritten hatte, produzierte sich nun allwöchentlich das »Cabaret zum Peter Hille«. Das war eigentlich keine Stätte der zehnten Muse. Es war oft ganz große Kunst, was dort zu Gehör kam. Über Peter Hilles eigene Dichtungen, mit deren Vorlesung er trotz seiner rührenden Hilflosigkeit in aller rezitatorischen Technik tief erschüttern konnte, braucht hier nichts mehr gesagt zu werden. Wir alle, die wir dort teilnahmen, betrachteten dieses Kabarett als einen Ort höchster künstlerischer Ansprüche, und Peter Hille hielt selbst streng darauf, daß sein Musentempel nicht von profanen und albernen Produktionen entheiligt würde. Den damals sehr populären Kabarettisten Danny Gürtler hat er einmal energisch aus dem Vortragszimmer hinausgeworfen. Gürtler kam polternd herein, brüllte mit seiner Riesenstimme »Hoch der Humor!« und wollte, den betroffen in seiner Vorlesung innehaltenden Dichter leutselig begönnernd, die Regie des Abends übernehmen. Da stellte sich der schmächtige Peter Hille breit vor den kolossalen Menschen hin und donnerte ihn an: »Gehen Sie in Ihre Spelunke! Bei uns haben Sie gar nichts zu suchen!« Gürtler wollte mit gutmütigem Lachen einlenken, aber Peter blieb mit ausgestrecktem Finger vor ihm stehen und wiederholte nur immer: »Hinaus mit Ihnen!«, bis der andere verlegen und besiegt abzog. Im Grunde war das »Cabaret zum Peter Hille« kein Kabarett; es war nichts anderes als das Postament einer großen Dichterpersönlichkeit, die sich um jeden Preis Gehör schaffen wollte und in kindlicher Einfalt mit der zartesten melodiösen Stimme in eine ganz grobe Trompete blies. Im Frühjahr 1904 kam ich von einer längeren Fußreise zurück, die ich im Dienste anderer als literarischer Ideen unternommen hatte. Ich ging zu »Dalbelli«, um vor meiner Abreise in die Schweiz Peter Hille in seinem Kabarett zu begrüßen. Dort hörte ich, er sei erkrankt und müsse diesmal aussetzen. Am andern Tage schrieb ich ihm, wünschte gute Besserung und stellte meine Rückkehr für den Herbst in Aussicht. Wenige Tage später erhielt ich in Lausanne eine Postkarte von Paul Scheerbart mit der Mitteilung, daß Peter Hille gestorben sei. Ein knappes halbes Jahr später wäre er fünfzig Jahre alt geworden. Da sollten zum ersten Male seine Gedichte gesammelt erscheinen unter dem Titel *Blätter vom fünfzigjährigen Baum.* Es ist ein Trost, daß sein sonderbares Kabarett sein letztes Lebensjahr noch mit einer gewissen Befriedigung seines berechtigten Geltungsdranges bereichert hat. Peter Hille war gewiß ein Liebling aller neun Musen, sie beschenkten ihn reich mit den Gaben des Geistes und der Seele. Als sein Genius aber reales Futter begehrte, da fand er es erst bei ihrer verleugneten Stiefschwester, der zehnten Muse.

SCHEERBARTIANA

Die Geschichte, wie ich für meine Gedichte den ersten Verleger fand, hat eine Vorgeschichte, die weder mit den Gedichten noch mit Verlagsangelegenheiten zusammenhängt, sondern mit einem von Alkohol und Galgenhumor getränkten Abend bei Paul Scheerbart.

Es wird – hoffentlich! – nicht nötig sein, Scheerbart als Dichter vorzustellen. Obgleich seine Bücher, die es so sehr verdient hätten, keine hohen Auflagen erreicht haben und, wie es scheint, jetzt völlig vom Markt verschwunden sind, hat es doch eine Zeit gegeben, die dem humorvollsten Phantasten und dem phantasievollsten Humoristen der modernen deutschen Literatur wenigstens die platonische Anerkennung nicht schuldig blieb. Die Zeit aber, die diesen kosmischen Spötter als sich zugehörig erkennen wird, diese Zeit, daran zweifle ich nicht, wird noch kommen. Es wird die Zeit sein, die von Freiheit des Menschen und seiner Gedanken- und Gefühlswelt wissen und die hinter dem dröhnenden Lachen des Dichters, der seine philosophischen Romane auf dem Mond und dem Jupiter spielen läßt, den tiefsten sozialen Ernst heraushören wird. Wer Paul Scheerbart persönlich nahestand, der sah, wie einheitlich diese Persönlichkeit war. Seine unbändige Lustigkeit war ein Bestandteil seiner Weltanschauung, und seine Weltanschauung bejahte das Weltall in seiner unfaßbaren Größe, Schönheit und Mannigfaltigkeit, die der dichterischen Phantasie schrankenlose Möglichkeiten öffnete, während das Wichtignehmen der irdischen Absonderlichkeiten Scheerbarts Freude am Lachen immer neue Nahrung gab. »Antierotiker« nannte er sich, weil ihm die Feierlichkeit, mit der seine alten Freunde Dehmel und Przybyszewski die Geschlechtsbeziehungen der Menschen als poetisch zu glorifizierende Angelegenheit behandelten, ungeheuer komisch zu sein schien. Das gesamte Gebaren der Erdbewohner in ihrer natürlichen Beschaffenheit, wie sie sich in den Dingen der Liebe und in den Vorgängen der Ernährung und des Stoffwechsels offenbart, und erst recht ihr Verhalten gegeneinander, das er vor allem in jeder Art Staatsherrschaft und in der Einrichtung des Krieges charakterisiert sah, war ihm ein unversieglicher Quell donnernden Gelächters. Dagegen dichtete er in seiner eigentümlichen Sprache, die mit äußerstem stilistischem Feingefühl jeden Anschein von Pathetik durch salopp klingende Wortanordnung zu vermeiden wußte, in die kosmischen Wunder des Unendlichen die Lebensprosa hinein, der er irdische Wirklichkeit wünschte. Ein Beispiel: In dem Roman *Die große Revolution* werden die Mondbewohner vorgeführt, deren einzige Beschäftigung in der durch die vollkommensten Instrumente ermöglichten Beobachtung der Lebewesen auf allen übrigen Gestirnen besteht. Die große Revolution richtet sich gegen die Erde und ist siegreich durch den Beschluß, den Nachbarstern zu boykottieren, ihn so lange von allen Erforschungen der Mondleute auszuschließen, bis die Erdmenschen aufgehört hätten, das Weltall durch ihre Kriege zu schänden. Sein Antimilitarismus gehörte wie seine Antierotik ganz und gar zu Scheerbarts Gesamterscheinung, die in allen ihren Äußerungen hinter ausgelassenem Witz und phantastischer Erfindung einen sehr ernsthaften Denker verbarg.

Scheerbarts Bücher und Scheerbarts Persönlichkeit hatten ganz die gleichen Eigenschaften. Er überschlug sich in grotesken Einfällen, über die er maßlos lachte und die trotzdem niemals ausschließlich als Spaß zu nehmen waren. Am bezeichnendsten für ihn, der sein Lebtag nie aus dem qualvollsten Geldmangel und ganz selten aus buchstäblicher Not herausgekommen ist, scheint mir der jahrelang zäh verfolgte Plan, durch die Konstruktion eines Perpetuum mobile mit einem Schlage Multimillionär zu werden. Scheerbart – und außer ihm noch sein prächtiger »Bär«, die rührendste Gestalt unter allen Dichterfrauen, dieser weibliche Sancho Pansa, der, der Realität des Daseins in resoluter Nüchternheit gewachsen, acht Jahre älter als sein von Bier und Phantasien ewig angesäuselter Don Quichote, die dicke Zigarre im Munde, alle Verrücktheiten des Dichters geduldig und gläubig anhörte – Scheerbart und der Bär waren völlig davon überzeugt, daß das Problem gelöst sei, und was nur immer an kleiner Münze zusammenzukratzen war, wanderte zum Patentamt. Zu den Rädern und Gewichten, zu seiner von früh bis spät betreuten Bastelarbeit gewann aber Scheerbart eine immer persönlichere Beziehung. »Perpeh« nannte er sein Werk, und ich bekam Postkarten nach München mit dem Postskriptum: »Perpeh läßt Dich schön grüßen.« Einmal teilte mir Scheerbart mit: »Perpeh ist fertig; es bewegt sich nur noch nicht« – für ein Perpetuum mobile offenbar ein Nachteil. Das kostbare Tagebuch, in dem er selbst die Geschichte dieser Erfindung zusammengestellt hat (*Das Perpetuum mobile* bei Rowohlt 1910), war der Ertrag der Bemühungen – und kein schlechter.

Die Perpeh-Periode begann erst 1907, als ich längst nicht mehr dauernd in Berlin wohnte und nur bei gelegentlichen Besuchen Zeuge des Geschehens im Hause Scheerbart sein konnte. Aber bevor ich erzähle, wie ich den ersten Verleger für meine Gedichte fand, will ich noch einmal vorgreifen, um den Mann kenntlich zu machen, der in seinem zweibändigen Roman *Immer mutig* die in allerlei Ulk versteckten Weisheiten vieler kurzer Geschichten in die Unterhaltung von Nilpferden verflicht, die dabei, in Schlafröcke gehüllt, in Schaukelstühlen sitzen und lange Pfeifen rauchen. – Wir tranken Kaffee bei ihm, und der Bär hatte auch für Kuchen gesorgt. Paul Scheerbart berichtete mit großem Eifer von einem neuen Saturnring, den er soeben zu entdecken im Begriffe sei. Er hatte die Angewohnheit, so wie manche Leute fortwährend »nicht?« oder »n'wahr?« in ihren Redefluß einwerfen, jeden Satz mehrmals mit dem Wort »wisangtschin« zu unterbrechen, das, wie er einmal erklärt hat, ursprünglich »wie gesagt, entschieden!« bedeutet hatte. Jedenfalls klang es für Uneingeweihte sehr befremdend. Der neue Saturnring aber war – wisangtschin – aus Aluminium. Da klingelte es. Scheerbart öffnete selbst, und der Bär und ich hörten nun draußen eine stürmische Begrüßung: das sei ungemein liebenswürdig, und wir säßen gerade beim Kaffee, und: »Kommen Sie doch rein, wisangtschin, und trinken Sie ein Täßchen mit.« Damit schob Scheerbart einen etwas verängstigten, sehr harmlos aussehenden Herrn ins Zimmer, nötigte ihn auf einen Stuhl, bat seine Frau: »Gib doch dem Herrn Kaffee und Kuchen, Onkelchen!« und berichtete ihm, ohne ihn zu einem Wort kommen zu lassen, von dem neuen Aluminiumring um den Saturn. Der arme Mensch war völlig konsterniert und hatte wohl die Empfindung, zwischen Irrsinnige geraten zu sein. Da fragte ihn der Dichter endlich, wie er heiße und was ihn auf die glückliche Idee gebracht habe, seinen Besuch zu machen. Es stellte sich heraus, daß der Mann von einer Versicherungsgesellschaft kam und Scheerbarts Leben versichern wollte. Es war schwer, einigermaßen ernst zu bleiben. Aber Scheerbart ließ sich, äußerst interessiert, erklären, worin sein Vorteil bestände, wenn er eine Police kaufe. »Ach so«, meinte er schließlich, »dann muß ich erst sterben, wisangtschin, bis Sie, wisangtschin, Geld rausrücken. Lieber Herr, wisangtschin, wenn ich tot bin, dann bin ich, wisangtschin, so berühmt – ich beneide meine Witwe jetzt schon.« Der Agent mußte noch eine Tasse Kaffee trinken, war aber sichtlich froh, als er die Tür hinter sich zumachen durfte.

Eines Abends, im August 1903, kam ich zu Scheerbarts. Mein letztes Geld hatte ich in Zigarren angelegt, die ich zu dem Abendbrot beisteuern wollte, das ich dort zu bekommen hoffte. Ich traf Lentrodt an, der eine Flasche Schnaps mitgebracht hatte, aber auch keinen Pfennig weiter besaß. Der Bär war betrübt. Es war außer ein wenig Brot ohne Butter nichts mehr im Hause. So saßen wir zu viert da, jeder mit einer dicken Zigarre, und machten das wenige Brot mit viel Schnaps schmackhaft. Wir fanden, daß es so nicht weitergehe, und Paul Scheerbart erklärte: »Es muß etwas geschehen.« Nachdem verschiedene Vorschläge gemacht und verworfen waren, unter anderem der, ein Omnibusunternehmen mit Kabarettunterhaltung ins Leben zu rufen, beschlossen wir, eine Tageszeitung zu gründen. Es mußte etwas ganz Neues sein, und wir einigten uns darauf, daß die Zeitung nur Lügen enthalten sollte, und zwar, wie Scheerbart es ausdrückte, »Lügen mit Hintergrund«. Wir wollten Berichte aus allen Ländern, aber auch von allen

Sternen bringen, und jeder Bericht sollte die politischen, sozialen, gesellschaftlichen, literarischen, künstlerischen und persönlichen Angelegenheiten der nahen Umwelt aus der Perspektive der Erfindung glossieren und brandmarken. Der Titel des Blattes machte keine Schwierigkeiten; es sollte *Das Vaterland* heißen, womit jene weitere Heimat gemeint war, die keine Grenzen hat und den ganzen Kosmos umfaßt.

In meinem Besitz befindet sich heute noch ein Stoß gebündelter Aufzeichnungen, auf dessen Umschlagblatt in Paul Scheerbarts Handschrift zu lesen ist: »Das Vaterland. – Es ist Herbst – – die Blätter fallen.« Zwischen diesen Papieren befinden sich genaue Hinweise, was alles die Zeitung zu enthalten habe, Vertragsentwürfe mit in Frage kommenden Verlegern, Listen von Personen, die zur Mitarbeit aufzufordern wären, Zeichnungen von Scheerbart und von mir, Manuskripte von uns beiden, ferner auch die Dokumente, die aus den engen Bezirken der Scheerbartschen Wohnung in der Charlottenburger Kaiser-Friedrich-Straße und meines Zimmers in der Augsburger Straße weiteren Kreisen zu Augen und Ohren kamen.

Lentrodt wollte gleich von Anfang an der Öffentlichkeit gegenüber abseits stehen und überließ Scheerbart und mir alles. So standen denn auch nur unsere Namen unter der Einladung, die wir, nachdem wir die Vervielfältigung und die Finanzierung der Portokosten in harter Mühe bewirkt hatten, an zweihundert Adressen versandten. Sie hatte diesen Wortlaut: »Geehrter Herr! Sie werden mit uns der Meinung sein, daß es so nicht weitergeht. Was zuviel ist, ist zuviel. Es geht eben nicht. Die Lethargie muß überwunden werden. Deshalb werden wir eine neue Tageszeitung gründen. ›Das Vaterland‹ soll sie heißen. Wir reichen Ihnen die Hand, schlagen Sie ein und kommen Sie … zur Vorbesprechung«. Diese Einladung machte zunächst die Runde durch die ganze Presse. Niemand wußte, was davon zu halten sei, ob wir es ernst meinten oder einen Bierulk vorhätten. Völlig klar waren wir uns darüber selber nicht. Jedenfalls fand die Vorbesprechung am 29. August

1903 in einem Lokal der Friedrichstadt statt, und zwar mit vierzig Teilnehmern. Der Vortrag, den ich dabei über *Die Organisation der Lüge* hielt, befindet sich unter meinen Papieren. An der Diskussion beteiligten sich Samuel Lublinski und Ludwig Rubiner, ohne daß die wichtige Frage der materiellen Fundierung dadurch gelöst worden wäre. Da der einzige Verleger, der unserer Einladung gefolgt war, auf unsere direkte Anzapfung, er solle doch den Verlag der Zeitung übernehmen, erschrocken abwinkte, blieb nichts übrig als eine Tellersammlung, die über dreißig Mark ergab. Damit begaben wir beiden Unternehmer uns auf die Tour, die uns bis zum nächsten Morgen beschäftigte. Um neun Uhr früh lieferte ich Paul Scheerbart bei seinem Bären ab. Von dem Gelde waren nicht viel mehr Pfennige vorhanden als es Mark gewesen waren.

Der Bär brachte ihren Paul sofort zu Bett. Ich ging in eine benachbarte Kneipe und trank dort Kaffee. Dabei las ich die einzige dort aushängende Zeitung, die *Voß*. Etwas im Tran blätterte ich im Inseratenteil herum, und urplötzlich erwachte ich aus allen Umnebelungen. Mein Blick war zufällig auf eine Annonce gefallen, die folgendermaßen lautete: »Zeitschrift oder junger Verlag sofort gegen Kassa zu kaufen gesucht. Offerten unter...« Ich riß das Blatt heraus, kaufte dem Wirt eine Briefmarke ab, zahlte und stürzte zu Scheerbart zurück, drang in sein Schlafzimmer ein. Mit Mühe weckte ich ihn. »Unsinn«, sagte er, als ich ihm den Fall klargemacht hatte, »das ist, wisangtschin, ein Kerl, der Adressen sucht.« Als ich ihm aber zeigte, daß ich sogar schon eine Marke gekauft hatte, kroch er aus dem Bett, und wir verfaßten einen Brief, in dem wir dem Reflektanten unsere *Vaterland* mit der Versicherung empfahlen, daß es sich hier um ein Millionenunternehmen handeln könne. Auf dem Heimwege beförderte ich das Schreiben in den Briefkasten.

Zwei Tage darauf hatten wir Antwort. Der Verleger Eißelt in Groß-Lichterfelde schrieb uns, er habe bereits in der Zeitung von unserem Plan gelesen, der ihn sehr interessiere, und wenn auch für ihn keine Tageszeitung in Frage komme, so bitte er uns, falls wir bereit seien, uns mit einer Wochenschrift zu begnügen, um unseren Besuch. Tags darauf holte ich Scheerbart in aller Frühe ab, und wir fuhren nach Lichterfelde. Der Verleger war von unserer Idee begeistert, und wir waren noch begeisterter, als die Geldfrage in der Weise gelöst wurde, daß wir als Herausgeber der Wochenzeitschrift ein Gehalt von je zweihundert Mark monatlich in Aussicht gestellt erhielten. Da der Bär aufgeregt in der Nähe einer Konditorei auf uns wartete, erbaten und erhielten wir einen gemeinsamen Vorschuß von zwanzig Mark, den wir mit der Unterschrift quittierten: »Die Redaktion des Vaterlandes. Paul Scheerbart. Erich Mühsam.« Mit dem Auftrag, binnen einer Woche den Text für eine Probenummer zusammenzustellen, und voll hochgeschwellter Zukunftspläne verließen wir unseren Retter. Die Probenummer wurde vorgelegt, fand Herrn Eißelts Beifall, und es wurde ein Tag vereinbart, wann wir zusammen zum Notar gehen sollten, da unser Verleger grundsätzlich nur notarielle Vereinbarungen eingehen wollte.

Ich hatte, um nicht zu verschlafen, die Nacht durchgebummelt und klingelte morgens um acht Uhr bei Scheerbart. Der gute Bär öffnete mir mit verweinten Augen. »Gehen Sie man rein«, sagte sie wehmütig, und ich ging rein. Da lag Paul Scheerbart bäuchlings auf der Ottomane, strampelte mit den Beinen, trommelte mit den Fäusten und schrie vor Lachen, daß die Wände zitterten. »Da lies«, sagte er nur und schob mir einen Brief zu. Herr Eißelt teilte uns mit, daß er leider im letzten Augenblick gezwungen sei, von unseren Verabredungen zurückzutreten. Wir hätten ihm erklärt, daß unser Blatt eine schroff antimilitaristische Tendenz verfolgen werde. Nun habe er soeben den Kauf von zwei Annoncenzeitungen abgeschlossen, *Das Kasino* und *Die Kantine*, die ausschließlich für Militärkreise bestimmt seien. Wir müßten wohl einsehen, daß er nicht gleichzeitig ein antimilitaristisches und zwei Soldatenblätter herausbringen könne. Es werde ihn jedoch freuen, wenn er uns jeden durch die Herausgabe eines Buches schadlos halten könnte.

Ich ging nach Hause und holte das wohlgeordnete Manuskript meiner lyrischen Gedichte, und am Nachmittag dieses Tages fuhren Paul Scheerbart und ich wiederum gemeinsam nach Lichterfelde, und Herr Eißelt machte sofort und ohne Notar mit uns beiden Kontrakt, und die ersten Bücher, die in seinem Verlage erschienen, waren Paul Scheerbarts *Machtspäße* und meine *Wüste.*

Während des Krieges ist Paul Scheerbart gestorben; er hat sein Leben lang zuwenig gegessen und zuviel getrunken. Das herrliche, mächtige, Leib und Seele erschütternde Lachen des einzigen großen Humoristen der modernen deutschen Literatur ist stumm geworden. Ich denke an eine öffentliche Vorlesung, die er aus seinen Werken halten sollte. Er las brillant, aber plötzlich übermannte ihn sein eigener Humor. Er fing zu wackeln an, er fing zu prusten an, und dann brach das Lachen mit einer solchen Urgewalt hervor, daß an kein Lesen mehr zu denken war. Da stand ein deutscher Dichter auf dem Podium und lachte, schüttelte sich, brüllte vor Lachen, und der ganze Zuhörerraum war angesteckt von dem lachenden Dichter, bog sich und krähte.

Die Zeit wird kommen, die Scheerbarts Lachen wieder lernen wird, das große und befreiende Lachen, das aus dem weiten glücklichen Weltall stammt, wo es keine Not und keine Kriege gibt. Es wird die Zeit sein, die auch Scheerbarts Bücher wieder drucken, lesen und mit ernsthafter Heiterkeit genießen wird.

ALLERLEI BEGEGNUNGEN

Mein Domizil in der Augsburger Straße war ein sogenanntes »Berliner Zimmer«, sehr geräumig, mit einem zweischläfrigen Bett, einem breiten Sofa und einem etwas gebrechlichen Schreibtisch in der einzigen Ecke, in die das Fenster Licht einließ. Die hübsche, rundliche Wirtin, kleinen Zärtlichkeiten sehr zugänglich – der Mann war Reisender und viel abwesend –, war das Ideal einer toleranten Vermieterin. Ich durfte Besuch mitbringen, wie es mir gefiel, und es kam vor, daß zugleich drei Freunde, denen der Heimweg vom »Café des Westens« zu weit war oder die gerade kein festes Quartier hatten, bei mir übernachteten. Peter Hille war, wenn er den letzten Zug nach Schlachtensee nicht mehr erreichte, oft mein Logiergast, auch Scheerbart machte einmal, als ihn die Füße nicht mehr bis nach Hause tragen konnten, von meinem breiten Bett Gebrauch und wollte sich totlachen, als morgens die Wirtin mit der größten Selbstverständlichkeit hereinkam und zwei Portionen Kaffee auf den Tisch stellte. Kam ein Gast von auswärts ins Café, der noch keine Bleibe hatte, wurde er mir einfach mitgegeben, und ich habe manchmal wildfremde Leute bei mir beherbergt, deren Namen ich bei der Vorstellung nicht verstanden hatte und nie erfuhr. Einmal kostete es große Mühe, einem Zahntechniker, dem Freunde irgendeines meiner Bekannten, zwei Goldstücke zu retten, die er auf den Tisch gelegt hatte. Ich lag noch im Bett, er auf dem Sofa, als der Gerichtsvollzieher erschien, um von mir Geld zu holen. Er wollte sich durchaus des Vermögens meines Gastes bemächtigen, der angstvolle Minuten durchlebte, bis der Beamte sich entschloß, es beim üblichen Vermerk bewenden zu lassen, daß die Pfändung bei mir fruchtlos gewesen sei.

Auch tagsüber ging es mitunter lebhaft im Dämmerlicht meines Zimmers zu. Meine gute Wirtin wunderte sich über gar nichts. Sie gewöhnte sich daran, daß langstündige Konferenzen bei mir stattfanden, deren politischen Charakter sie den verarbeiteten Gesichtern und Händen der Teilnehmer und gelegentlich aufgefangenen Worten entnehmen konnte. Sie ließ lustige Künstlergesellschaften herein, ohne sich je über den dann folgenden Radau zu beschweren. Sie erlebte mit ungeheurem Stimmaufwand dargebrachte Rezitationen zur Unsterblichkeit strebender Autoren und gellende Aufschreie junger Schauspielerinnen, die mich und einen zur Talentmusterung eingeladenen Bühnenkünstler durch Vorsprechen klassischer Rollen von ihrer Berufung zur Heroine zu überzeugen suchten. Sie öffnete die Tür mit diskreter Freundlichkeit Besuchern und Besucherinnen und fragte nicht, ob Kunst-, ob andere Interessen sie zu mir führten. Selbst als ich in jenem Zimmer meine erste polizeiliche Haussuchung über mich ergehen lassen mußte, konnte ich sie als Zeugin herbeirufen und hörte nachher keine Frage nach dem Warum und kein Wort des Mißvergnügens. Wirtinnen dieses Schlages, deren ich im Laufe der fünfzehn Jahre meines Lebenswandels als »möblierter Herr« mehrere kennengelernt habe, aber wahrhaftig nicht viele, bin ich viel Dank schuldig.

Mancher Berühmtheit hat die brave Frau Kaffee gekocht ohne eine Ahnung, wen sie bewirtete. Einmal überraschte mich der Besuch einer nicht mehr jugendlichen, merkwürdig angezogenen, etwas exzentrisch anmutenden Dame, die von mir die Adresse eines Bekannten verlangte. Ich wußte noch nicht, mit wem ich es zu tun hatte, lud sie aber ein, mit mir Kaffee zu trinken, da mich der beredsame Enthusiasmus anzog, mit dem sie von ihren eigenen dichterischen und malerischen Werken sprach. Es war Hermione von Preuschen. Das sehr lebhafte Gespräch endete ganz plötzlich. Sie stand völlig übergangslos vom Tisch auf, gab mir die Hand und sagte: »Ich werde noch einmal zu Ihnen kommen; dann werde ich mich entscheiden, ob ich Sie auch zu mir einladen werde.« Darauf ging sie. Es war meine einzige Begegnung mit dieser seltsamen und, wie ich glaube, bedeutenden Frau.

In dieser Zeit war ich nicht selten mit Johannes Schlaf zusammen, der sich damals in einer kritischen Periode befand. Dessenungeachtet empfing ich mit meinen fünfundzwanzig Jahren von dem Dichter, den ich mehrfach in seiner Wilmersdorfer Wohnung besuchte und der sich auch gelegentlich bei mir zeigte, eine Fülle wertvollster Anregungen und Hinweise. Schlaf verstand es, den kritischen Blick des Jüngeren auf die kleinen Merkmale eines Charakters, eines Kunstwerks, einer Straßenszene hinzulenken, immer wieder die Beobachtung zu schärfen und mit einer aphoristisch hingeworfenen Bemerkung einen einzelnen Vorgang mit der Komplexion des Lebens, einen im Gespräch entwickelten Gedanken mit dem pantheistischen Weltbild seiner Geistigkeit in Beziehung zu setzen. In allen seinen Büchern, den Romanen wie den wissenschaftlichen und philosophischen Werken, spiegelt sich dieses Vermögen der Kritik des Großen durch die Betrachtung und Zergliederung des Kleinen wider. Johannes Schlaf gehört zu den Erscheinungen, bei denen sich Persönlichkeit und Schaffen zur Synthese ergänzen.

Zu den Dichtern der naturalistischen Kampfgeneration, mit denen ich in meiner Berliner Frühzeit noch persönlich in Berührung kam, gehörte auch John Henry Mackay, mit dem mich ja eine ziemlich nahe Verwandtschaft der sozialen Anschauungen verband. Die oft behauptete Diskrepanz zwischen seinen aufrüttelnd kämpferischen Dichtungen und seinem sorgsam abgezirkelten persönlichen Gebaren kann ich eigentlich nicht zugeben. Allerdings ergibt sich wohl aus der Feststellung der Einheitlichkeit seines Charakters als dichtender Propagandist und als Mensch unter Menschen der Abstand zwischen seiner und meiner Weltanschauung, die ich als ziemlich nahe verwandt, keineswegs aber als kongruent bezeichnet habe. Es ist hier nicht der Ort, das, was dieser Wiedererwecker Max Stirners, dieser konsequente Individualist, Anarchismus nennt, von dem, was ich so nenne, erklärend abzugrenzen, obwohl solche Grenzziehung das politische Gebiet kaum zu streifen brauchte. Jedenfalls betonte Mackay bei jeder Unterhaltung, die zwischen uns selbstverständlich fast immer unsere Stellung zur staatlichen Gesellschaft betraf, den Egozentrismus einer Weltanschauung. »Sie sind gar kein Anarchist«, sagte er dann in seiner etwas behinderten Sprechweise, »Sie sind Kommunist.« Was er wollte, war vor allen Dingen die persönliche Freiheit von gesetzlichen Fesseln aller Art, die Ersetzung jeglicher Zwangsmaßnahme durch die freie Vereinbarung, und als freie Vereinbarung unter freien Persönlichkeiten betrachtete er in besonderem Maße die aus dem Verkehr der Menschen natürlich gewordene Konvention. So erklärte es sich, daß Mackay trotz seiner Überbetonung der persönlichen Freiheit in seinem Benehmen der konventionellste Mensch war, der im »Café des Westens« – um mit Rossius zu reden – »auflag«. Der Dichter des *Sturm* und des sozialen Sittengemäldes *Die Anarchisten* paßte empfindlich auf, daß in seiner Gegenwart keine gesellschaftliche Form verletzt würde, kleidete sich in sorgfältig durchdachte Unauffälligkeit, verhielt sich in jeder Situation pedantisch korrekt, wurde aber sehr spitz, wenn jemand etwa den Faux pas beging, den deutschen Dichternamen Mackay nach seiner schottischen Herkunft auszusprechen: »Mac-kei!, wenn ich bitten darf!« – Es ist kein Zweifel, daß Mackay seine schrullige Gestelztheit mit einer gewissen Absicht zur Schau trug. Er wollte sein Gefühlsleben, soweit er es nicht in seiner Dichtung zum Ausdruck brachte, völlig für sich haben. Niemand sollte in ein Herz hineinsehen, das unmaskiert nur in der Charlottenburger Junggesellenwohnung zwischen einer herrlichen Bibliothek schlagen mochte und dessen menschliche Wärme sich in der pietätvollen Wallung verrät, die Mackay seinem theoretischen Meister Max Stirner auf dem alten Friedhof in der Invalidenstraße einen schönen Grabstein setzen ließ. Ich war im Caféhaus häufig in des Freiheitsdichters Gesellschaft, habe ihn aber jetzt wohl seit zwanzig Jahren nicht mehr gesehen und schließe nur aus der Feststellung, daß ihn der Kürschner noch mit derselben Adresse führt wie damals, daß sich auch sonst nicht viel im Wesen, Denken, Schaffen und Wollen John Henry Mackays geändert haben wird.

Meiner Wirtin muß wohl die Boheme-Atmosphäre, die ich in ihre Wohnung gebracht hatte, sehr zugesagt haben. Denn eines Tages berichtete sie mir, daß der Herr, der die beiden kleineren Zimmer auf der anderen Seite des Korridors bewohne, ausziehe; es wäre ihr recht, wenn einer meiner Freunde sie nähme. Ich hatte gerade wieder einen Schlafburschen zu beherbergen. Das war der Prager Lyriker Viktor Hadwiger, der plötzlich im »Café des Westens« aufgetaucht war und mir dort eine Empfehlung, ich glaube von Hugo Salus, überbrachte. Ein großer, schwerer Mensch, dem die ungeordneten blonden

Haarsträhnen und der kräftige Knebelbart ein ziemlich wildes Aussehen gaben, das, zumal in Verbindung mit seinem äußerst robusten Auftreten, die tiefe Bildschönheit seiner Verse nicht ahnen ließ. Der wurde also jetzt mein Zimmernachbar, und ich wurde der ständige Zeuge seiner Maßlosigkeiten. Hadwiger war maßlos in allem: im Trinken, Rauchen und Fluchen, im Überschwang der Glückseligkeit und im Weltschmerz. Hatte er kein Geld, um Tabak oder Schnaps zu kaufen, war er bei einer Frau abgefahren, ärgerte er sich über irgendwas, dann konnte er mörderisch schimpfen; ich habe keinen anderen Menschen getroffen, dem in der Wut eine solche Sturzflut haarsträubendster Unflätigkeiten zur Verfügung stand. War ihm aber etwas zum Guten ausgegangen, hatte er unerwartet Geld bekommen, war ihm ein Gedicht gelungen, hatte sich ein Mädchen von ihm küssen lassen, dann leuchteten seine großen, hellblauen Augen, seine Stimme wurde weich und schmeichelnd, und man spürte ein inneres Tanzen in dem mächtigen Körper des Mannes. Mehrmals weckte mich Hadwiger in der Nacht auf, kam polternd in Unterhosen in mein Zimmer herüber und wollte wissen, ob mir ein Vers gefalle oder ob ich diese oder jene Wortverbindung in einem Gedicht für zulässig halte. Oder er brachte ein eben fertig gewordenes Gedicht, erklärte es in unbändiger Begeisterung als das beste, das ihm je gelungen sei, und trug es mit Bärenstimme vor. Ich hielt so viel von Hadwigers dichterischer Begabung, daß ich ihm einen Abend im Peter-Hille-Kabarett zur Vorlesung verschaffte, bei dem ich in einleitenden Worten die Überzeugung aussprach, hier wachse das lyrische Talent der Zukunft heran. Viktor Hadwiger ist 1911 mit dreiunddreißig Jahren gestorben. Außer dem 1903 erschienenen Versband *Ich bin* und wenigen Novellen ist meines Wissens zu seinen Lebzeiten kein Buch von ihm gedruckt worden. Nach seinem Tode gab Dr. Anselm Ruest ein ganz kleines Bändchen ausgewählter Gedichte heraus, das unter dem Titel *Wenn unter uns ein Wanderer ist* bei Alfred Richard Meyer verlegt wurde. Auf dem Umschlag des Heftes, sprechend ähnlich und psychologisch glänzend erfaßt, steht, von John Höxter gezeichnet, der Kopf des Dichters.

In das zweite freigewordene Zimmer meiner Wirtin zog Hanns Heinz Ewers. Das war der einzige unter uns, dessen Freude an ungezwungenem und bewegtem Leben von praktischem Geschäftssinn wohltätig gebändigt war. So fern von meinen Wegen die Bahn lief, die Ewers manchmal, besonders in späteren Jahren, einschlug, so muß ich gerechterweise zugeben, daß er ein immer zuverlässiger und selbstloser Freund war, der hinter der Pose des Rohlings und Satanisten den stets sprungbereiten Eifer versteckte, anderen aus jeder Patsche zu helfen. Er verstand sich auf Geldverdienen, aber, wo es irgend ging, ließ er andere mitverdienen. So beredete er einen Verleger zur Herausgabe einer groß angelegten, vorzüglich ausgestatteten Kinderzeitschrift, deren Chefredakteur er wurde. Der ganze Künstlerkreis, mit dem er in Verbindung stand, lebte damals von den guten Honoraren, die Ewers für jeden von uns zu lockern wußte. Er bekam von Wertheim den Auftrag, zu Weihnachten ein Fabelbuch zu schreiben, und ließ mich an der Arbeit teilnehmen. Es wurde eine Elefantengeschichte in Knittelversen, die in Anlehnung an Rideamus' *Willis Werdegang* den Titel bekam *Billys Erdengang*; Wir haben das Buch gemeinsam mit Paul Haase, der es entzückend illustrierte, in wenigen Stunden, einander mit immer lustigeren Einfällen überschreiend, hingehauen, und es erlebte viele Auflagen. Daraufhin bekam Ewers von derselben Firma, dem Globus-Verlag, die Aufgabe gestellt, einen *Führer durch die moderne Literatur* zu verfassen, der auch erschienen ist. Der Untertitel lautete: *300 Würdigungen der hervorragenden Schriftsteller unsrer Zeit. Herausgegeben von Dr. H. H. Ewers unter Mitwirkung der Schriftsteller: Viktor Hadwiger, Erich Mühsam, René Schickele und Dr. Walter Bläsing.* Dieser Dr. Walter Bläsing war eine imaginäre Persönlichkeit. Wir erfanden den Namen, um die »Würdigungen« derjenigen Schriftsteller und Dichter zu verantworten, von denen keiner von uns genügend wußte, um seinen Namen unter eine kritische Betrachtung setzen zu mögen. Da wurde das

Nötige aus schon vorhandenen Literaturführern zusammengekratzt und »Dr. B.« druntergeschrieben. Übrigens hat der gute Ewers sich in diesem Buch auch sonst allerlei Freiheiten geleistet; so finde ich in meinem Exemplar bei dem mit meinem Namen gekennzeichneten Passus über Frank Wedekind die wütende Bleistiftbemerkung: »Quatsch! Habe ich nicht geschrieben!« Aber das macht nicht viel aus. In seinem Bestreben, Gönner zu sein, war Hanns Heinz immer ein treuer Kamerad, und er hat mir und vielen anderen über verteufelte Schwierigkeiten hinweggeholfen. Er ist ein Mensch, über den jeder schimpft, wenn er nicht dabei ist, und dessen liebenswürdige Selbstverständlichkeit bei der persönlichen Begegnung sofort jede Verstimmung zerstäubt.

Gegen Ende 1903 lernte ich den damaligen Studenten Johannes Nohl kennen, der gerade von der theologischen zur philosophischen Fakultät hinübergewechselt war. Obwohl erst einundzwanzig Jahre alt, verfügte er über erstaunliche Kenntnisse, besonders auf dem Gebiete der Kultur- und Literaturgeschichte der Romantikerzeit. Er hatte die Werke Jean Pauls nicht nur bis zum letzten Buchstaben gelesen, sondern mit philologischer Genauigkeit vergleichend studiert. Mit seinem ebenmäßig geschnittenen Gesicht, das den Porträts des jungen Hölderlin ähnlich sah, und der außergewöhnlichen Beweglichkeit des Geistes, dem intuitiven kritischen Erfassen einer Dichtung oder einer Persönlichkeit wirkte er durchaus genial. Dabei war er phänomenal leichtsinnig und bis zur Unbedenklichkeit lebenshungrig. Als Hadwiger aus der Wohnung in der Augsburger Straße auszog, übernahm Nohl sein Zimmer, und es wurde jetzt in den Räumen unserer hübschen, dicken Wirtin lebhafter als je zuvor.

Die Reisen, die mich in den folgenden sechs Jahren das Blickfeld erweitern lehrten, fanden meistenteils in Gesellschaft von Johannes Nohl statt. Sie waren reich an Schönem und Bizarrem, an Entbehrung und Fröhlichkeit und an allerverwegensten Abenteuern.

WANDERJAHRE

Die Jahre von 1904 bis 1909 kann ich insofern meine Wanderjahre nennen, als es mir völlig unmöglich ist, ihre Erlebnisse und Begegnungen, selbst nur in der Reihenfolge der Reisen und des Wechsels der Wohnorte, chronologisch aufzuzeichnen. Erinnere ich mich dieses oder jenes Vorganges, der sich nur zu einer ganz bestimmten Zeit etwa in München zugetragen haben kann, so muß ich plötzlich feststellen, daß ich doch damals gerade in Wien oder in Zürich oder Ascona war, und ich sehe schon, daß ich endgültig darauf verzichten muß, Widersprüche zu vermeiden oder aufzuklären, die mir am Ende ein strenger Kontrolleur an Hand von Ansichtskarten oder Pumpbriefen im Hinblick auf meinen jeweiligen Verbleib möchte nachweisen wollen. Viel länger als ein halbes Jahr habe ich jedenfalls niemals in diesem Zeitraum hintereinander am gleichen Ort gewohnt, und auch diese Spanne wurde, glaube ich, nur einmal in Zürich erreicht und allenfalls noch in Berlin und München, den beiden Zufluchtstätten, zu denen es mich von überall immer wieder zurückzog.

München hatte ich während des Friedrichshagener Jahres zum erstenmal kennengelernt. Ich war gebeten worden, ein Kind von dort abzuholen und nach Berlin zu bringen. Der Aufenthalt dauerte nur ein paar Tage, Zeit genug freilich, um gleich eine Menge Bekanntschaften zu machen. Schon am Abend meiner Ankunft war ich zu den »Elf Scharfrichtern« mitgenommen worden und erfuhr bei ihnen die aufmerksamste Gastfreundschaft. Die berühmtesten Mitglieder waren damals gerade auf Gastreisen, darunter Marc Henry, Marya Delvard, Hannes Ruch (Richard Weinhöppel) und auch Frank Wedekind. Ihnen allen bin ich erst später begegnet; von ihnen allen wird noch zu erzählen sein. Beim ersten Besuch, 1902, begrüßte mich die in München zurückgebliebene Stallwache, außer Margarete Beutler, der von Berlin her befreundeten Betreuerin meiner Schritte, Ludwig Scharf, der, unversöhnt mit Welt und Schicksal, in pfälzerischer Aussprache seine grollenden Tschandala-Verse vortrug; ferner Paul Schlesinger (heute: Sling), der Ostpreuße Mantels, der Parodist der Geste; die liebenswürdige und hochbegabte Soubrette Olly Bernardy, ferner Hans Strick und Heinrich Lautensack. Ob Leo Greiner und Otto Falckenberg dabei waren oder ob ich auch sie erst bei meinen späteren Besuchen in München kennenlernte, weiß ich nicht mehr. Wohl aber weiß ich noch, wie ich am zweiten Abend aufgefordert wurde vorzutragen und wie am nächsten Tage Lautensack mir den Antrag überbrachte, Mitglied der »Elf Scharfrichter« zu werden. Ich habe es später oft bedauert, diesen Antrag ausgeschlagen zu haben. Hätte ich mich damals schon in München etabliert, wo es viel leichter war, sich durchzusetzen, als in Berlin, so wären mir sicher manche Existenzschwierigkeiten erspart geblieben, wenn auch die »Elf Scharfrichter« selbst ihre Glanzperiode schon hinter sich hatten. Die Verbindung mit München war immerhin hergestellt, auch die literarische. Unter den neuen Bekannten, die mir in jenen Tagen im Kabarett, im »Café Stefanie«, im Wittelsbacher Garten und in der »Dichtelei« vorgestellt wurden, befand sich auch Alexander von Bernus, der mit Adolf Danegger zusammen die *Freistatt* herausgab und mich zur Mitarbeit heranzog. Auch von dieser Seite her hätten sich mir in München bessere Aussichten geboten als in Friedrichshagen. Aber in Berlin war ein stärkerer Magnet wirksam als alle platonischen Münchener Hoffnungen, und der Gedanke an ein gewisses Mädchen ließ mich die Aussicht auf einen ungewissen Erfolg als Münchener Dichter verwerfen.

Als ich im Frühjahr 1904 Berlin zum erstenmal für längere Zeit verließ, hatte auch dieser Magnet seine Anziehungskraft längst eingebüßt. Die Neugier, andere Gegenden, andere Beziehungen, andere Anregungen kennenzulernen, überwog, und der Umstand, daß Johannes Nohl es irgendwie möglich gemacht hatte, nach Lausanne zu gehen und sich dort immatrikulieren zu lassen, und daß er mich voll Begeisterung ermunterte, auch ich müsse die Gletscher der Westschweiz, den Genfer See, Ouchy und Lausanne sehen, entschied die Frage, wohin der erste Schritt in die weite Welt zu lenken sei. Die Reisekosten ließen sich durch einen Zufall decken. Zu Anfang des Jahres hatte mich Leo von König gemalt. Das ausgezeichnete Vollporträt trug viel zum Ruhme des damals noch jugendlichen Impressionisten bei. Er wollte mir aus Erkenntlichkeit für mein geduldiges Modellstehen eine goldene Uhr schenken, worauf ich ihm vorschlug, mir lieber die Fahrkarte in die Schweiz zu kaufen, ich würde mich zu gegebener Zeit deswegen bei ihm melden. So geschah es. Ich machte erst sozialer Studien halber eine mehrwöchige Fußwanderung durch die Handwerksburschenherbergen beider Mecklenburg und holte mir dann von Leo von König mein Reisegeld ab. Für eine kleine Arbeit – ich hatte ihm für ein wissenschaftliches Werk auf der damals Königlichen Bibliothek Material zusammengesucht – erhielt ich überdies von Dr. Benedikt Friedländer ein Erkenntlichkeitshonorar von hundert Mark und fuhr, in allen Entschlüssen auch noch beschleunigt von einem verdächtigen Rückenwind, der mir aus der Gegend des Alexanderplatzes zu kommen schien, den nächsten materiellen Sorgen enthoben, in die Alpen.

Wollte ich mich darauf einlassen, die ungeheuren Eindrücke zu schildern, die die Landschaftsbilder des Hochgebirges, bald darauf die des Lago Maggiore und Italiens auf mich ausübten, dann käme ich mit dem sachlichen Bericht meiner unpolitischen Erlebnisse in absehbarer Zeit nicht vorwärts. Jeder der Sprache der Natur zugängliche Leser mag sich selbst ausmalen, wie einem nicht ganz phantasielosen Menschen zumute war, der noch keine höherragenden Erhebungen gesehen hatte als die Waldhügel des Teutoburger Waldes und sich fast unvermittelt vor die Felsenriesen der Hochalpen gestellt sieht, deren Gipfel und Hochflächen von ewigem Schnee flimmern, deren Gletscher erregend krachen und deren Lawinen donnernd zu Tal rollen. Nohl und ich liefen in den Weinbergen vor der Stadt umher, befreundeten uns mit den französischen und italienischen Arbeitern in dem von Tabakrauch und Weindunst vernebelten Lokal in einer Nische des Grand Pont, amüsierten uns über die englischen und deutschen Pensionatsfräulein, die in züchtigen Herden spazierengeführt wurden und dabei die niedergeschlagenen Augen den begegnenden Männern zukegelten, strichen ganze Nächte durch von Ouchy den See entlang zu immer neuen Entdeckungen und begaben uns, als nach etwa zwei Monaten einmal eine größere Geldsendung eintraf, auf die Fahrt zum Vierwaldstätter See und endlich auf die Fußwanderung nach Italien.

Diese erste Italienreise führte uns bis Genua, wo wir bereits ohne Geld eintrafen. Es gab arge Ungelegenheiten, denn auf die zahlreichen Briefe, die wir von unterwegs losgelassen hatten, um Freunde und Gönner zu veranlassen, uns postlagernd Mailand oder Genua weiterzuhelfen, hatte keiner reagiert. Von den höchst absonderlichen Abenteuern, die ich auf dieser Tour wie auf allen weiteren Reisen mit Johannes Nohl erlebte, will ich in diesem Zusammenhang kein Aufhebens machen. Es käme ein eigenes dickes Buch heraus, außerdem weiß ich, daß mein Fahrtgenosse dafür sorgt, daß sie der Nachwelt nicht verlorengehen werden. Nohl hat, wie er mir versichert, einen autobiographischen Roman in Arbeit, in dem dieser, im Moment des Geschehens oft sehr peinliche, in der rückschauenden Erinnerung zumeist sehr spaßige Teil meiner Erlebnisse festgehalten werden soll. Allgemein aber möchte ich sagen: Ich bereue heute nichts von allem, was mir dazu gedient hat, Neues zu sehen und das Leben, wie es sich eben darbot, auszuschöpfen. Wir haben manchmal jammervoll Kohldampf geschoben, das ist wahr, wir sind in ganz verteufelten Situationen gewesen, aber immer kam dann der Moment, wo man sich aus allem Übel wieder herausgeholfen hatte, wo man sich wie ein aus dem Wasser gezogener Pudel einmal gehörig schüttelte und dann über die Komik der überstandenen Geschichte unbändig lachte. Hätten wir nicht die unbekümmerte Leichtigkeit der Entschlußkraft gehabt, programmlos immer gerade so weit in die Welt hinaus zu reisen, wie zufällig das Geld für die Fahrkarten reichte, und die Frage des Quartiers und der Ernährung am Reiseziel dem Zufall und unserem guten Genius zu überlassen – wahrhaftig, ich säße jetzt da mit meinen fünfzig Jahren, hätte Florenz nicht gesehen und nicht Paris und müßte einer Jugend nachtrauern, die sich aus der Spießerangst vor einem bißchen Hungern und vor den Wanzen eines italienischen Absteigeasyls um ihre eigene Elastizität betrogen hätte.

Nach drei oder vier Tagen voll banger Sorgen, bitterer Entbehrung und vergeblicher Anstrengung, unsere Findigkeit zu rettenden Taten anzufeuern, kam unverhoffte Hilfe. Unter den Bekannten, die ich von unterwegs anzupumpen versucht hatte, war der damalige Berliner Stadtverordnete Dr. Rafael Friedeberg. Der schickte in eingeschriebenem Brief fünfzig Lire, und zwar nicht von Berlin aus, sondern von Ascona am Lago Maggiore. Dort, schrieb er dazu, habe er ein Häuschen erstanden, und wenn wir in die Nähe kämen, sollten wir doch nicht versäumen, ihn zu besuchen. Wir sahen uns an und lachten. Vor knapp einer Woche waren wir, zu Fuß den Lago Maggiore hinabwandernd, durch Ascona durchgekommen, ohne Ahnung davon, daß wir uns in unmittelbarer Nähe eines guten alten Bekannten aus dem Kreise der Neuen Gemeinschaft und dazu des hilfsfreudigsten Menschen unter der Sonne befanden. Dies Ascona war uns dadurch so gut im Gedächtnis, weil uns dort eine Erscheinung begegnet war, die in ihrer ganzen Zusammensetzung ebenso anachronistisch wie erheiternd wirkte: Eine dicke Staubwolke war aufgestiegen, ein schauerliches Klirren und Knallen wurde vernehmbar, ein scheußlicher Benzingestank wehte uns entgegen, und mit sonorem »Grüß euch Gott!« flog eine menschliche Gestalt vorbei, ein verzeichneter Christus, Bart und Mähne im Winde flatternd, Leinenkittel, Leinenhose bis zu den Knien, die behaarten Beine nackt und die Sandalen auf den Pedalen eines ungefügen, fauchenden Motorrades. Wir hatten uns Betrachtungen darüber hingegeben, wie dieser sonderbare Deutsche dorthin in den Tessin verschlagen sein möge. Jetzt also würden wir uns ja erkundigen können. Wir fanden uns natürlich nach wenigen Tagen in Ascona bei Dr. Friedeberg ein, nicht aber, ohne unsere Odyssee noch mit einer kleinen Schleife verziert zu haben, indem wir den Umweg über Lugano wählten. Ascona liegt etwa vierzig Minuten zu Fuß südlich von Locarno in dem Winkel, den das Maggia Delta an der Mündung in den Lago Maggiore bildet. Es ist nicht leicht, einen schöneren Fleck Erde zu finden, und der erste Aufenthalt dort hatte zur Folge, daß Nohl und ich, bald einzeln, bald gemeinsam, Jahr für Jahr dort ein paar Monate zubrachten. Der originelle Motorradler aber erwies sich als eine dem Charakter des Ortes durchaus zugehörige Figur. Lange vor uns nämlich hatten deutsche Lebensreformer die schöne Stätte entdeckt und dort Hütten gebaut, die sich allmählich sogar zu Häuschen ausgewachsen hatten. Vegetarier mit teils ernsten Lebensauffassungen, teils höchst spleenigen Erlösungsideen hatten sich an den Abhängen des Lago angesiedelt, bauten Obst, lebten von Rohkost, lobten den Herrn oder sich selbst. Ich habe im Jahre 1905 eine Schrift veröffentlicht, die den Titel führte *Ascona. Eine Broschüre* (Locarno, Verlag von Birger Carlson). Darin habe ich eine ganze Reihe der merkwürdigen Siedler zu porträtieren, die Atmosphäre Asconas und den Zusammenhang von Natur und Menschen aufzuklären versucht. Da habe ich auch erzählt, wie nach und nach aus dem Refugium einiger Individual-Ethiker als Dependance ein ethisches Kollektiv-Etablissement hervorwuchs, die Heil- und Erholungsanstalt »Monte Verità«, für die ich, da man dort mit nichts als rohem Obst und ungekochtem Gemüse gefüttert wurde, den Namen »Salatorium« in Umlauf brachte. Über die Gäste, die man in diesem geschäftlich wohl florierenden Unternehmen antraf, habe ich mich in *Ascona. Eine Broschüre* recht mißmutig geäußert; ich nannte sie die »ethischen Wegelagerer mit ihren spiritistischen, theosophischen, okkultistischen oder potenziert vegetarischen Sparren«, die »schmachtäugigen Blaßgesichter, die von morgens früh bis abends spät nur beflissen sind, in untadeligem Lebenswandel Leib und Seele im Gleichgewicht zu halten«. Dr. Friedeberg aber fand, nachdem er mich mit dem Stethoskop gründlich untersucht hatte, daß mir eine konsequente Kur auf dem Monte Verità sehr nützlich sein werde, und brachte mich zu dem Direktor der Anstalt, Herrn Oedenkoven, damit er mich in die Kur nähme.

So wurde ich zu den Rohköstlern gesteckt und mir eine »Lufthütte« als Behausung zugewiesen. Von früh bis spät kaute ich nun Äpfel, Pflaumen, Bananen, Feigen, Wal-, Erd- und Kokosnüsse – es war schauderhaft, und ich fühlte meine Kräfte schwinden. Vierzehn Tage hielt ich's aus, dann ging ich zum Direktor und klagte ihm, daß ich dabei zugrunde gehen müsse, »Oh«, sagte der, »das ist nur die Krise, die muß jeder durchmachen.« – »Aber«, meinte ich, »wenn ich nun die Krise nicht überstehe? Wenn ich dabei auf der Strecke bleibe?« Herr Oedenkoven sah mich streng an: »Das kann ja sein; aber dann ist gar nichts an Ihnen verloren!« Da ging ich ins Dorf hinunter, setzte mich in eine solide Osteria, ließ mir ein Beefsteak geben, trank einen halben Liter Wein dazu und rauchte danach eine große, dicke Zigarre. Nie hat mir eine Mahlzeit so geschmeckt, nie mich eine so gekräftigt und dem Leben gewonnen. Friedeberg ergötzte sich sehr, als ich ihm Bericht erstattete, und bezahlte willig die selbstverordnete Salatoriumskur.

Soweit ich den weiteren Verlauf meiner Erlebnisse der Zeit nach kontrollieren kann, kam ich noch im Sommer 1904 nach Zürich, wo so ziemlich mein gesamtes Tun und Lassen auf dem Wirkungsfelde lag, das hier unberücksichtigt bleiben soll. Auch Fritz Brupbacher, mit dem ich dort täglich zusammenkam, erwähnt mich in seinen jüngst erschienenen *Erinnerungen eines Revoluzzers* (Unionsdruckerei Zürich 1927) nur in solchem Zusammenhang. Im Winter des Jahres muß ich aber schon wieder in Berlin gewesen sein.

1905 war ich mit Nohl in Genf; es folgte unsere zweite italienische Reise, wiederum Ascona, Zürich und wenigstens ein paar Wochen München und Berlin. Im folgenden Jahr war ich zweimal je zwei Monate in Wien als Kabarettist engagiert, hatte zwischendurch in Berlin einen Prozeß zu bestehen und teilte die übrige Zeit zwischen München und Ascona. Das Jahr 1907 beherbergte mich die ersten Monate in München, wo ich nun schon heimischer geworden war. Im Sommer fuhr ich nach Ascona und von da aus nach Frankreich, von wo ich erst im Frühjahr 1908 zurückkam, und zwar nach Berlin. Das war wohl vor meiner ständigen Ansiedlung in München – 1910 – der letzte Berliner Aufenthalt, der sich über mehrere Monate erstreckte. 1909 war ich zum letztenmal am Lago Maggiore und sah Berlin nur wenige Male bei kürzeren Besuchen. Dann beruhigte sich mein Wandertrieb; ich war seßhafter Münchner geworden.

Von kleineren Fahrten, die mich aus beruflichen Gründen innerhalb Deutschlands in verschiedenen Gegenden umhertrugen, wird vielleicht gelegentlich einmal die Rede sein. Sonst aber will ich nicht erzählen, daß ich hier- oder dorthin gereist bin, sondern was ich hier und dort erlebt und erfahren habe. Von einigen Menschen möchte ich noch sprechen, die in den Wanderjahren meinen Weg gekreuzt haben, in Berlin und in Wien, in Paris und in München, von solchen zumal, denen nicht ich allein, denen ihre Zeit Dank schuldet.

BERLINER NACHLESE

Es mag um Mitternacht gewesen sein, da überbrachte mir ein Kellner im »Café des Westens« eine Visitenkarte; der Herr stehe draußen und wünsche mich zu sprechen. Ich las den Namen Gustav Meyrink. Das mag Ende 1904 gewesen sein. Meyrinks Geschichten im *Simplicissimus*, geheimnisvoll, grotesk, gespenstisch, boshaft, witzig und funkelnd, regten zu jener Zeit die Phantasie der geistig bewegten Jugend mächtig an. Man stürzte sich über jede neue Nummer des Münchener Blattes, und stand ein neuer Meyrink drin, so war für etliche Abende Diskussionsstoff vorhanden. »Meyrink!« rief ich, die Visitenkarte in der Hand drehend, und eilte vor die Tür, gefolgt von den überraschten, neidischen und neugierigen Blicken meiner Freunde. Ihre Neugier wurde nicht befriedigt, denn der Dichter sträubte sich, mir ins Café zu folgen. Unsere erste Begegnung und unser erstes Gespräch wurde an der Ecke Kurfürstendamm und Joachimsthaler Straße im fröstelnden Nachtwind Ereignis.

Er komme eben von Prag, erklärte mir Meyrink, und sei im Begriff, in Wien die Redaktion eines Witzblattes zu übernehmen, das er auf literarische und künstlerische Höhe heben solle, des *Lieben Augustin.* In Berlin wolle er geeignete Mitarbeiter werben, und Hugo Salus habe ihm gesagt, er möge sich nur zum »Café des Westens« bemühen und mich fragen: Ich sei mit allen bekannt. Auf der Straße wurde nun eine Liste der aufzufordernden Dichter und Maler aufgestellt, ich verpflichtete mich, verschiedene Kandidaten des *Lieben Augustin* aufzusuchen und am nächsten Abend Bericht zu erstatten. So besuchte ich am folgenden Tage Freunde und Bekannte und eröffnete ihnen die erfreulichsten Aussichten auf neue Absatzgebiete ihrer Werke. Nur einen der von mir zu Keilenden lernte ich erst bei dieser Gelegenheit kennen. Das war Heinrich Zille.

Zille war noch gar nicht berühmt, aber wir Modernen liebten und schätzten ihn schon sehr, und Meyrink hatte auf seine Zusage ganz besonderen Wert gelegt. Ich fand ihn in einer Charlottenburger Proletarierwohnung, seine derbe, freundliche Frau mit den Kindern beschäftigt, und sein »Milljöh« strömte eine behagliche Molligkeit aus, in der keine Spur Atelierluft war. Ich mußte eine Tasse Kaffee mittrinken, und Zille, der bis dahin in einem industriellen Betrieb als Lithograph gearbeitet hatte, erzählte, daß er infolge seiner Beteiligung an einem Streik arbeitslos geworden sei und nun sehen müsse, von der Kunst zu leben, was ihm durchaus unangenehm zu sein schien. Wir gingen dann zusammen in eine Kneipe, und am Abend konnte ich Meyrink Zilles Bereitwilligkeit zur Mitarbeit am *Lieben Augustin* mitteilen. Wenn ich mich recht erinnere, brachte die erste Nummer des von Gustav Meyrink geleiteten Blattes auf der ersten Seite das berühmt gewordene Bild von Heinrich Zille, das das vor ihren Freundinnen renommierende schwindsüchtige kleine Mädchen zeigte: »Ätsch! Ich kann Blut in den Schnee spucken.«

Der liebe Augustin erschien mehrere Jahre, unter Meyrinks ausgezeichneter Redaktion. Einige hervorragende Karikaturisten fanden von dort aus den Weg ans Licht, unter ihnen Pascin. Mir war die Zeitschrift von hohem Nutzen, da sie eine Menge Gedichte von mir veröffentlichte und mir die Honorarsendungen oft genug das Weiterkommen auf meinen Wanderfahrten ermöglichten.

Von irgendwoher mal wieder für ein paar Monate nach Berlin zurückgekehrt, fand ich das »Café des Westens« baulich verändert, modernisiert und seiner früheren Gemütlichkeit einigermaßen beraubt vor. Der alte Künstlerstammtisch beim Eingang war in eine andere Nische gestellt, und seine ständigen Besucher erschienen nur noch sporadisch oder hatten sich verkrümelt. Dafür waren die marmornen Tischplatten, auf denen Ottomar Begas Wirt und Gäste in Pastell festgehalten hatte, unter Glas gesetzt worden, und ein Ölbild von Edmund Edel, auf dem Rossius-Rhyn, Hanns Heinz Ewers, ich und ein junges Mädchen meiner Freundschaft an vergangenen Glanz erinnern sollten, prangte an der Wand. Über der Telephonzelle aber verschönte die Gipsbüste Wilhelms II. das verjüngte Lokal und gab zu vielen, dazumal nicht ganz ungefährlichen Witzen Anlaß. Auch die Gesellschaft hatte sich gewandelt. Man saß nicht mehr im Kreise arrivierter Kulturträger, sondern zwischen zigeunernden Skeptikern und schönheitsdurstigen Lebensstilisten, selbst nicht mehr einer der Allerjüngsten und, in der zweiten Hälfte der Zwanziger, von manchen schon als überholt belächelt. Große Mode war der Ästhetizismus, die Müdigkeit, der Absinth, das Morphium, die Blasiertheit und in Liebesdingen jedwede Anomalie. Das Sinnlose wurde als Sinn des Lebens proklamiert, das Wesenlose als Wesen der Welt. Soziale Empfindungen waren Gegenstand spitzigen Spottes, Mitgefühl mit Leid und Gebresten war zulässig als Würze genießerischer Selbstbespiegelung. Ich galt als hoffnungsloser Rationalist, meine Anteilnahme an den Kämpfen und Sorgen der Arbeiterklasse als Verrücktheit oder Pose. Bleichsucht wurde für Vergeistigung gehalten, und man trug Orchideen als Sinnbild kranker Dekadenz. Wozu hier Namen nennen? Die Mode, die krasse Unnatur als Natur auszugeben, ist längst vorbei, und die damals die Ätherischsten waren, die mit einem Buch von Oscar Wilde unter dem Kopfkissen einschliefen und mit einem von Stefan George unter dem Arm und einer Opiumzigarette im Mund ins Caféhaus kamen – sind längst beim Film untergekommen oder bewahren in ihrem weiblichen Teil in ehelichen Züchten geborene Kinder vor den Versuchungen der bösen Welt.

Mein Bedürfnis, unter Menschen zu sein, verstärkt durch den Umstand, daß die dem Ästhetizismus ergebenen Frauen großenteils über viele Reize verfügten, mit denen sie, schon aus Gründen der Weltanschauung, nicht geizten, trieb mich Abend für Abend zu den Absinthtischen der schwelgenden Unproduktivität. Aber ich brauchte einen Ausgleich, brauchte gerade auch mit künstlerischen Menschen Umgang, deren Ehrgeiz nicht müder Verzicht, sondern lebendige Leistung war. Diesen Umgang fand ich in einem andern Caféhaus, da, wo sich nachmittags die Schauspieler einfanden, die Künstler, die nicht die Wirklichkeit verträumen, sondern aus Dichterträumen Wirklichkeit machen: im »Café Monopol« in der Friedrichstraße. Es war die Zeit der prachtvollsten Tätigkeit Max Reinhardts im Deutschen Theater. Alle seine Mitarbeiter fanden sich, bevor die Aufführung begann, im »Café Monopol« ein und füllten, an vielen Tischen verstreut, mit uns Freunden aus anderen Kunstbezirken und mit Bühnenkünstlern aus anderen Instituten – Max Martersteig, Giampietro, Poldi Deutsch usw. – den ganzen hinteren Raum des Caféhauses. Einzelne Herren der Schumannstraße waren täglich da, so Reinhardts Dramaturgen Arthur Kahane und Felix Hollaender und von den Schauspielern Gottowt, Feldhammer, Sidonie Lorm, gewöhnlich auch Moissi, Wegener, Schildkraut, und die übrigen größeren oder größten Reinhardt-Künstler waren doch wenigstens hin und wieder zu sehen: Gertrud Eysoldt kam und Lucie

Hoeflich, Tilla Durieux, Adele Sandrock, Diegelmann, Waßmann, Biensfeldt, Victor Arnold, Kühne, Steinrück und viele andere. Reinhardt selbst habe ich dort, soweit ich mich erinnern kann, nicht getroffen, wohl aber die Direktoren anderer Theater, Victor Barnowsky und die unzertrennlichen Meinhard und Bernauer. Die Dichter kamen, deren Dramen gerade auf dem Spielplan standen, Ossip Dymow, Schalom Asch und in der kurzen Zeit, als Hermann Bahr bei Reinhardt als Regisseur wirkte, auch Arno Holz, dessen *Sonnenfinsternis* aufgeführt werden sollte, geprobt, monatelang geprobt und endlich vom Spielplan abgesetzt wurde. Angeblich war keine richtige Besetzung der weiblichen Hauptrolle zu erzielen, und die Aufregung über diese Frage und noch allerlei Kulissenkonflikte im Zusammenhange mit der *Sonnenfinsternis* hielt das ganze »Café Monopol« in Spannung und teilte sich uns allen mit. Eines Tages aber war ein anderer Konflikt an der Tagesordnung. Hermann Bahr verlangte vom Wirt, daß er einen Ecktisch des Cafés, an dem einmal zu aller Erstaunen kunstfremde Reisende vom Bahnhof Friedrichstraße Platz genommen hatten, ständig für uns freihalten solle. Das wurde verweigert. Die Auseinandersetzung nahm spitze Formen an, und so wurde der Boykott beschlossen. Hermann Bahr mit seinem gewaltigen Vollbart an der Spitze, mit ihm Franz Zavrel, ich und ein erheblicher Teil der Beleidigten – so geschah der Exodus in feierlichem Zuge zwei Häuser weiter, zum »Café Savoy«, wo uns willig die beste Ecke als Stammplatz eingeräumt wurde. Ich habe das wichtige Ereignis in einer Nummer der *B.B.Z. um Mitternacht*, der alljährlichen Faschingszeitschrift zum Bösen-Buben-Ball, für die Nachwelt festgehalten.

Diese Besuche in den verschiedenen Berliner Kulturzentren verteilten sich über Jahre und waren immer wieder von Reisen und kürzeren oder längeren Gastspielen an anderen Orten unterbrochen. So wechselten auch die Gestalten, die ich in den Caféhäusern Berlins antraf, und wie aus dem »Café Monopol« fand eines Tages aus dem »Café des Westens« ein Auszug statt. Teils vertrieben durch die Renovierung des Lokals, teils durch das hysterische Getue der Ästheten, etablierten wir unsere Korona im Café Sezession. Mein Freundeskreis dort war der literarische Zirkel, der sich um René Schickele und Ferdinand Hardekopf gruppierte. Ich denke gern auch an die schönen Nachmittage in der Wohnung Schickeles und seiner famosen Frau, die in Gesellschaft Hardekopfs, des Schauspielers Wlach, des Opernsängers Fleischer und der noch sehr jungen, von Geist und Witz sprühenden Lotte Pritzel oft in ernstem Gespräch, oft in ausgelassener Fröhlichkeit verliefen. Von der Zeit her sind mir einige Freunde bis heute geblieben, so Lotte Pritzel selbst, die beiden Schickele und der Maler Ali Hubert.

Die Untreue gegen das »Café des Westens« war nicht von Dauer, und als ich einmal wieder in Berlin erschien, fand ich die alten Gefährten alle wieder am alten Ort, den manche, wie der ahasverische John Höxter und der von Schnaps und Enthusiasmus immer geladene Dichter Rudolf Johannes Schmied, niemals verleugnet hatten. Der Deutsch-Argentinier Schmied war einer der originellsten Kerle, die ich je gekannt habe. Jeder, der mit ihm in Berührung gekommen ist, weiß Dutzende von Anekdoten von ihm zu erzählen, denn die ungeheure Beweglichkeit seines durchaus bedeutenden Geistes schuf aus jeder Begegnung mit ihm von selbst eine Anekdote. Er hat nur zwei kleine Bücher geschrieben, seine Kindheitserlebnisse, und hinter diesen feinen, klugen, zarten und humorvollen Geschichten von Carlos und Nikolas vermutet niemand als Verfasser einen ewig besoffenen, immer glücklichen und doch stets seinem Glück mißtrauenden, die Realität des Lebens aufs tiefste verachtenden Künstlermenschen. Sein Glück freilich hatte nichts mit materiellen Dingen zu tun. »Bist du mein Freund?« fragte er treuherzig, und hatte man es ihm versichert, so erklärte er: »Dann gib mir eine Mark.« – »Mühsam«, sagte er einmal, »ich weiß nicht, ob du begütert bist. Ich besitze zwei Mark. Hast du Geld, so gib mir die Mark zum Taler, hast du keins, so bekommst du eine von mir.«

Schmied war von seiner Genialität absolut überzeugt, wenn er sich selbst auch gestattete, sie zu ironisieren. »Ich glaube nicht an Genies«, sagte gelegentlich ein Tischgenosse. Rudolf Johannes sprang auf und bohrte ihm den Zeigefinger in die Weste: »Was haben Sie gegen mich?!« fuhr er ihn an. Die großen Werke der Weltliteratur beurteilte er nach ganz eigenen Gesichtspunkten, nie nach dem künstlerischen Wert, stets aus der Einfühlung in die Persönlichkeit des Dichters. Er las Dantes *Neues Leben*, das ihn tagelang ausschließlich beschäftigte. Plötzlich meinte er: »Angenommen, daß Beatrice eine blöde Gans war, dann ist Dante blamiert, tief blamiert!«

Am amüsantesten war es, Rudolf Johannes Schmied in der Gesellschaft des großen Lebenskünstlers Friedrich von Schennis zu genießen. Schennis betrat das »Café des Westens« verhältnismäßig selten und immer erst in später Nachtstunde. Dieser Mann, eine Mischung von Aristokrat, Zigeuner, Anarchist, Künstler, Menschheitsverächter, großem Liebenden und Leidenden, wirkte in der Erscheinung, im Benehmen und in der Lebensführung anachronistisch und unwirklich. Aus dem zerrissenen und doch ebenmäßigen langen Gesicht mit den grauen Haaren und dem dünnen grauen Schnurrbart leuchteten große tiefe blaue Augen; die Hände waren übermäßig lang und schmal, und man sah die Adern auf den Handrücken hervortreten. Allerdings sah man sie nur selten. In der Regel trug Schennis Zwirnhandschuhe mit Ausschnitten an den Fingerspitzen, so daß die langen, gepflegten Fingernägel herausstaken. Die Handschuhe behielt er gewöhnlich auch beim Trinken an, ebenso behielt er den gelbbraunen runden Hut auf dem Kopf. In der Berliner Nationalgalerie hängt ein Gemälde dieses außerordentlichen Mannes, das der Katalog als *Verfallener Park* vermerkt. Schennis konnte kein treffenderes Symbol der eigenen Persönlichkeit wählen. Er schien mir das wandelnde Sinnbild einer längst gestorbenen Kultur zu sein, er, der bei aller Freiheit von den Vorurteilen seiner Kaste doch ein wenig stolz darauf war, daß in ihm der letzte Sproß eines Adelsgeschlechtes lebe, das älter sei als die Habsburger. Es wäre wenig ausgesagt von Friedrich von Schennis, wollte ich erzählen, wie ich bald mit ihm im Kreise grölender Kutscher, bald unter den anspruchsvollsten Geistern Berlins gezecht habe und wie er mit seinen kurzen hohnvollen Bemerkungen mit unfehlbarer Zündkraft die Situation glossierte, einen Menschen etikettierte, eine Anzapfung erledigte. Zwischen ihm und Rudolf Johannes Schmied herrschte, da ihre Art des schlagenden bildhaften Ausdrucks ziemlich ähnlich war, eine leichte, aber von großer gegenseitiger Sympathie gemilderte Rivalität. Schmied litt darunter, daß man ihm nachsagte, er kopiere Schennis. Einmal platzte er damit los: »Du kopierst mich, Schennis – nicht umgekehrt!« Der alte Maler machte seine charakteristische knipsende Handbewegung. »Kalb!« sagte er nur. »Ochse!« replizierte Schmied wütend. Da war Schennis beleidigt. »Ochse?! Ochse?! Das mir?!« Er schlug sich mit den flachen Händen an den Kopf und wollte gehen. Da lenkte der andere bescheiden ein: »Bitte sehr, der Ochse ist die Sehnsucht des Kalbes!« Die Versöhnung war hergestellt und wurde gewaltig begossen.

Ich habe mit Schennis nicht nur schrankenlos gekneipt, ich habe unvergeßliche Stunden auch in seiner Wohnung am Lützowplatz verlebt. Da zeigte er mir seine Radierungen und Bilder und die reichen Schätze seiner Sammlungen: Münzen, Gobelins, Miniaturen. In jedem Stück lebte die Zärtlichkeit des Sammlers, und von jedem Stück erzählte er, seine Worte mit den ihm eigenen flatternden und doch starken Gesten begleitend, mit der Liebe, die sonst lebenden Wesen gehört. Später zog Schennis um, und ich kam in sein neues Atelier im Tiergartenviertel, als er noch kaum fertig eingerichtet war. Da traf ich ihn bei einer sonderbaren Beschäftigung. Er übte von einem Stuhl aus, seinen runden Hut auf eine etwa zwei Meter entfernte Ottomane zu werfen, und erklärte mir völlig ernsthaft, er sei es so gewohnt gewesen in der alten Wohnung und müsse sich jetzt auf die neue Entfernung umstellen. Ich kann nicht beurteilen, wie hoch die Gemälde und Radierungen des Künstlers zu bewerten sind. Aber ich weiß, daß Friedrich von Schennis als Mensch ein Künstler von allerhöchsten Graden war und als künstlerische Gestalt die Elemente des Gösta Berling, des Crampton und wohl auch eines wahrheitsliebenden Münchhausen in sich vereinigte, ein Mensch von Geist und Feuer, voll Liebe und Leid und voll verschüttetem Tatendrang.

SCHWABING

Schwabing, habe ich früher schon einmal behauptet, ist, wie Montmartre, weniger ein geographischer als ein kultureller Begriff. Äußerlich ein Münchener Stadtteil wie jeder andere, mit Läden, langen Straßen, hohen Wohnhäusern, einzelnen Villenstraßen in den an den Englischen Garten angrenzenden Bezirken und mit sehr gemischter Bevölkerung: reiche Leute, hohe Beamte, Staatspensionäre, Professoren, Studenten, Kleinbürger, viele Arbeiter und ganz nördlich, wo die Häuser niedrig und spärlich sind, noch durchaus rustikales Ackerbürgertum. Gewisse Partien haben ganz den dörflichen Charakter gewahrt, den Schwabing vor hundert Jahren hatte, als es noch nicht durch eine großstädtische Hauptstraße an München herangebaut, noch nicht von der Residenz als Außenviertel aufgenommen war. Da gibt es noch, rund um eine alte kleine Kirche herum, schiefgestellte, ländliche Häuschen und mit mächtigen Bäumen bestandene Biergärten vor verhutzelten Gastwirtschaften, wo einmal die Münchener Bürgerfamilien bei ihren Sonntagsnachmittagsausflügen den Verderb der guten Sitten am Hofe der Lola Montez beklagt haben mögen.

Dies alles ist nichts, was den Stadtteil Schwabing wesentlich von anderen Städten oder Vororten unterschiede, die, ehedem winzige Bauerngemeinden, von nahe gelegenen Metropolen verschluckt wurden und sich deren Ansprüchen nach und nach akklimatisierten. Dennoch ist Schwabing von etwas Besonderem ausgezeichnet, von einer andern Art Lebensgeist, als er sonst waltet, von einer eigenen seelischen Atmosphäre im Dunstkreis seiner Wohnstätten. Architektonisch kommt das kaum zur Geltung, denn nur einem aufmerksamen Beobachter würde auffallen, wie ungewöhnlich viele Häuser in den eintönigen, von keinerlei Schönheitssinn in den Stadtplan gezeichneten Straßen mit großen, in quadratische Scheiben geordneten Dachfenstern versehen sind. Das sind die Ateliers, in denen sich jener besondere Schwabinger Geist zu Werken der bildenden Kunst in Öl oder Gips zu materialisieren befleißigt. Und es ist doch wohl auch nicht der künstlerische Schaffensfleiß, der die spezifisch Schwabinger Atmosphäre schafft; denn es kann nicht geleugnet werden, daß das wichtigste Merkmal dieser Atmosphäre, die Regellosigkeit der Konvention im Verkehr zwischen den Menschen, in deren künstlerischer Produktion den allerschwächsten Ausdruck findet. Ich habe große Künstler gekannt – in München und anderswo –, die in ihren Werken die radikalsten Konventionsverächter waren und in ihrem persönlichen Gebaren alles eher als Schwabinger Typen, und umgekehrt sah ich in Schwabinger Ateliers Bilder und Skulpturen, die sich mit pedantischer Sorgfalt an die akademische Konvention hielten, deren Schöpfer aber in Erscheinung und Lebensführung allen westeuropäischen Gepflogenheiten eine wahrhaft nihilistische Verhöhnung entgegenstellten. Das sind die Gestalten, die den Stadtteil Schwabing zum Kulturbegriff Schwabing machten – Maler, Bildhauer, Dichter, Modelle, Nichtstuer, Philosophen, Religionsstifter, Umstürzler, Erneuerer, Sexualethiker, Psychoanalytiker, Musiker, Architekten, Kunstgewerblerinnen, entlaufene höhere Töchter, ewige Studenten, Fleißige und Faule, Lebensgierige und Lebensmüde, Wildgelockte und adrett Gescheitelte –, die bei der denkbar größten Verschiedenheit voneinander (einer individuellen Verschiedenheit, die dem Juste-milieu ganz unbekannt ist) nur verbunden waren durch ihre gleich himmelweite Entfernung von eben diesem Juste-milieu, vereint waren in einer unsichtbaren Loge des Widerstandes gegen die Autorität der herkömmlichen Sitten und des Willens, ihr individuelles Gehaben nicht unter die Norm zu beugen.

Welche lokalen Eigentümlichkeiten Schwabings besondere Eignung zum Zentrum eines sozusagen experimentellen Gesellschaftsindividualismus bewirkten, kann ich nicht feststellen. Doch scheint die Entdeckung Schwabings nicht erst auf den Einzug der Boheme der achtziger Jahre gewartet zu haben, die von dort aus unter der Führung Michael Georg Conrads den Sturm durchs Siegestor gegen die Propyläen organisierten, deren Schatten die Villa schützte, wo Paul Heyse in grimmigem Eifer den Hellenismus einer etwas ramponierten Klassizität gegen den Banditismus modernen Geistes verteidigte. Schon vor jenen hundert Jahren, als die Erlesenheit des Münchener Geistes sich in die Verse des Königs Ludwig I. und die Wortwitze des Hoftheater-Intendanturrates Moritz Gottlieb Saphir absetzte, suchte sich ein wirklich großer Geist und dabei einer der absonderlichsten Käuze seiner Zeit schon das damals völlig abgelegene Dorf Schwabing zum Wohnsitz aus: Das war der Philosoph der Christologie, der Theosoph Franz von Baader, der täglich nach München hineinspazierte, irgendeinen harmlosen Handwerksmann beim Knopf faßte und ihm seine Fragen über das Gottesbewußtsein oder seine mystische Sozietätswissenschaft vorlegte. Der einfache Verstand des von Wissenschaft unbelasteten Gehirns sollte die Gelehrsamkeit des weisen Mannes regulieren. Welche prachtvolle Vorurteilslosigkeit, welch unzünftlerisches Verfahren, welche echte und beste Schwabingerei!

Dies mag das eigentliche Charakteristikum des Begriffs Schwabing sein, die Unbekümmertheit um das Urteil anderer Leute. Jeder Mensch ist ein Eigener; aber wer es zeigt, heißt anderswo ein Sonderling. Schwabing war eine Massensiedlung von Sonderlingen, und darin liegt seine pädagogische Bedeutung. Schwabings auffällige Minderheit bewirkte bei der unauffälligen Mehrheit, daß sie nicht mehr auffiel. Ja, ganz München gewöhnte sich an das Ungewöhnliche, lernte Toleranz und gönnte der Seltsamkeit ihr Lebensrecht. Jeder, der längere Zeit in München gelebt hat, erinnert sich eines Zigarrenhändlers mit grauem Knebelbart, dessen Haare unter dem Hut hervorstachen, zu einem grauen Zopf geflochten und mit einem Schleifchen zusammengehalten. Der Mann – ich weiß nicht, ob er noch lebt – wohnte selbst gar nicht in Schwabing, aber es war eine Frucht Schwabingscher Erziehung, daß er sich trug, wie es ihm paßte, und eine noch weit schönere Frucht Schwabinger Einflüsse war, daß sich in ganz München kein Mensch über den Frisurindividualismus des Mitbürgers aufregte. Daran, daß sich jemand überhaupt nach ihm umsah, war mit Sicherheit ein Fremder zu erkennen.

Im allgemeinen war die Langhaarigkeit der Schwabinger Männer so wenig wie die Kurzhaarigkeit vieler Schwabinger Frauen – Lotte Pritzel und Emmy Hennings brauchten den Bubikopf nicht erst von der Mode geschnitten zu bekommen – noch die Samtkittel der Schwabinger Maler ein wichtiges Kennzeichen Schwabings. Kennzeichen war nur, daß jeder seine Aufmachung selbst bestimmte, einer von Eitelkeit, ein anderer von Bequemlichkeit, der dritte von Stilgefühl und mancher auch von seinem Schneider beraten. Uniformität gab es höchstens in dem Ästhetenzirkel um Stefan George. Dort trug man hochgeschlossene Westen mit schwarzen Krawattentüchern bis zum Kinn und dünne silberne Ketten, die um den Hals gelegt waren und in einer Westentasche verschwanden. Das gehörte zu der Weihe, zu welcher die Zugehörigkeit zu jenem Kreise verpflichtete; denn so trug sich der Meister selbst, dem Franziska zu Reventlow, »die Gräfin«, respektwidrig den Namen »Weihenstefan« angehängt hatte.

Es wird wohl 1905 gewesen sein, daß ich zum ersten Male einige Zeit angemeldeter Einwohner Münchens und selbstverständlich Schwabings war. Zum Stammlokal wurde das »Café Stefanie« gewählt, an der Peripherie des Künstlerviertels, im Münchener Quartier latin gelegen. Hier verkehrten massenhaft Maler, Schriftsteller und Genieanwärter jeder Art, auch viele ausländische Künstler, Russen, Ungarn und Balkanslawen, kurz das, was der Münchener Eingeborene in den Sammelnamen »Schlawiner« zusammenfaßt. Ein Ecktisch war für eine Anzahl Berühmtheiten reserviert, deren einige dem Schachspiel oblagen, andere die Tagesereignisse auf den Gebieten der Literatur, der Kunst und des Theaters erörterten. Dort lernte ich Max Halbe kennen und Max Dauthendey und habe dann jahrelang an dem Ecktisch fast täglich Schach gespielt mit Roda Roda und Gustav Meyrink, mit dem Syndikus der Münchener Kunstakademie Professor Eugen von Stieler und mit dem »Major«, dem Maler und Schriftsteller August von Hoffmann-Bestenhof, einem ehemaligen österreichischen Offizier, mit dem Maler Max Nonnenbruch und vielen anderen. Auch den überaus feinen, klugen und ironischen baltischen Romancier Graf Eduard Keyserling habe ich dort noch getroffen, bevor er, blind und gelähmt, ganz an den Rollstuhl gefesselt war.

Im eigentlichen Schwabing lag das »Café Leopold«, wo Albert Langen und seine Mitarbeiter vom *Simplicissimus* ihre Erholung suchten. Da saß Karl Wolfskehl mit den übrigen Jüngern Stefan Georges, und hier kam ich zum erstenmal mit der einzigartigen Frau in Berührung, deren große Persönlichkeit, die sich nur im Milieu Schwabings frei entfalten konnte, allein genügen würde, um Schwabings Bedeutung als Kulturbegriff sicherzustellen: der Gräfin Franziska zu Reventlow. Von dieser außerordentlichen Frau, dem innerlich freiesten und natürlichsten Menschen, dem ich begegnet bin, gleichmäßig ausgezeichnet von höchstem weiblichem Charme, gepflegtester geistiger Kultur, kritischster Klugheit, anmutigstem Humor und vollkommenster Vorurteilslosigkeit, wird in anderen Zusammenhängen mehr zu sagen sein. Vom Schwabinger Gesamtmilieu aber erhält man ein vortreffliches Bild, wenn man sich mit dem wundervollen Buch beschäftigt, das auf über zwölfhundert Seiten die *Gesammelten Werke* der Gräfin (so nannten wir Freunde sie, wenn wir von ihr sprachen, so riefen wir sie, wenn wir zu ihr sprachen – es lag keinerlei Wertung darin, nur eine Bezeichnung) zusammenfaßt. Die Tagebücher – sie brechen 1910 ungefähr da ab, wo meine eigenen Erinnerungen durch seltsame Konspirationen mit den Erlebnissen der Gräfin zusammengeraten – beleben auf jeder Seite Stätten, Namen, Stimmungen und, obwohl bis dahin meine Wege die ihrigen nur flüchtig kreuzten, Situationen, die eine Art familiärer Zusammengehörigkeit Schwabings offenbaren, eine Gemeinsamkeit des Erlebens aller, auch ohne mitwirkende Beteiligung aller. Das köstlichste Bild Schwabings – mindestens eines bestimmten Ausschnittes dieser kulturgeographischen Kuriosität – hat die Gräfin in dem Buch gezeichnet, das den Namen trägt *Herrn Dames Aufzeichnungen oder Begebenheiten aus einem merkwürdigen Stadtteil.* Da lernt man dieses »Wahnmoching« kennen mit seinen Riten und Ekstasen, seinen Verstiegenheiten und seiner Geheimsprache – es ist eine ebenso liebenswürdige wie schonungslose Verhöhnung des reinen Ästhetentums, das sich zufriedengab, wenn es die großen Probleme der Menschheit in ein klingendes Wort und ein genießerisches Seufzen eingefangen hatte. Es gibt noch ein anderes Dokument, das die Geheimnisse der Stefan-George-Gemeinde mit ihrer liturgischen Rhythmik, nur für Eingeweihte verständlich, dem Gelächter Schwabings preisgab. Das war eine in fünf hektographierten Nummern erschienene Zeitung, die den Namen führte *Schwabinger Beobachter*; sie kam vor meiner Münchener Zeit heraus – in den Tagebüchern 1904 erwähnt –, doch hat die Gräfin sie mir einmal zu lesen gegeben. Die Betroffenen sollen sehr entsetzt gewesen sein, als sie herausbekamen, daß die Haupttäterin die allseits umschwärmte Reventlow war; denn sie hatte das affektierte Getue derart lächerlich gemacht, daß von Weihe und Gloria noch Jahre später einiger Respekt abgebröckelt war.

Ich habe selbst das Weihezeremoniell um den Meister herum nie mitgenossen. Persönliche Beziehungen pflegte ich allerdings mit vielen, die zeitweilig mitten dazwischen gesteckt hatten, so mit Friedrich Huch, dem feinen Prosadichter, der leider früh gestorben ist, und dem Graphiker Rolf von Hoerschelmann; aus dem engsten Kreis um Stefan George kannte ich nur Karl Wolfskehl näher; erst bedeutend später kam ich auch mit Rainer Maria Rilke in Fühlung.

Ein völlig anderes Schwabing lebte in den Bohemelokalen der Türkenstraße: der »Dichtelei« und dem »Simplicissimus«.

Dort traf sich vagabundierendes Künstlertum und an keine Zeremonien gebundene Fröhlichkeit aller Art Außenseiter. In der »Dichtelei« machte ich die Bekanntschaft Frank Wedekinds, und zwar auf nicht ganz salonfähige Art. Wir kannten uns vom Sehen und kamen an verschiedene Tische desselben Lokals zu sitzen. Erst da, wohin der Zufall die Gäste einer Wirtschaft manchmal gleichzeitig hinaustreibt, kamen wir nebeneinander zu stehen, wobei Wedekind mit einer höflichen Verbeugung seinen Namen nannte und ein Gespräch begann, das einen kernigen Spruch Martin Luthers zum Ausgangspunkt nahm. Er lud mich dann an seinen Tisch, wo ich Marya Delvard, Marc Henry und andern vorgestellt wurde, die ich fast alle schon gesehen hatte und bei denen, wie bei Wedekind selbst, der Übergang zur offiziellen Begrüßung nur noch eine Formalität war. Wahrscheinlich hätte mich jener Abend auch ohne Wedekinds originelle Initiative an seinen Tisch geführt; denn die Gesellschaft wuchs dauernd, und die meisten, die sich noch einfanden, waren bereits meine Bekannten, darunter Scharf, Dauthendey, Hanns von Gumppenberg und diverse Schwabinger Damen. Max Halbe war zu jener Zeit wieder oder noch mit Wedekind verkracht. Daher wurde ich erst viel später zum Besuch seiner Kegelbahn eingeladen. Darüber und über meine langjährige persönliche Verbindung mit Frank Wedekind ist noch zu berichten.

Als die Wirtin der »Dichtelei«, Kathi Kobus, wenige Häuser entfernt die Künstlerkneipe »Simplicissimus« eröffnete, begleiteten sie die meisten ihrer Stammgäste ins neue Lokal. Viele meiner Münchener Freundschaften hatten hier ihren Ursprung. Die Maler Albert Weisgerber, Max Unold, die Dichter Hans Bötticher (jetzt: Joachim Ringelnatz), Balder Olden und viele andere waren dort regelmäßige Gäste, andere, die ich von Berlin kannte, traf ich dort wieder, so Ferdinand Hardekopf und Emmy Hennings. Ich glaube, dort habe ich auch meinen Freund C. G. von Maaßen zuerst getroffen, den ewigen Herausgeber der großen E.-T.-A.-Hoffmann-Ausgabe, Bibliophilen, Satiriker und Lebenskünstler, diesen gelehrten Spötter und ironischen Bücherwurm. Unsere Freundschaft, ursprünglich wohl erwachsen auf dem Boden gemeinsamer Freude an Büchern und Bordeauxwein, hat trotz der größten Verschiedenheit unserer Anschauungen standgehalten, über Krieg und Revolution und über die langen Jahre meiner zwangsweisen Entfernung aus der menschlichen Gesellschaft – bis auf den heutigen Tag.

Schwabing! Ich denke an zahllose Stunden der Vergnügtheit, der Besinnung und des künstlerischen Genusses. Ich denke an Faschingsnächte von maßloser Ausgelassenheit und an Menschen von seltsamem Gehaben, aber genialer Beweglichkeit des Geistes, so an den Psychiater Dr. Otto Gross, den bedeutendsten Schüler Sigmund Freuds, dem es wohl zu danken ist, daß die Psychoanalyse aus der einseitigen Betrachtung des Lebens von der sexualen Seite herausfand zur Erkenntnis der sozialen Bedingtheit des seelischen Erlebens. Ich denke an die trefflichen Schwabinger Mädchen, die Leben und Liebe vorurteilsfrei und unbefangen zu nehmen und zu geben verstanden. Ich denke an die freie seelische Luft, die Schwabing durchwehte und den Stadtteil zu einem kulturellen Begriff machte. Das ist alles vorbei. Gewisse Ereignisse veranlaßten den Münchener Hofbräubürger, Anstoß zu nehmen an den freien Schwabinger Sitten, und er ging ans Ausräumen. Das geschah gründlich; selbst Rainer Maria Rilke wurde ausgewiesen. Jetzt beschäftigt man sich in München mit der Frage, warum das geistige Leben der Stadt anscheinend darniederliege. Ja – warum wohl?

WIENER EPISODE

Wien ist eine herrliche Stadt; Wien ist eine Stadt, in der ich es nicht lange aushielte. Vielleicht hat sich in den zweiundzwanzig Jahren, seit ich Wien sah, genoß, erlebte, an Wien mitwirkte, mancherlei geändert: Im Jahre 1906 hatte ich nicht den Eindruck, als ob sich an der spezifischen Atmosphäre des Wienertums, soweit es sich den sozialen Nöten und Kämpfen der Misera plebs entrückt dünkt, schon jemals etwas geändert hätte, jemals sich etwas ändern könnte. Das ganze Wien kam mir vor wie eine Theaterangelegenheit, die sehr geschmackvolle Darstellung eines putzigen Lebensbildes, voll genießerischer Kultur, voll künstlerischen Stils, voll Leichtsinn, Erotik, altmodischer Courtoisie, spiritualistischer Klatscherei, streitsüchtiger Intellektualität, Intrige, Ironie, Witz, Betulichkeit, Wichtignehmerei aller Bagatellen, Freude am Besonderen, Freude an der Schönheit, Freude an der Neuheit, Freude an der Clique, Freude an Wien und jeglichem Wienertum. Ich hatte das Gefühl, hier lebt eine Familie, die riesig nett ist, wenn man auf Besuch zu ihr kommt, die aber unausgesetzt nur Familiengespräche führt, Gespräche, die die genaue Kenntnis aller Verwandtschaftsverzweigungen zwischen den Personen und den Klüngeln Wiens voraussetzen und überdies in einer dem Fremdling ganz unverständlichen Ausdrucksweise geführt werden.

Nur zweimal je zwei Monate wohnte ich in Wien, im April und Mai und im November und Dezember 1906, beide Male engagiert, um dem nächtlichen Amüsementbedürfnis eines zahlungsfähigen Publikums durch den Vortrag humoristischer und satirischer Verse Nahrung zu geben. Das erste Mal war ich Mitglied des Kabaretts »Nachtlicht«, das sein Ensemble zum großen Teil aus den Kräften des inzwischen entschlafenen Vorbilds aller deutschen Kabarette, der »Elf Scharfrichter«, zusammensetzte. M. (die Abkürzung hieß früher Monsieur, später Marc) Henry leitete mit großem Geschick das Unternehmen, indem er als Conférencier in einem außerordentlich

• Eurythmie in Ascona, v.l.n.r.: Henry Oedenkoven, Ida Hofmann, Anni Pracht, Raphael Friedeberg, Cornelis Gabes Gouba, Mimi Sohr.

• Erich Mühsam (rechts im Bild), Molino del Brumo, Arcegno. Postkarte des Verlags Sanatorium Monte Verità, um 1904/05

• Plakat von Ernst Stern, Die Sängerin Marya Delvard mit einem der »Elf Scharfrichter«, kurz nach 1900

• Holzschnitt von John Höxter, kurz nach 1900

• Zeichnung von Ernst Stern, Café Größenwahn, kurz nach 1900

• In der Festungshaftanstalt Ansbach 1919

• Festung Niederschönenfeld, um 1920: mit T. Waibel

• sitzend, von links: August Hagemeister, Erich Mühsam, Wilhelm Olnhowski; stehend Markus Reichert, Paul Grassl, Toni Waibel, Rudolf Hartig, Josef Reuer

• diese und folgende Seite: Bucheinbände und Zeitschriften-Titelseiten, hier von 1925

• 1923

• 1921

• 1928

• 1911

• 1926

• 1920

• 1926

• 1931

• 1905

• Mit seiner Frau Zenzl (Kreszentia) bei der Ankunft in Berlin nach der Entlassung aus der Festungshaft, 28.12.1924

• mit Peter Hille

• mit Heinrich Mann (sitzend), um 1930

Paul Heyse

Otto Gross

Peter Hille

Gustav Landauer

Frank Wedekind

Peter Altenberg

Else Lasker-Schüler

Margarete Beutler

Franziska von Reventlow mit Sohn

Maximilian Harden

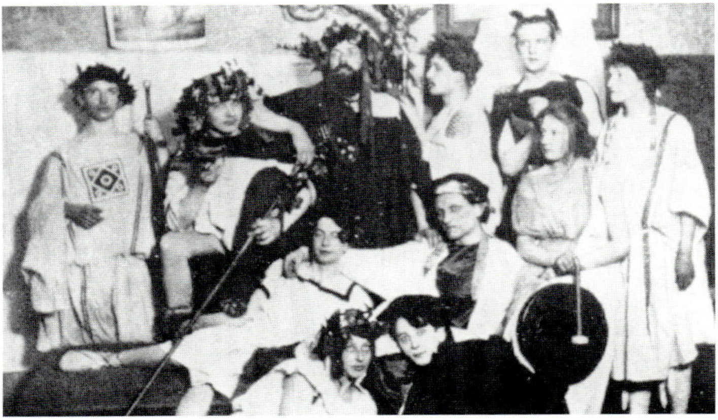

• Faschingsfest 1903, in der Mitte sitzend Stefan George als Cäsar, hinter ihm stehend Karl Wolfskehl als Bacchus

• mit Wilhelm Pieck (vorn), Berlin 1931

• bei der Probe von »Staatsräson«, 1929, von links: Dora Gerson, Ernst Busch, Friedrich Gnas, Lotte Lieven, Erich Mühsam, Alexander Granach, Elfriede Liebthal, Leopold Lindtberg (Regie)

• mit Alois Lindner (links) und Guido Kopp (Foto: August Sander)

Konzentrationslager Oranienburg
2651

gepflegten gebrochenen Deutsch jeden von uns den Gästen vorstellte, sie milde auf unsere Eigenheiten vorbereitete und beispielsweise von mir, da ich mit brennender Zigarre auf dem Podium zu stehen pflegte, versicherte: »Er ist das Prototypus von eine Berliner Bohemien; er kann rauchen, wie wenn nichts wäre.« Ausgezeichnet war M. Henry in seinen eigenen französischen Vorträgen und Chansons. Neben ihm wirkte die hervorragende Brettlkünstlerin Marya Delvard, wirkte durch ihre übergroße, überschlanke Linie, durch ihr eindrucksvolles Organ, durch ihre stilisierten Gesten und ihren eindringlichen Vortrag. Sie war nächst Frank und Donald Wedekind der beste Interpret der Wedekindschen Lieder und Bänkelsänge. Menschlich näher als Henry und die Delvard, die als Direktorenpaar nicht ganz frei waren von Prinzipalansprüchen, stand mir der Kapellmeister des Kabaretts, Richard Weinhöppel, der hier wieder seinen Scharfrichternamen Hannes Ruch führte. Ich hatte und habe noch jetzt eine tiefe Verehrung für diesen bedeutenden Künstler, dessen lyrische Liederkompositionen, da ich nicht sachkundig bin, meiner Kritik entzogen sind, nicht aber meinem laienhaften Empfinden, dem sie wunderschön und von so reiner Klarheit scheinen wie der Geist ihres Schöpfers, des intimsten Freundes Frank Wedekinds. In meinem Arbeitszimmer hängt eine ausgezeichnete Karikatur Weinhöppels, wie er mit ausgebreiteten Armen und erhobenem Taktstock, offenen Mundes den Text mitkeuchend, eines seiner Lieder dirigiert. Nervosität und Begeisterung, die bei unserm Kapellmeister ständig in etwas komischer Konkurrenz im Widerstreit lagen, sind in dieser Bleistiftskizze vorzüglich herausgeholt; ich nahm sie dem Maler Karl Hollitzer unter den Fingern weg, der damals ebenfalls im »Nachtlicht« auftrat, wo er mit kräftiger Baßstimme mit Trommelbegleitung alte Landsknechtslieder sang.

Dichterkollegen, die, wie ich, aus eigenen Werken vortrugen, gab es in dem Lokal hinter dem Stephansdom noch drei: Roda Roda, den Wiener Lyriker Hans Adler und Felix Dörmann. Den kannte ich noch von Berlin her aus der Zeit, als er die dekadente Richtung kreierte und seine Liebeserklärungen den hektischen Narzissen widmete und allem, »was welk ist und krank«. Jetzt bedichtete er bereits die »schäumenden Ekstasen«, die seine Liebste zu entflammen wußte, ungeachtet seines Wissens, »daß meiner Liebsten Liebe verkäuflich ist«; er befand sich also gerade mitten auf dem Wege zu seiner Bestimmung als Operettenlibrettist. Von den vielerlei Verwirrungen, Verwicklungen, Rankünen, Kabalen und Gefühlsexplosionen im Künstlerzimmer und den Garderoberäumen hinter dem Kabarett soll hier keine Chronik niedergelegt werden. Sie unterschieden sich von ähnlichen Erscheinungen hinter allen Kulissen nur durch die größere Temperamenthaftigkeit der beteiligten Damen, durch ihre Häufung zu tagesüblichen Programmnummern und durch das besondere Wiener Kolorit, das aus dem Liebesgram zweier Menschen die Sensation mehrerer Caféhäuser und aus dem Krach zweier anderer die Todfeindschaft von Dutzenden macht. Übrigens wird wohl einmal mein Nachlaßordner einen Sketch ans Licht fördern, der in gemeinsamer vergnüglicher Arbeit mit Egon Friedell entstanden ist und die dunklen Hintergründe des »Nachtlichts« in bengalische Beleuchtung rückt.

Friedell gehörte zum ständigen Geselligkeitskreise des damals schon in Wien sehr gefürchteten Herausgebers der *Fackel*, Karl Kraus, der mit seinem ganzen Anhang fast regelmäßiger Besucher im »Nachtlicht« war. Daraus ergab sich für mich von selbst die Wahl des Klüngels, in dem ich mich während meiner beiden Wiener Gastspiele ausschließlich bewegte. Diese Ausschließlichkeit war durch die Gepflogenheiten der Wiener Intelligenz geboten; es wäre schwerlich möglich gewesen, sich verschiedenen der Literatenkreise einzugliedern, die in ihren Stammcafés wie in feindlichen Burgen saßen und deren jeder in esoterischer Eifersucht zähnefletschend über seine Weltbedeutung wachte. Wahrscheinlich hätte ich auch in Wien keinen mir genehmeren und adäquateren Kreis finden können als den Krausschen, in dem es doch auch noch andere Gegenstände zu erörtern gab als immer nur Literatur,

Theater und Stadtklatsch und in dem überdies auch täglich die interessanteste und originellste Gestalt zu sehen war, die das geistige Wien besaß: Peter Altenberg. Immerhin dankte ich es vielleicht nur einem Zufall, in diesen Zirkel verschlagen zu werden. Als ich nämlich in Wien eintraf, begegnete mir auf dem Wege zum Hotel der mir von München schon bekannte Alfred Kubin, der eben im Begriff war, seine Vaterstadt zu verlassen. Wir setzten uns zusammen in ein Lokal, wo mir der Gespenstermaler erklärte, es werde mir schwer werden, in Wien zurechtzukommen, da ich noch »kein Wort Österreichisch« verstände. Ich habe erst später begriffen, wie recht er hatte. Ohne Kubins Abreise hätte ich mich jedenfalls unter seine Fittiche begeben, und meine unpolitischen Erinnerungen aus Wien – der einzigen Station meiner Fahrten übrigens, die mir nur unpolitische Erinnerungen hinterlassen hat – wären vermutlich durch ein ganz anderes Personenverzeichnis gekennzeichnet.

In der Gesellschaft, die mich nun außerhalb meiner Berufspflicht in ihre Mitte aufnahm, war Karl Kraus unbestritten die zentrale Figur. Eine Persönlichkeit von bedeutendem Format, ein geistreicher, witziger, lebenskluger und von hoher sozialer Ethik geleiteter Mensch, seine Wiener Umwelt mit sarkastischer Kritik durchschauend und mit meisterlicher publizistischer Begabung verhöhnend. Meine Wertschätzung dieser Persönlichkeit ist sehr hoch, sie ist nicht vermindert worden durch recht ruppige Polemiken, die in der *Fackel* gegen mich gerichtet waren, und wird nicht zu vermindern sein, wenn vielleicht diese Sätze Kraus zu neuen Ausbrüchen pamphletistischer Leidenschaft erregen sollten. Damit muß ich deswegen rechnen, weil meine Freude an seinem Können und an seinem Temperament zwar groß und voll bewundernder Anerkennung ist, aber doch, wie ich ehrlicherweise zugebe, nicht an das Maß anhimmelnder Begeisterung heranreicht, das Kraus glaubt von jedem seiner Freunde in Anspruch nehmen zu dürfen. Für das unvergleichliche Genie, das man in Wien aus ihm gemacht hat, halte ich Kraus nicht, aber ich gebe zu, daß es seiner eigenen

Überzeugung von seiner Genialität und seiner mit Galle und heißer Lauge getränkten Feder zu danken ist, daß man es aus ihm machen konnte. Karl Kraus, Wiener in all seinen menschlichen und künstlerischen Zügen, in seinem Fühlen, Denken, Sehen, Hören und Reagieren auf Freundschaft und Feindschaft, Kritik und Schmeichelei, nahm den Kampf auf gegen Wien, gegen das weichliche, geschwätzige, parfümierte und geistig schildbürgerliche Wien, ohne recht zu erkennen, wie sehr er selbst mit allen Wurzeln seines Wesens in dem Wiener Boden feststeckte, den er umgraben wollte. So mißlang ihm die Alternative seines Kampfes, und aus der gewollten Fragestellung: Für Ring und Graben oder für Welt und Menschheit? – wurde das echte Wiener Dilemma: Für Wien und sein Spießertum – oder für Karl Kraus und seine *Fackel*? Daraus aber ergab sich für Kraus und seinen Verehrerkreis eine Neueinteilung der Menschheit in solche, die dem Herausgeber der *Fackel* das Prädikat des Genies zuerkannten, und solche, die es nicht taten. Bei der ungewöhnlich ausgebildeten Fähigkeit, einen Gegner in der Polemik fürchterlich und erbarmungswürdig zuzurichten, vermochte Kraus einen großen Teil früherer Skeptiker von seiner in aller Geschichte beispiellosen Genialität zu überzeugen, während doch gesagt werden muß, daß, wiewohl Kraus als geistige Potenz auf einen hohen Platz gehört, diese hyperbolische Einschätzung nur unter Wiener Maßstäben zulässig sein kann. Aber Wiener Maßstäbe sind es auch, die den tapferen Ankläger und Aufstöberer stinkender gesellschaftlicher Korruptionsherde zu einem kleinen und bedeutungslosen Kläffer kritisieren wollen. Wien ist eine Welt für sich, deren Horizont eng ist; Kraus lebt in dieser Welt und sieht nicht weit über ihre Stadtmauern. Aber in der Kriegszeit ist es ihm doch gelungen, sich in diesen Mauern Bilder spiegeln zu lassen, in denen sich das Schicksal einer ganzen Generation malte.

Ich erfuhr bei meinem Umgang mit Kraus und seinen Mitarbeitern und Begleitern mehr Toleranz als andere. Da meine Urteile nicht aus Wiener Einflüssen und Eindrücken kamen, wurden sie auch dann respektiert, wenn sie sonst mit der Strafe des »Abschaffens« geahndet worden wären. Sollte jemand wegen mißliebigen Verhaltens, peinlicher Auffassungen oder Trottelhaftigkeit im Umgang »abgeschafft« werden, so geschah es in der Weise, daß der im Caféhaus oder im Löwenbräu, wo wir abends in größerer Gesellschaft zu essen pflegten, so lange geschnitten oder auch direkt angeödet wurde, bis er merkte, daß er unerwünscht sei, und verschwand. Mir aber wurde es nachgesehen, daß ich weder auf Schnitzler noch auf Bahr mitschimpfte und sogar, daß ich mit Harden und Kerr, die untereinander ungefähr ebenso angenehme Beziehungen unterhielten wie Kraus zu jedem von ihnen, in persönlich und sachlich durchaus freundlichem Verkehr stand. Was es hieß, gleichzeitig mit Harden, Kerr und Kraus gut zu stehen, ohne das vor einem der drei geheimzuhalten, wird jeder ermessen können, der einmal den Dreckschleuderkampf zwischen feindlichen Literaten als Zuschauer verfolgt hat. Mit Kraus kam ich erst zwei Jahre nach meinem Wiener Aufenthalt auseinander, als ich mich in der Eulenburg-Affäre auf die Seite Hardens stellte und ihn in einer sackgroben Polemik gegen Angriffe in der *Fackel* verteidigte.

Die einzige Persönlichkeit, die in jenem Kreise vollständig den eigenen Charakter wahrte, ohne sich von Lob und Tadel, Strenge oder Milde der zentralen Figur beeinflussen zu lassen, war Peter Altenberg. Natürlich könnte ich jetzt, wie jeder gelegentliche Wienreisende und Weinreisende, haufenweise Peter-Anekdoten hier aneinanderreihen. Doch nehme ich an, daß Egon Friedell, der nächste Freund des Dichters, der gescheite, verständnisvolle und von Liebe und Respekt gezügelte Sammler von Altenberg-Geschichten, der komischen Seite des merkwürdigen Kleinkram-Romantikers schon so viel Verbreitung geschafft hat, daß sich eine Vermehrung um zufällig in meiner Anwesenheit erfolgte Emanationen seiner Bizarrerien erübrigt. Ich war mehrfach Zeuge seiner berühmten Tobsuchtsanfälle, wie sie einer der Freunde Altenbergs, ein Angehöriger auch meines Wiener Bekanntenkreises, der Maler

Gustav Jagersbacher, in einigen ausgezeichneten Graphiken festgehalten hat, ich habe viele überaus lustige Situationen miterlebt, in denen sich der kaufmännisch geklärte Vagabundengeist Peter Altenbergs manifestierte – aber viel lieber hole ich die Unterhaltungen mit ihm aus dem Gedächtnis, die seine fabelhafte Fähigkeit enthüllten, aus den Details des täglichen Lebens den ewigen Kern des Wesenhaften auszuschälen. Als nicht lange nach meinem Wiener Aufenthalt eine Auswahl aus seinen Büchern erschien, schrieb ich einen Artikel über Peter Altenberg, in dem ich den Dichter und den Vorläufer einer literarischen Stilkunst gegen den Lieferanten von Unterhaltungsmaterial für Herrenabende abzugrenzen suchte. Peter schrieb mir eine von Glück strömende Postkarte, und ich erfuhr dann, daß er meine Verteidigung ständig bei sich trage und sich damit gegen Aufdringlichkeiten leutseliger Anekdoten-Provokateure wehre. Gewiß denke ich mit Schmunzeln an den sonderbaren Kerl mit der mächtigen Glatze, dem rötlichen Robbenbart und dem großkarierten Mantel, der in der Raserei des Zornes nicht minder grotesk wirkte als in der Überschwenglichkeit seiner Begeisterung. Aber die Wiener scheinen nie gewußt zu haben, wie dieser Wiener Dichter mehr als irgendeiner in seinem Werk das Wertvollste der Wiener Eigenart ausschöpft. »Er machte«, schrieb ich nach seinem Tode, »in einer hingeworfenen Bemerkung die Banalität selbst zum lyrischen Ereignis. Er philosophierte in drei Sätzen in die Benutzung der Zahnbürste eine Weltanschauung hinein. Er war der konkreteste Denker, der je in deutscher Sprache geschrieben hat. Alles Typische galt für ihn nicht, da es abstrakt war. Nie hat er das Lob der Frau schlechthin gesungen, immer nur das der besonderen Frau. Wenn er von Schönheit sprach, war es die Schönheit seiner zeitlichen Geliebten.« Und diese Konkretheit, glaube ich, ist das Merkmal Wiens, in seinen Vorzügen und seinen Mängeln. Das Wienerische, das ist die Abwesenheit der Abstraktionen, es ist das Sinnhafte und damit auch das Beschränkte, und es geht eine gerade Linie von der Denkweise Peter Altenbergs über den Kampf Karl Kraus' und die

Kritik Alfred Polgars bis zur Konkretisierung der Seelen durch den Wiener Sigmund Freud.

Mein erstes Wiener Kabarett-Engagement mußte ich vorzeitig abbrechen, zum Glück bloß zwei Tage vor seinem natürlichem Ablauf. Mein »Nachtlicht«-Chef Henry, in Rage gebracht durch eine Anrempelung in der *Fackel*, nahm an deren Herausgeber brachiale Rache. Ich saß mit Karl Kraus in einem Weinlokal, als die Kollegen vom Kabarett erschienen und an einem andern Tisch Platz nahmen. Plötzlich stürzte sich Henry auf Kraus, den er buchstäblich bis zur Bewußtlosigkeit verprügelte; es war höchst widerwärtig und roh. Ich lag, in dem Drange, Frieden zu stiften, beiseite geschoben, mit verstauchtem Finger, zerbrochenem Kneifer und zerfetztem Engagementsvertrag in einer Ecke am Boden, während Peter Altenberg seufzend zwischen den verwaisten und derangierten Tischen umherirrte und mit den Worten »Ich bin verzweifelt« von Freund und Feind die Sektreste austrank.

Als ich im Herbst wiederkam, mußte ich in dem selben Weinrestaurant meine Brettlkünste zeigen, in dem das erste Wiener Gastspiel so rabiat geendet hatte. Das Kabarett, das mich hierher engagiert hatte, hieß »Simplicissimus«, sein Direktor war derselbe Josef Vallé, der schon in München mit seinen »Sieben Tantenmördern« die »Elf Scharfrichter« abgelöst hatte, und unsere Diva war die schöne junge Mary Irber, Frank Wedekinds »Venus Duplex Amathusia«, die mir noch bei verschiedenen späteren Kabarettgastspielen eine liebe, stets freundschaftlich gesinnte Kollegin gewesen ist. – Sonst umschloß mich im Herbst 1906 derselbe Menschenkreis wie im Frühling, und seitdem habe ich Wien nicht wieder gesehen. Denn als ich 1925 hin wollte, da durfte ich nicht über die Passauer Grenze. Aber davon reden hieße andere Grenzen überschreiten.

PARISER EINDRÜCKE

Das Jahr 1907 war für mich von Anfang an eine ununterbrochene Folge von eindrucksvollen Erlebnissen und konzentriertem Erleben. Von Wien aus hatte ich mich zunächst wieder nach München getrollt, wo ein paar Monate lang Leib und Seele von allerintensivsten, dabei ganz heterogenen Sensationen in Anspruch genommen waren. Diese Sensationen haben nur zum kleineren Teil mit dem Ausschnitt meiner Erinnerungen zu tun, der hier zu behandeln ist. Zum anderen Teil fiel ein politisch heftig bewegter Kampf in diese Zeit und endlich auch das völlig persönliche Ereignis einer Liebesleidenschaft, wie sie ein Leben nie zweimal produzieren kann, von der rückblickend Rechenschaft abzulegen aber eher die Aufgabe lyrischer Gedichte als die eines Memoirenwerkes ist. Als die Partnerin des Erlebnisses im Frühjahr München verlassen hatte, flüchtete ich an den Lago Maggiore.

In Ascona widerfuhr mir diesmal allerlei Widerwärtiges, was mit den Versuchen russischer Freunde zusammenhing, der fast vollzogenen Liquidation der Revolution von 1905/06 doch noch Schwierigkeiten zu machen, und was mir eine ziemlich romantische Fußtour zum Antico Castello in Locarno eintrug, nämlich in Begleitung einer bewaffneten Gendarmerie-Eskorte und mit schweren Eisenfesseln an den Händen. Da mein Aufenthalt in der von außen wundervollen, als Behausung von Menschen aber höchst unsympathischen Ruine – ich vermute, es ist dieselbe, von der Kleist im *Bettelweib von Locarno* erzählt – nur siebzehn Stunden dauerte, scheint ja von maßgebender Stelle bestätigt, daß die Verhaftung nur sehr wenig durch meine politische Tätigkeit bedingt war; darum glaubte ich sie als nicht eben alltägliches Intermezzo erwähnen zu sollen. Auch half dies Intermezzo den Entschluß reifen zu lassen, bald einen andern Schauplatz der Künste, Taten und Abenteuer zu wählen.

Mein Freund Nohl hatte Paris schon kennengelernt und riet mir dringend, hinzufahren. Der Antrieb der Neugier und der verschwommenen Illusionen war ohnehin längst wirksam. So schrieb ich eines Tages an Gustav Landauer mit der Bitte, mich den gesinnungsmäßig nahestehenden Freunden zu empfehlen, und trat die herrlichste Reise meines Lebens an. Die Fahrt über den See nach Pallanza, die ich schon mehrmals gemacht hatte, ist mir durch ein besonderes Erlebnis unvergeßlich. Auf dem Dampfer wurden geschlachtete Kälber transportiert, die auf dem Verdeck ausgebreitet lagen. Dieser Köder lockte Raubvögel an, und so begleiteten uns nach und nach vier prachtvolle Steinadler, die aus ungeheurer Höhe immer wieder versuchten, an die Beute heranzukommen, und bis dicht über unsere Köpfe hinunterstießen, so daß wir die prachtvollen Tiere mit ihren riesigen Schwingen in fast greifbarer Nähe beobachten konnten. Von der Bewegung der an Deck herumlaufenden Menschen geschreckt, wagte sich keiner der Räuber ganz an die Kälber heran; unmittelbar vor dem Ziel schossen sie wieder hinauf und waren im Bruchteil einer Sekunde nur noch als Pünktchen am Himmel zu sehen. In Pallanza wurden die Schlachttiere ausgeladen, und die Adler verschwanden in den Bergen.

Ich fuhr nach Domodossola und stieg von dort den Simplonpaß hinauf, um zu Fuß die Westschweiz zu erreichen. Die Bahn durch den neuen Tunnel war noch im Bau, wurde aber schon eingleisig benutzt. Das Hospiz in über zweitausend Meter Höhe stand noch jedem Reisenden zur Verfügung. Nach elf Stunden Wandern langte ich bei den Mönchen an, bei denen ich eine mir ganz neue Welt kennenlernte. Es waren sechs oder sieben alte Herren, die mich freundlich aufnahmen und mir ein sehr schönes Nachtquartier einräumten. Ich erfuhr, daß jeder Reisende bis zu drei Tagen oben bleiben dürfe, und ich habe diese drei Tage voll ausgenützt. Inzwischen kamen nur ein paar Wanderer ins Hospiz, von denen nur einer übernachtete; die anderen blieben einige Stunden, erfrischten sich und gingen weiter. Die Mönche freuten sich, in mir einen Gast zu beherbergen, mit dem über vielerlei geistige Dinge gesprochen werden konnte. Sie führten dort oben mit ihren prächtigen

Bernhardinerhunden ein recht beschauliches, dabei keineswegs untätiges Leben. Sie konnten so viel und so wenig Deutsch wie ich Italienisch; ein leidliches Französisch auf beiden Seiten mußte die Verständigung ergänzen, und es ging ausgezeichnet. Ich verschwieg durchaus nicht, wie ich über Kirchlichkeit und Staatspolitik dachte, fand aber ebenso kluge wie tolerante Verteidiger des gegnerischen Prinzips. Ihre hübsche Bibliothek enthielt außer religiösen und wissenschaftlichen Werken auch gute belletristische Literatur, und ich war erstaunt, wie bewandert die Herren, die doch ohne alle weiteren Hilfskräfte die Hauswirtschaft besorgten, Handwerksburschen bedienten, ausgezeichnet kochten, aufwuschen und Hunde pflegten und dressierten, auf allen möglichen Gebieten waren, wie verständig und gerecht sie zum Beispiel die soziale Bedeutung Zolas anerkannten. Die Bezeichnung dieser sympathischen Kleriker als Pfaffen wäre mir nie in den Sinn ge kommen. Übrigens hatten sie auch vorzüglich gepflegte Weine und zollten mir hohe Anerkennung, als ich ihnen meine Vorliebe für Bordeaux bekannte und begründete. Als ich den Wunsch äußerte, einen Spaziergang über den Schneegipfel zu machen, bekam ich einen Bernhardiner mit, der mir ernst und sachlich stundenlang folgte und mich dann auf kürzestem Wege zum Hospiz zurückführte. Der Abschied von den Mönchen war freundschaftlich und herzlich. Jede Bezahlung wurde abgelehnt; wer etwas geben wolle, könne in der Kapelle Geld in die Büchse werfen, doch auch das sei nur erwünscht, wenn der Geber damit die katholische Kirche fördern wolle. Ich solle es selbstverständlich unterlassen und meinen Gastgebern nur ein gutes Andenken bewahren. Zum Zeichen dessen, daß ich das wirklich tue, habe ich auch bei diesen Aufzeichnungen noch einmal bei meinen liebenswürdigen Benediktinern im Simplon-Hospiz ein wenig haltgemacht.

Den Berg hinunter bis Brig, den Blick immer über dem großartigen Panorama der schneeflimmernden Hochalpen, ging es in knappen fünf Stunden. Dann ein Tag Wiedersehen mit Lausanne und von dort über Lyon, wo ich übernachtete, nach Paris, dem heißen, laut schlagenden Herzen Frankreichs. Am strahlenden Sommermittag kam ich an, überwältigt vom Anblick der breiten Boulevards, der Beschwingtheit des Lebens, des Himmels, der Bäume, der Menschen, überwältigt von allem, wovon ich mich überwältigen lassen wollte. In meiner Tasche aber befanden sich noch acht Franken.

Soviel wußte ich, daß man als Deutscher seinesgleichen im »Café du Dôme« am Boulevard Montparnasse finden würde. Ich fragte mich also durch und ging zu Fuß, immer wieder durch ein Straßenschild, ein Denkmal, eine Hausaufschrift an begeisternde Ereignisse der großen Revolution, des Juli-, des Februaraufstandes oder der Commune erinnert. Als ich am Ziel angekommen war, fragte ich zuerst nach Pascin, mit dem ich von München her schon bekannt war. Er war mit allen deutschen Stammgästen eben beim Mittagessen, und ich wartete. Allmählich füllte sich das Lokal. Ein glatzköpfiger Herr schritt auf mich zu und begrüßte mich, da wir uns im »Café Monopol« in Berlin schon getroffen hätten; das war der Maler Purrmann, der mich nun sofort den übrigen deutschen Künstlern und verwandten Erscheinungen zuführte. So lernte ich gleich in der ersten Stunde meines Pariser Aufenthalts fast die ganze Gesellschaft kennen, mit der ich wenigstens für die ersten beiden Monate täglich viele Stunden beisammen war. Dazu gehörten außer Purrmann und Pascin der Maler Bondy, der Dichter Franz Hessel, an den mir die Gräfin Reventlow Grüße aufgetragen hatte (ebenso an Willy Gretor, der leider während meines ganzen Aufenthalts von Paris abwesend war, so daß ich Wedekinds Freund und Modell nie persönlich kennengelernt habe); ferner der Kunstschriftsteller Wilhelm Uhde, durch den die Bekanntschaft mit etlichen französischen Künstlern vermittelt wurde, so mit Picasso und dessen Freund Herbin, der mich in Paris porträtiert hat. Die französischen Maler kamen indessen nicht ins »Café du Dôme«, man traf sie bei Uhde oder dem Maler Götz in der Wohnung an. Das war ein Mann, der an der Seine eine sehr schöne Wohnung innehatte, mit dem Blick auf Notre-Dame und zu einem wahren kleinen

Museum hergerichtet. Jedes Jahr fuhr Götz nach Brügge oder andern belgischen Kleinstädten, suchte die Antiquitätenhandlungen ab und brachte alle möglichen Herrlichkeiten heim, in die er nach dem Urteil seiner Freunde bedeutend größere Werte an Alter und Köstlichkeit hineindichtete, als ihnen innewohnten. Im übrigen steckte Götz, der mir verzeihen möge, daß ich seinen Vornamen vergessen habe, den ganzen Kreis mit einer besonderen Form von Wortwitzen an, die auf Klangähnlichkeit beruhte und zu grauenhaften Gewalttaten an der deutschen Sprache verleitete. Waren wir bei Götz versammelt, dann wurde entsetzlich gekalauert oder Rudolf Levy ließ mit des Basses Grundgewalt seine neuesten obszönen Gedichte hören.

Als ich bei der Einführung in den Caféhauszirkel am Montparnasse bekannte, wie hoch das Betriebskapital sei, mit dem ich meine Existenz in Frankreich zu begründen gedachte, erfuhr ich, daß diese acht Franken wohl als Taschengeld für einige Zeit langen könnten, nicht aber zum Anfangen, da man in Paris nur in Hotels Zimmer bekomme, die pränumerando bezahlt verlangten. Die vermögenderen Mitglieder der Runde schossen zusammen, und ich mietete mich im siebenten Stockwerk eines Hotels am Boulevard Raspail ein. Bald fand ich auch Existenzmöglichkeiten, indem ich Mitarbeiter des gerade von Frau Langen, der resoluten Tochter Björnstjerne Björnsons, begründeten Witzblattes *Le Témoin* wurde, gelegentlich an einer Sondernummer von *L'Assiette au beurre* mitwirken durfte und zugleich in Deutschland neue Erwerbsquellen erschloß. Doch bin ich gerade in Paris nie ganz aus materiellen Schwierigkeiten herausgekommen, was den Lebensgenuß einigermaßen beeinträchtigte. Ich muß aber zugeben, daß in dem kleinen Kreise der deutschen Künstlerschaft, der sein Generalquartier im »Café du Dôme« hatte, im allgemeinen ein erfreulicher Geist der Solidarität herrschte. Es gab Leute unter uns, die nie einen Sou hatten, der nicht der Hilfsbereitschaft Hessels, Bondys oder eines der besser Situierten entstammte.

Den zweiten Tag wollte ich natürlich in den Louvre und fragte Pascin, ob er mich dort nicht führen wolle. Er gab mich aber in die Obhut seiner Freundin Hermine-Lionette, einer entzückenden Pariserin, der ich mich sehr gern anvertraute. Das Unglück wollte es jedoch, das Hermine-Lionette die Urenkelin des Revolutionsmalers Jacques-Louis David war und mich daher mit blitzartiger Geschwindigkeit an den herrlichen Werken der Renaissance, an der Mona Lisa und allen übrigen Sehenswürdigkeiten vorbeischleppte, um mich dann stundenlang vor den mächtigen Schinken ihres berühmten Ahnen festzuhalten, deren lobenswerte Tendenz mich mit ihrer theatralischen Aufmachung kaum ganz aussöhnen konnte. Tags darauf und dann noch oft ging ich allein in den Louvre und sah mehr, und als ich später einmal von dem bedeutenden Graphiker Rudolf Großmann darin herumgeführt wurde, sah ich viel.

Das ständige Zusammensein mit Landsleuten konnte ich auf die Dauer vor mir selbst nicht verantworten. Durch die politischen Beziehungen kam ich freilich mit Franzosen in Berührung, so mit Gustave Hervé und durch Vermittlung des Freundes Bakunins, James Guillaume, mit alten Communards und jungen Revolutionären. Doch wollte ich auch das richtige Pariser Bohemeleben kennenlernen. Außer ein paar arrivierten Malern, die mit Uhde verkehrten, sahen wir in unserer Gesellschaft nur hier und da den eben zum »roi des poètes« erkorenen Lyriker Paul Fort. Denn den mir schon von München befreundeten *Simplicissimus*-Zeichner Henri Bing, der sehr viel mit uns zusammen war, habe ich, obwohl er waschechter Pariser ist, uns Deutschen immer organisch zugehörig empfunden.

Eines Tages traf Johannes Nohl in Paris ein, und wir beschlossen, die Gesellschaft, die man im Berliner »Café des Westens« oder im Münchener »Café Stefanie« ungefähr ebenso haben konnte wie im »Café du Dôme«, durch eine radikale Luftveränderung auszuwechseln. Kurz entschlossen fuhren wir zusammen ans Meer, und zwar nach Camarat sur Mer am Cap Finistère, wo wir etwa zehn Wochen unter den bretonischen Hummerfischern lebten. Nach Paris zurückgekehrt, folgten wir dem Beispiel Pascins und Bings, die ihren Wohnsitz vom

Montparnasse zum Montmartre hinaufverlegt hatten. Ich mietete mich in der Rue des Martyrs im »Hôtel des deux Hémisphères« ein, in dem zumeist Artisten wohnten, Zirkusreiterinnen, Neger, eine ganz internationale Schar, mit der ich gute Nachbarschaft hielt. Das »Café du Dôme« war jetzt nicht mehr ständiges Obdach, sondern nur noch Besuchsziel. Sonst spielte sich das Leben ganz am Montmartre ab; Mittag aß ich in einem Lokal, das »A la vache enragée« hieß und dessen Wirt, ein lothringischer Klerikal-Sozialist, sich mit mir befreundete und mit ungeheurem Temperament zu allen politischen Tagesereignissen Stellung nahm. Ich habe von dem braven Mann nicht nur mehr Französisch gelernt als zuvor in der Schule, in der Westschweiz und durch den bisherigen Aufenthalt in Frankreich – ich habe vor allem durch ihn und seine Stammgäste gelernt, wieviel mehr der französische Normalbürger an allen Vorgängen des politischen Lebens Anteil nimmt als der deutsche und mit welch persönlich gefärbter Kritik er seinen Regierern, Abgeordneten und allen öffentlich Beauftragten auf die Finger sieht.

Die Abende verbrachte ich fast regelmäßig im »Lapin agile«, dem kleinen Künstlerkabarett des Père Frédéric hinter dem Moulin de la Galette, wo ich das jetzt wirklich in der Nähe sah, was als Pariser Boheme mit leichtem Gruseln leutselig belächelt zu werden pflegt. Albert Weisgerbers Nachlaß enthält Blätter, die mit großer Lebendigkeit das Leben im »Lapin agile« wiedergeben. Da sieht man einen Dichter neben dem Klavier stehend Verse vortragen, während der Musiker sich auf die Tasten aufstützt und zuhört und die Maler, vor sich den Schoppen Wein und im Arm ein Mädchen, ebenso aufmerksam folgen. In diesem Kabarett gab es keinen Unterschied zwischen Vortragenden und Genießern, da gab es kein Engagement auf Zeit und Kündigung, da gab es einfach den Drang, seine Kunst sehen und hören zu lassen, und den, zu erfahren, was der andere künstlerisch Neues geleistet hat. Ich habe dieselben Menschen, nicht arrivierte, arme, dem Proletariat von Herkunft und von Interesse verbundene Künstler, in ihren Ateliers beisammen gesehen. Sie nahmen ihr Dasein nicht leicht, so sehr sie der Freude zugänglich waren. Bei ihnen und mit ihnen im »Lapin agile« habe ich reiche Stunden erlebt; die reichste war die, als der alte Gründer des ersten Pariser Kabaretts, der Leiter des »Chat Noir«, Bruant, als Gast bei den jungen Künstlern erschienen war und nun seine herrlichen starken Chansons sprach und sang. Es war eine Begeisterung um den alten Mann, die ihn selbst zu Tränen rührte, bis er alle Anwesenden einlud und mit Wein und Essen traktierte und nacheinander alle Mädchen auf den Schoß nahm und unter dem Jubel selbst ihrer Liebhaber glückstrahlend abküßte.

Diese Hingabe an die Situation, das volle Auskosten jedes Geschehens, das war das, was mich Paris und die Pariser inbrünstig lieben ließ. Immer dort leben hätte ich nicht können, aber nur deshalb nicht, weil ich es nicht aushalten kann, lange für alle Verständigung mit den Menschen auf eine fremde Sprache angewiesen zu sein. Selbst wenn mich meine mangelhafte Sprachenbegabung einmal über das Radebrechen im Französischen hinausgelangen ließe, möchte ich nicht dauernd gezwungen sein, in anderen Worten zu sprechen, als ich denke. Wäre diese Hemmung bei mir nicht vorhanden, dann wäre ich bestimmt nicht wieder von Paris fortgegangen, dieser einzigen Stadt voll Schönheit, Rhythmus, Kunst, Kraft, Seele und Anmut, dieser Stadt, in der jede Straße erfüllt ist von dem Geschehen großer Vergangenheit und in der jeder Baum im Bois de Boulogne, in den Tuilerien, im Jardin du Luxembourg und unter der Mauer der Föderierten den Atem künftiger Geschehnisse ausströmt.

Im Frühjahr 1908 war ich wieder in Berlin. Damals formulierte ich den Unterschied: Paris lebt – Berlin funktioniert.

»Künstlerkneipe« nannte sich im Untertitel das Weinlokal »Simplicissimus« des Fräulein Kathi Kobus in der Türkenstraße zu München. Vorn befand sich ein Wirtsraum, nicht viel unterschieden von anderen Wirtsräumen; hinten das Hauptlokal mit Theke, Klavier und Podium; dazwischen der beide Räume verbindende Kanal, ein langer, sehr schmaler Gang, dennoch mit Tischen und Stühlen so eng bestückt, daß das Passieren in den Abendstunden, wenn der Betrieb im Gang war, nur unter vielen Schlängelbewegungen möglich war und man die mit Flaschen und Tabletten jonglierenden Kellnerinnen für gelernte Akrobatinnen halten konnte. Das Gedränge war in allen Räumen von zehn Uhr abends an beängstigend, und die von Weindunst, Tabakrauch und menschlicher Ausdünstung sichtbar wogende Luft erklärt ebenfalls nicht völlig befriedigend die Anziehung, die der »Simpl« auf die geschmackverwöhnte Schwabinger Künstlerschaft ausübte. Es war aber doch so, daß wir uns allesamt in dem Lokal wohlfühlten, das bei Tage eher einer Kunsthandlung glich als einer Künstlerkneipe. An allen Wänden hingen Ölbilder, Zeichnungen, Radierungen, Schnitte und Stiche, in allen Größen, in allen Stilarten, von jeglichem Wert; Porträts, Landschaften, Karikaturen, Stilleben, von unbekannten Meistern und von Berühmtheiten, die teils noch in Person unter ihren Werken anzutreffen waren, teils auch längst im Villenviertel von Bogenhausen den räumlichen Trennungsstrich zwischen Vergangenheit und Gegenwart gezogen hatten, wie Franz Stuck, aus dessen dämonischer Zeit ein mächtiges Bild unsern Stammtisch im Hintergrund der Weinstube umdüsterte.

Kathi Kobus war eine kluge Frau. Selbst keine Kunstkennerin, wußte sie doch, daß aus manchem jungen, unbekannten Talent manchmal später ein bewundertes Genie wird und daß die Bleistiftkritzelei eines zwanzigjährigen Michelangelo, in fröhlicher Laune auf eine Papierserviette hingeworfen, nach hundert Jahren ein wertbeständiges großes Los sein kann. So gab sie Künstlern weitherzigen Kredit, und war die Schuldenlast hoch genug angewachsen, dann ließ sie sich gutwillig mit einer Handarbeit aus dem Atelier ihres Gastes abfinden und hängte die Tauschware für ihren Krätzer, je nach der Schönheit des Bildrahmens, an eine mehr oder minder sichtbare Stelle ihres Etablissements. Selbstverständlich behaupte ich nicht, daß alle bei Kathi Kobus ausgehängten Gemälde und Graphiken als Äquivalent für nicht bezahlte Zechen geliefert worden seien. Sicherlich hat mancher Künstler, der stets jede Rechnung beglich, ganz gern einmal geschenkweise ein Blatt hergegeben, das die Wirtin ihm abgebettelt hatte. Jedenfalls waren alle bekannten Zeichner des Patenblattes ihres Lokals an den Wänden des »Simplicissimus« vertreten: Th. Th. Heine und Eduard Thöny, Rudolf Wilke und Wilhelm Schulz, Pascin und Karl Arnold. Von Albert Weisgerber gab es eine ganze Menge ausgezeichneter Bilder und Zeichnungen, darunter besonders ein vorzügliches Porträt von Ludwig Scharf über dessen ständigem Stammplatz. Josef Futterer hatte etliche seiner Werke gestiftet, und neben Silhouetten von E. M. Engert hingen Tierbilder von Franz Marc und Frauenakte von Max Unold.

Von der Begabung ihrer dichtenden Kundschaft machte Kathi Kobus Gebrauch, indem sie ihr Gelegenheit gab, vom Podium herab Verse zu deklamieren, was meistens der Eitelkeit zuliebe, oft um barer Honorierung willen und vielfach auch der Schuldentilgung wegen gern geschah. Häufig genügte eine freigebig spendierte Flasche Sekt, um Dichter, Sänger, Musiker beider Geschlechter zu Vorträgen anzuregen. In der ersten Zeit konnte man von einem eigentlichen Kabarett bei Kathi Kobus kaum sprechen. Einer der Künstler nahm die Klampfe zur Hand und sang allein oder mit anderen am Tisch bayerische Schnadahüpfl, deren besonders Albert Weisgerber viele kannte. Oder Frank Wedekind ließ sich herbei, seine Bänkelsänge zur Laute zu singen. Dann kam Kathi und bat einen von uns, ein paar Gedichte vorzutragen, oder der Ungar Dunajec spielte auf der Violine, die Mähne schüttelnd, langgezogene Schmerzensweisen. Allmählich erst engagierte Kathi einzelne ihrer Stammgäste zur ständigen Unterhaltung des Publikums. Die Honorarsätze waren verschieden. Ludwig Scharf erhielt wohl am meisten. Abend für Abend lahmte er, einen Stuhl mit sich schleppend, in die Mitte des Lokals und rezitierte in pfälzischer Aussprache, aber mit wirksamer Verve, immer dieselben Gedichte: *Proleta sum*, *Das tote Kind* und *Novembersturm*. Ich bekam eine Zeitlang Mittag- und Abendessen, wofür ich den Nachtgästen Balladen, Schüttelreime und Ulkgedichte zu servieren hatte. Auch Damen waren engagiert: die Chansonette Annie Trautner, ferner eine Sopransängerin von echt Münchener Aussehen und Gehaben, die den poetischen Namen Mucki Bergé führte, und längere Zeit auch Emmy Hennings, die niedliche Pikanterien vortrug, von ihrer eigenen Berufung zur Dichterin aber wohl selbst noch keine Ahnung hatte. Als »Hausdichter« der Künstlerkneipe wurde der Sachse Hans Bötticher gewonnen, ein höchst witziger und begabter Mann damals schon, als keiner von uns vermutete, daß er einmal den Namen Joachim Ringelnatz berühmt machen werde. Er bedichtete Kathi selber, die kleinen Begebenheiten im »Simpl«, uns Kollegen und Kolleginnen, das unheimliche Gedränge des Publikums, das uns sehen und hören wollte, und die große Stunde, als einmal ein lebendiger Hohenzollernprinz – ich glaube, es war Wilhelms Ältester – mit etlichen Korpsstudenten, inkognito, aber sich durch heftiges Randalieren bemerkbar machend, in unserm Revier sein Amüsement suchte. Kathi erfuhr, wen sie zu bewirten hatte, hängte aber die Bajuwarin heraus und ermahnte die erlauchte Schar mit den Worten: »Saupreißn, stad san!« zur Ruhe. (Ich berichte hier nach Hörensagen; denn als man mich auf die Gäste aufmerksam machte, streikte ich und verließ für den Abend das Lokal.)

Die Energie, mit der die robuste Wirtin sich in ihren Räumen Respekt zu verschaffen wußte, war erstaunlich. Alkoholische Exzesse duldete sie nicht. Gab es Krach, dann ging sie ganz persönlich dazwischen und wies die Übeltäter hinaus, griff auch selber mit ihren kräftigen Armen zu, wenn jemand widerspenstig war. Ich sah mit eigenen Augen, wie sie gleichzeitig zwei spektakelnde Studenten hinausschmiß: mit jeder Faust im Hemdkragen eines der Sünder, stieß sie die beiden fortwährend gegeneinander und drängte sie dabei vorwärts, bis sie vor der Tür angelangt waren. Kathi Kobus duzte alle ihre Gäste, und ein Brief, der mir einmal auf einer meiner Fahrten nachgesandt wurde, begann: »Sehr geehrter Herr Mühsam! Du bist mir noch über vierzig Mark schuldig ...« Am Schluß hieß es dann: »Mit herzlichen Grüßen hochachtungsvoll Deine Kathi Kobus«, und ein Postskriptum lautete: »Kommst du net bald wieder, Erich?« Als ich dann wiederkam und Kathi zur Rede stellte, was sie mir denn für unangenehme Mahnbriefe nachjage, meinte sie freundlich: »Scho recht. Daß d' grad wieder da bist«, holte das Hauptbuch vor und strich meine ganze Zechschuld durch. »Aber vortragen mußt halt!« sagte sie dann.

Eines Tages verkündete Kathi ihren erstaunten Gästen, daß sie sich mit Ludwig Scharf verlobt habe. Das Ereignis wurde gründlich gefeiert. Die glückliche Braut traktierte uns mit ungeheuren Mengen Pfirsichbowle. Nach der Polizeistunde wurde die Gaststätte in die geräumige Küche des Lokals verlegt, und Georg Queri, der kraftbayerische Dialektdichter, hielt eine Festrede, die sich weniger durch sinnige Lyrismen als durch urwüchsige Derbheit auszeichnete. Von nun an aber war das Unterhaltungsrepertoire des »Simpl« allabendlich um den Begrüßungskuß vermehrt, der, sobald der Tschandala-Dichter das Lokal betrat, unter dem Applaus der Umsitzenden von den vier bärtigen Lippen des Brautpaares vorgeführt wurde. Die Brautschaft dauerte bis zur Verehelichung Ludwig Scharfs mit einer ungarischen Gräfin; doch änderte sich auch dann nichts weiter, als daß der Kuß vom Programm gestrichen wurde und die Gattin des Dichters ihren Stammplatz im »Simplicissimus« neben dem seinigen erhielt. Kathi Kobus aber entdeckte ein neues künstlerisches Talent, und zwar in sich selbst. Sie wartete plötzlich in oberbayerischer Nationaltracht auf und bestieg in eigener Person das Podium, von wo sie mit Gedichten in heimischer Mundart Humor ausstreute.

So lange, bis Wedekind in der »Torggelstube« einen festeren Kreis um sich schloß, mit höheren geistigen Ansprüchen und sorgfältiger gewahrter Exklusivität, und bis Konkurrenzlokale, wie der »Bunte Vogel« und »Boheme«, einen Teil der Künstlerschaft von dem nicht übertrieben abwechslungsreichen Lärm, Gedränge und Gestank der echtesten Münchener Künstlerkneipe abzogen, fluktuierte im »Simplicissimus« der Kathi Kobus die Geistigkeit Münchens in allen ihren Verästelungen und Cliquen, und man konnte an manchen Abenden die heterogensten Elemente der Literatur und Kunst an den verschiedenen Tischen vertreten sehen, beim Eintritt einander freundschaftlich zuwinkend, höflich begrüßend oder feindselig schneidend. Der äußerst gescheite und geistreiche Edgar Steiger konnte die intellektuelle Kleinstädterei dieser wechselseitigen Beziehungen sehr witzig kommentieren. An einem Tisch saß die Redaktion der *Jugend* beisammen mit einigen bevorzugten Mitarbeitern, wie Fritz Erler, Karl Ettlinger, Franz Langheinrich, A. de Nora, A.M. Eichler oder Spiegel, an einem andern vielleicht Max Halbe mit seinen Freunden Karl Rößler, Heinrich Schaumberger oder Paul Brann, dem Marionettenkünstler. Zugleich aber konnte man die Antipoden dieses Kreises im Lokal finden: Josef Ruederer, Friedrich Freksa usw. Der »Simplicissimus« war die Stätte, wo zwischen Wedekind und Halbe mehrmals der Krieg ausbrach, mehrmals der Friede geschlossen wurde.

Dort saß ich oft mit der Gräfin Reventlow und mit dem späteren Finanzminister der Eisner-Regierung, Professor Jaffé, mit Dr. Otto Gross, dem Psychoanalytiker und seinem Anhang, zu dem auch der Maler Leonhard Frank gehörte, der plötzlich zur Literatur übersprang und dort mit Werken wie *Die Räuberbande* und *Die Ursache* überraschte, die ihm keiner von uns entfernt zugetraut hätte. Von dort her stammt auch meine langjährige Bekanntschaft mit Bruno Frank und mit vielen, vielen anderen, die heute als Akademieprofessoren arrivierte Größen der Kunst oder nach kurzer Irrfahrt auf dem Ozean der Genialität im Hafen eines soliden Bürgerberufs gelandet sind. Viele von ihnen freilich sind leider nicht mehr unter uns, und manche der Besten – Albert Weisgerber, Franz Marc – haben den ihnen am wenigsten gemäßen Tod gefunden: auf dem Schlachtfeld.

Auch der feine, zarte und immer etwas rührende Max Dauthendey, der sehr häufig mit uns im »Simplicissimus« saß, ist ja auf seine eigene Art ein Opfer des Weltkrieges geworden. Mir ist die Behauptung, jemand könne »an gebrochenem Herzen« sterben, immer reichlich marlittmäßig erschienen. Aber bei Dauthendey wird es doch wohl stimmen, daß er, in Java abgesperrt von aller Liebe und allem Verstehen seiner kindlichen Hilflosigkeit, über nicht genügend reale Lebensenergie verfügte, um gegen die verlangende Sehnsucht in die Heimat und zu seiner Frau, deren mütterliche Sorge er brauchte, aufzukommen. Dauthendey war nur Lyriker, noch mehr vielleicht als Peter Hille, bei dem die Lyrik Ausdrucksmittel einer Art seelischen Vagabundentums war. Der Würzburger Dichter aber war ein Schwelger in lyrischen Bildern, er berauschte sich an Wortklängen, an Metaphern, Symbolen und Vergleichen. Ich erinnere mich aus einer seiner Novellen der Schilderung eines Sonnenuntergangs über dem Meer, da habe der Sonnenball ausgesehen wie eine abgeschälte Blutapfelsine auf einem mattsilbernen Teller. Dauthendey war der unpraktischste Mensch, den man sich vorstellen kann, bildete sich aber ein – diese Illusion über sein eigenes Wesen teilte er mit Paul Scheerbart –, ein brillanter Geschäftsmann zu sein. Er hatte sich von seiner *Ammenballade* einen riesigen Erfolg versprochen, einem Buch, das im Moritatenstil allerlei geheimnisvolle Seelenerlebnisse abwandelte. Der Bucherfolg blieb aber aus, und da kam Dauthendey auf die Idee, dem Werk die öffentliche Beachtung zu erzwingen. Es war ausgerechnet Weihnachtszeit, da klebten an den Münchener Anschlagtafeln riesige Plakate und verkündeten »Zwölf Balladenabende von Max Dauthendey«, und zwar in der Tonhalle, einem großen Saal, der mindestens 800 Personen faßte. Für den Eintritt waren Konzertpreise festgesetzt. Der Veranstalter war der Dichter selbst. Er hatte eine Heidensumme ausgegeben für die Affichen und für die Saalmiete und kam freudestrahlend zum »Simpl«, um uns zu fragen, ob wir die Ankündigung gelesen hätten. Unsere skeptischen Mienen irritierten ihn gar nicht, er war überzeugt, daß er die zwölf Vorträge – von Mitte Dezember bis Neujahr! – vor ausverkauften Häusern halten werde, daß sie ihm eine gefüllte Börse und seinem Buch einen kolossalen Absatz sichern würden. Dann kam der erste Balladenabend. Es waren höchstens fünfundzwanzig Personen im Saal, und von denen hatten bestenfalls zehn ihre Karten bezahlt. Nachher kam der Vortragende und die Mehrzahl seines Publikums in den »Simpl«, und dort wurde Kriegsrat gehalten, wie der Verlust Dauthendeys nach Möglichkeit zu verringern sei. Das Ergebnis – wenn ich mich recht besinne, hatte Korfiz Holm den Ausweg vorgeschlagen – war, daß Dauthendey am nächsten Tag grüne Streifen über die Plakate kleben ließ mit der Aufschrift: »Mitwirkende: Erich Mühsam und Ludwig Scharf«, und daß der Saalbesitzer den Kontrakt auf sechs Abende reduzierte, an denen wir nun zu dritt vor leeren Plätzen Gedichte aufsagten. Um den Schaden wettzumachen, kam aber Dauthendey auf den Gedanken, einen Laden zu mieten, der, gegenüber dem »Café Stefanie«, gerade frei stand, wo er von früh bis abends, auf einem Teppich sitzend, bei fünfzig Pfennig Eintrittspreis Märchen erzählen wollte. Es bedurfte großer Mühe, ihn von dieser neuen und sicher noch größeren Pleite zurückzuhalten.

Aus Kathi Kobus' Künstlerkneipe wurde nach und nach ein Amüsierlokal für Studenten. Die Wirtin selbst wendete ihr Interesse einem neuen Unternehmen zu, einem Ausflugslokal im Isartal, das sie in Wolfratshausen unter dem Namen »Kathis Ruh« eröffnet hatte. Einen Teil ihrer Kunstsammlung überführte sie dorthin. Den »Simplicissimus« verkaufte sie später, übernahm ihn dann aber wieder und soll heut noch darin Kunst und Rotwein verschleißen. Der Charakter der gastlichen Stätte hat sich, wenn ich recht berichtet bin, so verändert wie der Charakter der Stadt, deren heitere Kultur dort lange Zeit ihren besonderen Ausdruck fand. Vielleicht läßt heute ein elektrischer Ventilator bessere Luft in den Raum als vor zwanzig

Jahren. Aber ob die Luft im »Simplicissimus« auch jetzt noch bei allen künstlerisch empfindenden Menschen die unbefangene Fröhlichkeit weckt wie dazumal, als Isadora Duncan nach einer öffentlichen Tanzdarbietung in unsern Kreis kam, immer vergnügter wurde und endlich Schuhe und Strümpfe abstreifte, um uns in prachtvoller Ausgelassenheit eine herrliche Privatvorstellung zu geben – man wird wohl zweifeln müssen. Der Tod hat eifrig geerntet unter den alten Gästen der Kathi Kobus. Die noch da sind, leben verstreut in verschiedenen Gegenden des Landes und der Welt. Durch den engen, von Tischen verstellten Korridor zwischen vorderem und hinterem Lokal schlängelt sich wohl keiner mehr von denen, die einst allnächtlich beisammen saßen, den singenden Mädchen applaudierten und auf das saure Getränk schimpften. An den Wänden werden andere Bilder hängen und andere Lieder zur Laute erklingen. Die Erinnerung aber macht oft eine Vergangenheit gegenwärtig, die dem Leben näher ist als die erlebnislose Galvanisierung einer fremd gewordenen Tradition.

DIE GRÄFIN

Als Kinder waren wir Nachbarn gewesen. Aber Franziska zu Reventlow gehörte so wenig wie ihre Brüder zu meinen Lübecker Spielkameraden. Man kannte sich vom Sehen, wußte, daß der alte Graf im Schleswigschen Landdrost gewesen war, bis ihn die Preußen 1864 absetzten. Er soll stockdänisch gesinnt geblieben sein und sich aus Protest gegen die Annexion Schleswig-Holsteins in das nichtpreußische Lübeck zurückgezogen haben. Doch dies mag alles Kleinstadtklatsch sein. Ich erinnere mich jedenfalls, daß dergleichen vom Grafen Reventlow erzählt wurde. Die Gräfin, seine Tochter, hat es mir nicht bestätigt; ich habe sie auch nie nach dergleichen gefragt. Wer sich für die Familiengeschichte der Reventlows interessiert, der mag den autobiographischen Roman der Gräfin *Ellen*

Olestjerne lesen, an den sie übrigens nicht sehr gern erinnert wurde: »Sentimentaler Schmarren«, sagte sie von ihrem Erstlingswerk.

Ich entsinne mich aus meiner Gymnasiastenzeit sehr deutlich der blendend schönen blonden Seminaristin, von der man damals als der »Komtesse Reventlow« zu sprechen pflegte. Da sie den gleichen Schulweg hatte wie ich, sah ich sie täglich, grüßte sie auch höflich – ob aus früh entwickeltem Verständnis für weibliche Reize – die Komtesse war immerhin etliche Jahre älter als ich – oder aus Respekt vor dem schönen Adelsnamen, der einem Fünfzehnjährigen noch von keinem kritischen Erleben ausgetrieben ist, kann ich heute nicht mehr sagen. Sicher ist, daß die Bewunderung durchaus einseitig war und daß ich die puerilen Empfindungen distanzierter Verehrung ihrem Objekt erst ungefähr zwölf Jahre später gebeichtet habe.

Wie die Bekanntschaft im Münchener Café Luitpold zustande kam, weiß ich nicht mehr genau, vermutlich saß ich mit Bekannten von ihr zusammen, und sie kam dazu, oder es mag auch umgekehrt gewesen sein, daß mich Maja oder irgendwer, von dem die Tagebücher der Gräfin Näheres berichten, zu ihr an den Tisch schleppte. Die gemeinsame Heimat schuf von selbst Stoff zu vielerlei amüsanten Betrachtungen, und ich glaube, es war gleich bei unserer ersten Begegnung, daß die Gräfin mir erzählte, wie wir zahlreichen, in die Literatur, Kunst und Boheme versprengten Lübecker Gegenstand der besorgten Unterhaltung auf einer Abendgesellschaft beim Bürgermeister unserer Vaterstadt gewesen seien. Thomas Mann hatte mit den *Buddenbrooks*, Heinrich Mann mit dem *Professor Unrat* die Lübecker Wohlanständigkeit arg verschnupft, Fritz Behn war noch kein Professor und hatte sich, gleichfalls Sproß einer Senatorenfamilie, der brotlosen Kunst der Bildhauerei in die Arme geworfen, die Reventlow gar, eine Gräfin, war Mutter eines unehelichen Kindes, und ich schrieb nicht nur höchst unmoralische Gedichte, sondern trieb überdies Propaganda für den Anarchismus und gab der Polizei und dem Staatsanwalt zu tun – es war viel auf einmal, und Seine Magnifizenz hätte, wie die Gräfin von einer Ohrenzeugin erfahren hatte, ob dieser traurigen Bilanz bekümmert den Kopf geschüttelt und gemeint: »Daß die auch gerade alle aus Lübeck sein müssen – was sollen bloß die Leute im Reich von uns denken!«

Was die Gräfin anlangt, so war es ihr recht gleichgültig, was die Leute im Reich, die Leute in Lübeck und zumal die Leute der Kaste, aus der sie stammte, dachten. Sie ging ihren Weg und lebte, wie es ihr paßte und wie sie es ihrer Lebensaufgabe schuldig zu sein glaubte. Diese Lebensaufgabe aber konzentrierte sich fast vollständig auf die Pflege und Erziehung ihres Kindes. Unter allen reichen Eigenschaften, die Franziska zu Reventlow auszeichneten, dem herrlichen Lebensmut, trotz ewiger Krankheit, ewigem Mißgeschick und quälendster Armut, der Selbstverständlichkeit, Handeln und Denken nur den Gesetzen des eigenen moralischen Gewissens zu unterwerfen, unbekümmert um Konventionen und gesellschaftliche Vorurteile, der Arbeitsenergie, die sie heute zu simplen Näharbeiten, morgen zu Glasmalereien und dazwischen zu wertvollen Übersetzungen aus dem Französischen und zum Schreiben ihrer überlegen-humorvollen, stilistisch ausgezeichneten Novellen befähigte – unter all diesen Tugenden ruhte der seelische Halt der Frau ganz und gar in ihrer Mutterliebe. Freilich war sie eine viel zu lebenshungrige und künstlerisch bewegte Natur, um sich nicht unbedenklich den Launen ihres sinnlichen Begehrens zu überlassen, und dazu ein viel zu fröhlicher Charakter, um sich nicht mit unvergleichlicher Leichtigkeit und selbst Ausgelassenheit über die schikanöse Misere des Daseins hinwegzusetzen. Ihr inneres Glück aber zog sie einzig aus dem Reichtum, den ihr das Heranwachsen und körperliche und geistige Gedeihen ihres Kindes, ihres Bubi, gab. Man erfährt ja erst aus den Tagebüchern, zu welchem Schmerz das übermütige Herz dieser Mutter fähig war, welches Wirrsal von Sehnsucht jede kurze Trennung von dem Kinde in ihr wachrief. Ich glaube, daß die freundschaftliche Sympathie, die die Gräfin mir durch alle Jahre unserer Bekanntschaft bezeigt hat, wesentlich ein Reflex der Freude war, die mir die Beschäftigung mit Kindern erweckt und die mir das Vertrauen aller Kinder einträgt. Die Freundschaft, die mir der kleine Rolf entgegenbrachte, teilte sich der Mutter mit und erwarb mir das Amt eines Beichtvaters in vielerlei Nöten und Sorgen, wovon viele Briefe, die ich verwahre und die bis zum Jahre 1907 zurückreichen, Zeugnis geben.

In den Briefen ist viel die Rede vom »lieben Gott«. In diesem Sammelbegriff faßte die Gräfin alles zusammen, was ihr das Leben verbitterte: Krankheit, Schulden, Pech jeder Art, und ich habe kaum einen Menschen gekannt, der so unaufhörlich vom Pech verfolgt war wie diese Frau, die wahrhaft jedes Glück verdient hätte, da sie die zur Genialität gesteigerte Fähigkeit besaß, Glück zu genießen und zu verwerten. Ich denke mit Wehmut daran, wie sie wochenlang im Zimmer hockte, Hunderte von Gläsern um sich herum, und die Landschaften von Oberammergau, das Theater, die rührendsten Szenen der Christusgeschichte und sonstwelche frommen Dinge darauf malte. Sie war auf die Idee gekommen, ihrem Dalles durch den Verschleiß von Andenken an Oberammergau bei den gerade fälligen Passionsspielen abzuhelfen. Tatsächlich reiste sie hin, saß die ganze Zeit von früh bis abends in einer Holzbude vor dem Theater und hoffte auf die amerikanischen Millionäre, die ihr die Gläser abkaufen würden. Aber die ganze Zeit hindurch regnete es, und außerdem waren die Andenken viel zu billig, als daß reiche Leute sie gekauft hätten. So kam sie fast mit dem ganzen Vorrat und mit vermehrter Schuldenlast nach Schwabing zurück. Um sich am Anblick der durch die Malerei völlig entwerteten Gläser nicht länger ärgern zu lassen, beschloß die Gräfin, die ganze Herrlichkeit zu ersäufen. Sie mietete im Englischen Garten ein Boot, ruderte in die Mitte des Klein-Hesseloher Sees und wollte eben das mächtige Paket mit den Passionsgläsern über Bord lassen, als ein Parkwächter erschien und ihr zuschrie, das Versenken von Gegenständen im See sei bei hoher Strafe verboten. Daß sie den zum Tode verurteilten Andenken nicht einmal den Garaus machen konnte, knickte die arme Gräfin noch mehr als die ganze Pleite von Oberammergau.

In meiner früher hier schon erwähnten Schrift *Ascona. Eine Broschüre* hatte ich mich ausgiebig mit einer der ulkigsten Persönlichkeiten befaßt, die die schöne Landschaft dort am Lago Maggiore belebten. Das war ein baltischer Baron namens Rechenberg, ein riesiger Kerl, der ein verwegenes Leben als Matrose in aller Welt und als Goldwäscher im Ural hinter sich hatte, bei irgendwelchen Abenteuern sein Gehör vollständig eingebüßt hatte und gegen die abstinenten Vegetarier besonders dadurch erheblich abstach, daß er zu jeder Mahlzeit ungeheure Fleischmassen vertilgte und ständig besoffen war. Dieser Mann liebte glühend eine italienische Waschfrau, die aber von dem tauben Säufer schon deswegen nichts wissen wollte, weil sie mit ihrem Mann recht glücklich lebte. Rechenberg hatte in seiner kurlandischen Heimat einen reichen Vater wohnen und berechnete unausgesetzt, wie er sein Leben neu gestalten werde, wenn er dereinst die Erbschaft anträte, die er auf etwa zweihunderttausend Mark veranschlagte.

Zum Freundeskreis der Gräfin Reventlow gehörten in den letzten Jahren ihrer Münchener Zeit der Psychoanalytiker Dr. Otto Gross und der Nationalökonom Professor Edgar Jaffé, der, wie schon erwähnt, später Finanzminister der Eisnerschen Revolutionsregierung wurde. Gross wollte der Gräfin helfen, indem er in seiner genialen und faszinierenden Art alle ihre Sorgen und Leiden als Wirkung seelischer Komplexe bewußt zu machen und dadurch aufzulösen suchte, Jaffé bot ihr eine Stellung als Privatsekretärin an. Sie schwankte zwischen den starken Eindrücken der Psychoanalyse, die sie übrigens zugleich sehr lustig ironisierte, und der Aussicht, eine feste Existenz zu erhalten, auf der einen Seite, andererseits einem Angebot, in Paris als Kassendame bei einer Kunstausstellung eine Stellung anzunehmen, die ihrem Erlebnisdrang einigermaßen entgegenkam, hin und her. Sie entschloß sich endlich zu Paris. In dieser Zeit – gegen Herbst 1910 – kam eine Freundin von mir aus Ascona nach München zurück und berichtete mir folgendes: Der Vater des Barons Rechenberg habe sich nun ebenfalls in Ascona festgesetzt und möchte gern, daß der Sohn heiraten solle. Das habe Rechenberg junior auf die Idee gebracht, der geliebten Waschfrau, da er sie schon nicht haben könne, dadurch zu helfen, daß er deren Töchterchen zu seiner Erbin mache. Nach russischem Recht würde aber sein väterliches Erbteil nach seinem Tode an die Geschwister fallen, falls er unverheiratet stürbe. Sei er aber verheiratet, so könne er selbst letztwillig verfügen. Darum lasse mich Rechenberg fragen, ob ich nicht eine Frau für ihn wisse, die mit ihm einen Scheineheverttrag eingehen möchte. Sie würde, sobald er die Erbschaft antrete, die Hälfte des Vermögens sofort ausgezahlt erhalten, dürfe aber an die andere Hälfte keinerlei Ansprüche stellen, die solle für das Kind der Waschfrau bleiben. Eine Verpflichtung aus der Ehe anderer Art käme selbstverständlich nicht in Frage.

Als ich den Vorschlag hörte, rief ich augenblicklich: »Die Gräfin!« Von der hatte ich mich am selben Vormittag verabschiedet, da sie am andern Morgen nach Paris abreisen wollte. Ich stürzte sofort in ihre Wohnung und ließ ihr einen Zettel zurück, daß sie unbedingt noch zu mir kommen müsse. Abends kam sie.

»Sagen Sie mal, Gräfin«, sagte ich, »Sie sollen eine Baronin werden.« – »Sie sind wohl verrückt«, entgegnete sie, und dann setzte ich ihr die Geschichte auseinander. »Wie heißt der Kerl?« fragte sie nach kurzer Überlegung und meinte dann: »Rechenberg ist ganz praktisch. Da brauche ich ja nicht einmal die Monogramme in den Taschentüchern umzusticken.« Sie beauftragte mich, die Rechtsverhältnisse nach den russischen Gesetzen zu ermitteln, mich mit dem Balten direkt in Verbindung zu setzen und alles zu tun, was die Sache fördern könne. Sie reiste ab, und ich machte mich ans Werk, froh, der wertvollsten Frau, die ich kannte, ein für allemal aus Elend und Bruch helfen, zugleich einem armen, italienischen Proletarierkind eine sorgenfreie Zukunft schaffen und dem gutmütigen Säufer das Herz erleichtern zu können.

Es mag genügen, zu wissen, daß die Eheschließung tatsächlich zustande kam. Die Gräfin schilderte mir in einem bezaubernden Briefe die Zeremonie in der Kirche zu Locarno; sie erschien im Strandkleid, der Gatte in Matrosendreß, und der Schwiegervater, der keine Ahnung hatte, daß das Ganze Komödie war, voll Glück, daß dem mißratenen Sohn sogar eine leibhaftige Gräfin beschieden sei, in Bratenrock und Zylinder. Als er später dahinterkam, was es mit der ganzen Heiraterei auf sich hatte, war es zu spät.

Dann erhielt ich – ich denke, 1912 – eine Karte mit der Mitteilung, die Erbschaft sei fällig. »Hoffentlich gibt es keine Mißernte.« Na, es gab lange Prozessiererei und schließlich nicht die hunderttausend, doch aber an die vierzigtausend Franken, eine für die Gräfin märchenhafte Summe.

Was weiter geschah, hat die glückliche Erbin in ihrem kostbaren Roman *Der Geldkomplex* selber wenigstens angedeutet. In dem Briefe, der mir den Verlauf berichtete, beklagte sie sich nur über den eigenen Leichtsinn, der darin lag, daß sie zum ersten Male in ihrem Leben etwas bürgerlich vollkommen Korrektes getan hatte, nämlich das Geld einer Bank zu übergeben. Mit einer kleinen Summe fuhr sie nach Nizza. Von dort zitierte sie ein Alarmtelegramm zurück, und als sie in Locarno eintraf, hatte die Bank, eines der bedeutendsten Schweizer Institute, gerade falliert, war die Erbschaft vollständig beim Teufel. »Es scheint kein Segen an dem Geld gehangen zu haben«, meinte sie in dem Brief an mich melancholisch, fand aber zugleich, daß die ganze Geschichte ihr nur ähnlich sehe.

Danach habe ich die Gräfin nur noch ein einziges Mal gesehen, als der Krieg schon im Gange war. Sie war durch die Heirat Russin und daher »Feindin« geworden. Nun kam sie bei mir an und klagte, daß ihr Junge, der damals sechzehn Jahre alt war, durchaus als Freiwilliger gehen wolle. »Er hält den Krieg für eine Indianergeschichte«, sagte sie todunglücklich. Zum Glück wurde ihr Bubi damals nicht genommen, und als er zwei Jahre später mußte, da hat die mutige Gräfin ihrer Mutterliebe die Krone aufgesetzt und ihn mit eigener Gefahr in

Sicherheit gebracht. Wie das geschah, gehört aber nicht in meine Erinnerungen hinein, am wenigsten in die unpolitischen.

Im Sommer 1918 erreichte mich in Traunstein, wo ich interniert war, die Nachricht, daß Franziska zu Reventlow gestorben sei. Es war schwer, daran zu glauben. Ich grüße diese Tote mit inniger Verehrung. Sie trug, außer ihrem Namen, nichts an sich, was vom Moder der Vergangenheit benagt war. In die Zukunft gerichtet war ihr Leben, ihr Blick, ihr Denken; sie war ein Mensch, der wußte, was Freiheit bedeutet, ein Mensch ohne Vorurteile, ohne traditionelle Fesseln, ohne Befangenheit vor der Philiströsität der Umwelt. Und sie war ein froher Mensch, dessen Frohsinn aus dem tiefsten Ernst des Charakters kam. Wenn sie lachte, dann lachte der Mund und das ganze Gesicht, daß es eine Freude war, hineinzusehen. Aber die Augen, die großen, tiefblauen Augen, standen ernst und unbewegt mitten zwischen den lachenden Zügen. Die Gräfin war eine schöne Frau, ihr Äußeres von strahlendem Reiz, und das Herz erfüllt von der Sehnsucht nach einer schönen und freien Menschenwelt.

DIE »TORGGELSTUBE«

Es handelt sich nicht um das Weinlokal neben dem Hofbräuhaus; es handelt sich nur um einen Tisch dieses Lokals. Er stand in der hintern Ecke des kleineren Raumes, wo Tischdecken und eine gewisse Gepflegtheit der getäfelten Wände eine von der Münchener Bräuhaus-G'müatlichkeit unterschiedliche behagliche Wärme schufen. Nebenan, in dem großen, hallenartigen und hofbräuähnlichen Hauptlokal waren schwere eichene Tische und Stühle, mächtige gußeiserne Lüster, weißblaue Embleme und langsame Münchener Bürger. Die Verbindung der beiden Gaststätten wurde durch die raschen, gefälligen, braven »Kassiererinnen« aufrechterhalten, die hier wie dort bedienten, die Eigenheiten aller Stammgäste kannten und respektierten und, nie aufdringlich, immer verständnisvoll teilnahmen an allem, was ihre Kundschaft im großen Raum an lokalen, im kleinen an künstlerischen Ereignissen bewegte. Das Lob der Münchener Kellnerin zu singen, der wahren Freundin des Studenten und des Künstlers, dem keine Frau und keine Mutter die kleinen kulinarischen Wünsche erfüllt, der klugen Psychologin, die genau weiß, wann ihre Unterhaltung erfreut und wann sie schweigend zu servieren hat, die ohne zu fragen wittert, wie es gerade im Portemonnaie ihrer Kostkinder aussieht und bei der Empfehlung des Essens darauf taktvoll Rücksicht nimmt, die sich, niemanden verletzend, mit einer freundlichen Grobheit unerbetene Zärtlichkeit vom Leibe hält – ihr Lob zu singen, ihren Anteil an Münchens kultureller Sendung als Deutschlands Florenz der Nachwelt zu übermitteln, ist die noch unerfüllte Pflicht derer, die Münchens gute Tage miterlebt haben.

Auf dem Gesims über unserm Tisch gab es weniger Humpen und Kneipenkitsch, als sonst gewöhnlich an derlei Stätten gefunden wird, doch gemahnte die mit prächtigen Gloriabändern gezierte Klampfe am Kopfende immerhin an die künstlerische Bestimmung des Stammtisches. Unter dem Instrument war der Platz von Frank Wedekind, und außer ihm hat in den Jahren, die den Torggelstubentisch zu einem geistigen Mittelpunkt Münchens machten, selten jemand die Gitarre vom Nagel geholt, und auch Wedekind selbst nur, wenn er einmal besonders gut aufgelegt war. Musik und Gesang war ja zum allergeringsten Teil der Inhalt unserer Unterhaltungen, wenn es auch Abende gab, die ganz damit ausgefüllt waren: Dann trug der Schauspieler August Weigert sächsische Biedermeierliedchen oder bayerische Schnadahüpfln vor, Gustl Waldau sang irgendein Ulklied oder hielt eine seiner italienischen Reden, die unbeschreiblich echt klangen, ohne eine richtige Vokabel zu enthalten, oder Josef Futterer holte seinen »Fotzhobel« aus der Tasche – das ist der Fachausdruck für die Mundharmonika, die dieser Maler mit erstaunlicher Virtuosität beherrschte. Er trug stets eine ganze Anzahl davon bei sich, wechselte während eines Solokonzertes mehrmals das Instrument und sah beim Blasen gefährlich aus. Allerdings bedurfte es der Anstrengung, um ihn überhaupt zu sehen, denn bevor er loslegte, ließ er das ganze Lokal verdunkeln, klemmte sich in eine Ecke, duckte sich zusammen und legte beide Hände, zwischen denen er das Instrument zusammenpreßte, wie eine Maske vor das Gesicht. Dann klang es aber auch wie ein ganzes Orchester von Trompeten, Drehorgeln und Querpfeifen.

Wer den Tisch zum Stammplatz zuerst geeignet gefunden hatte, kann ich nicht genau sagen. Wahrscheinlich war es Hanns von Gumppenberg, der in seiner seltsamen Gemütsmischung von pastoraler Feierlichkeit, kaltschnäuziger Ironie und verstiegenem Okkultismus gern allein war und sich dann doch freute, wenn man ihn grübelnd antraf und ihm Gelegenheit gab, an die Grübelei ein Gespräch anzuknüpfen. Die Behauptung, Gumppenberg sei ein langweiliger Pedant gewesen, habe ich nie bestätigt gefunden. Im Gegenteil: Seine umständlich gestreckte Redeweise, die ihm den Ruf eingetragen hat, war nur die etwas lodenmäßige Umkleidung höchst interessanter, oft verblüffender Gedanken und witziger Kritik. Der schöpferisch befähigte Mann litt tief unter der ewigen Misere des Daseins, die ihn zwang, den Rezensenten der Werke anderer zu machen; seine fast übertriebene Gewissenhaftigkeit wiederum verführte ihn zu oft ungerechter Härte des Urteils und trug ihm dadurch erbitterte Feindschaften ein, und für die Charaktere beider Beteiligten kennzeichnend ist die bekannte und übrigens verbürgte Tatsache, daß der kluge Psychologe Wedekind sich immer einige Zeit vor der Premiere eines seiner Stücke mit seinem Freunde Gumppenberg gründlich verkrachte. Er konnte dann mit größter Bestimmtheit eine freundliche Kritik erwarten, da Gumppenbergs verängstigtes Rechtlichkeitsstreben vor sich selbst die Pflicht fühlte, die persönliche Verärgerung von der sachlichen Kritik weit fernzuhalten, wie er umgekehrt über den Freund viel zu strenge ins Gericht zu gehen pflegte, um keinen Verdacht einer Beeinflussung durch private Sympathien aufkommen zu lassen. Ich denke mir also, daß Hanns von Gumppenberg vielleicht das mitten in der inneren Stadt gelegene Weinlokal als Refugium vor dem Schwabinger Künstlertum ausfindig gemacht haben könnte, um unbeeinflußt von Klüngelinteressen seinen Schoppen Tiroler zu trinken, und daß es ihm dann ganz recht gewesen sein mag, als ihn dieser oder jener seiner Freunde einmal zufällig entdeckte und sich allmählich ein neuer Kreis bildete, dem der eigentliche Begründer seine Individualität unterordnete.

Ich selbst kam erst ziemlich spät in die Gesellschaft an den Torggelstubentisch, und zwar durch Wedekind, der mich einmal nach einer Premiere vor dem Theater ins Gespräch zog und es fortsetzte, bis wir bei den Honoratioren am Platze gelandet waren. Ich hatte bis dahin diesen Kreis gemieden, weil ich eben eine Honoratioren-Ansammlung in ihm vermutet hatte, fühlte mich aber sehr bald dort heimisch und wohler als in irgendeinem andern Zirkel der Münchener Boheme. Das geistige Niveau der »Torggelstuben«-Gesellschaft überragte hoch das der bloßen Vergnügungsstätten oder des Cafés Stefanie, wo man seine Zeitungen las, manche seiner Berufsarbeiten schrieb und im allgemeinen Obdach und Wärmehalle für seine anhanglose Lebensführung suchte. Frank Wedekinds große Persönlichkeit kam in der »Torggelstube« voll zur Geltung. Er hatte die Fähigkeit, einen Menschen, ein Ereignis, ein Kunstwerk, eine politische oder kulturelle Streitfrage mit einer Prägnanz zu charakterisieren, die das gestellte Problem mit den schärfsten Konturen ans Licht hob und keiner Zweideutigkeit einen Ausweg ließ. Seine Kritik war oft boshaft, sarkastisch und jede Illusion zerstörend – sie war nie um der Gehässigkeit willen negativ. Ich habe viel öfter Lob aus Wedekinds Munde gehört als Tadel, und ich habe ihn nie andre tadeln hören als solche, die im offiziellen Wertregister nach seiner Meinung wider Gebühr obenanstanden. In einem der Münchener Theater war eine Schauspielerin tätig, die ich als überschätzten Star in jeder Kritik angriff; die Regie dieser Bühne, schrieb ich einmal, werde mit dem Ellenbogen der betreffenden Dame geführt. Als Wedekind das las und ich mich mündlich dazu noch schärfer äußerte, verzog er, wie immer, wenn ihn eine Bosheit juckte, das Gesicht: »Sie tun ihr Unrecht«, meinte er dann, »Frau R. ist eine erstklassige Schauspielerin – für ein zweitklassiges Publikum.« Diese Kritik, die einfach das Objekt tauscht und sich gegen die Zuschauer richtet, die Routine und Virtuosität für echte Inbrunst halten, ist bezeichnend für Wedekinds Art des Urteilens allgemein; schonungslos, den Kern einer Sache erfassend und ihr Wesen vollkommen erschöpfend.

Über Frank Wedekind ist so unendlich viel Anekdotisches aufgezeichnet, daß ich darauf verzichten möchte, im Zusammenhang meiner Erinnerungen dieses Material für Geschichtensammler zu vermehren. Ich beschränke mich auf die zusammenfassende Charakteristik, zu der ich mich durch die Beobachtungen der langjährigen, fast täglichen Berührung mit dem bedeutendsten Geist berechtigt halte, den ich, abgesehen von der völlig verschieden beschaffenen geistigen Potenz Gustav Landauers, kennengelernt habe. Wedekind war ein unbedingt wahrhaftiger Mensch, was gewiß nicht bedeuten soll, daß er nie gelogen hätte. Nein, er hat, wo immer er sich selbst hätte enthüllen können, die Wahrheit verborgen gehalten oder selbst das Gegenteil von dem gesagt, was seine Wahrheit war. Aber sich selbst hat er niemals angelogen; wer seine Werke kennt, überzeugt sich davon. Und auch wenn er andere belog, sprach er die Wahrheit, denn er ließ sie hinter der Lüge vorscheinen, sei es durch die Übertreibung der Bekräftigungen, mit denen er das Gegenteil seiner Meinung versicherte, sei es durch die Galligkeit seiner Ausdrucksweise, sei es durch sein ironisches Mienenspiel. Wedekind war ein unendlich gütiger und hilfsfreudiger Mensch, und gerade bei der Betätigung dieser Eigenschaft verkroch sich die Schamhaftigkeit seines Wesens hinter der Lüge, mit der er herzlos zu scheinen suchte. Es ist auch falsch, Frank Wedekind als Poseur auszugeben, der durch Bizarrerie oder durch Anstößigkeit des Benehmens es auf die Verblüffung seiner Umgebung abgesehen gehabt hätte. Er konnte in der Tat manchmal mit einer gesellschaftlichen Unmöglichkeit aufwarten, die seinem ahnungslosen Gegenüber die Haare hochtrieb. Doch geschah das immer nur, um den andern aus der Ahnungslosigkeit zu reißen, daß Wedekind ihn als langweilig, geschmacklos oder fehl am Orte empfand. Als ein junges Ehepaar von der Hochzeitsreise zurückkam und besonders die junge Frau andauernd die schmalzigsten Schilderungen aller gesehenen Herrlichkeiten von sich gab, fuhr ihr der Dichter, bis zur Übelkeit angeödet von der Kitschigkeit der Unterhaltung, plötzlich mit einer Frage ins Gesicht, die sich nicht auf die Landschaften der Fahrt bezog und die arme Person blutrot vom Tische jagte. Oder: ich brachte mal den damals eben in Mode kommenden Oskar Kokoschka an den Tisch, der, ein wenig gemacht, naive Äußerungen fallen ließ. Wedekind sah ihn freundlich an und fragte mit leichtem Zucken unter der Nase: »Sie reisen in Kindlichkeit, Herr Kokoschka – lohnt sich das wieder?« Er hatte die Gewohnheit, sein mächtiges, für hundert Zigaretten eingerichtetes Etui vor sich auf den Tisch zu stellen und unausgesetzt daraus anzubieten. Ein Jüngling saß mit uns am Tisch, der sich an der lebhaften Unterhaltung mit keinem Wort beteiligte, dem berühmten Mann hingegen hingegeben ins Gesicht sah. Wedekind schien ihn völlig zu ignorieren, bis der junge Mann zum ersten Male den Mund öffnete und bescheiden bat, sich eine Zigarette nehmen zu dürfen. Er erschrak fürchterlich, als er die wütende Antwort hörte: »Nein! Die sind nicht für Zaungäste – Fräulein Marie, bringen Sie dem Herrn bitte fünf Zigaretten!« – Gerade, wenn Wedekind grob wurde, vergaß er die Maske, die sonst sein Inneres verdeckte; gerade da posierte er gar nicht. Seine Wahrhaftigkeit nämlich lebte abseits aller Konvention.

Es gab noch einen Mann am Stammtisch in der »Torggelstube«, dessen Charakter, wie ich glaube, fast alle falsch gesehen haben. Das war der ehemalige Theaterdirektor Emil Meßthaler, der verdienstvolle Begründer des »Intimen Theaters« in Nürnberg, der dort, Nürnbergs frühere Monopolstellung als einzige deutsche Stadt ohne Theaterzensur kulturell fruktifizierend, der modernen Dramatik wagemutig und mit hervorragendem Können als Regisseur außerordentliche Förderung zuteil werden ließ. Wedekind dankte ihm unendlich viel, denn ohne Meßthalers um alles Spießergeschrei unbekümmerte Kühnheit hätte er im Kampf gegen die klerikale Polizeiunterdrückung seiner Stücke in München nicht den Vorteil auf seiner Seite gehabt, auf die schon stattgehabten und respektvoll aufgenommenen Nürnberger Aufführungen von *Frühlingserwachen* und *Erdgeist* hinweisen zu können. Den Dank ist Wedekind auch niemals schuldig geblieben, und selbst als er später einmal mit Meßthaler in einen schweren Konflikt geriet, der geschäftliche Ursachen hatte, lehnte der Dichter jede Inanspruchnahme des Gerichts ab mit der Begründung, er könne mit dem Manne nicht um Geld prozessieren, dem er es zum guten Teil verdanke, daß er überhaupt Geld verdiene.

Meßthaler hingegen hatte es dahin kommen lassen, daß sein Verhalten gegen Wedekind – es ging um öffentliche Liedervorträge zur Laute, die der Direktor ihm arrangiert hatte – von uns allen als höchst unschön empfunden wurde und wir ihn, der heiter und anscheinend sorglos wie immer an den Tisch in der »Torggelstube« kam, deutlich zu schneiden anfingen.

Eines Tages aber, als für niemanden mehr eine Frage bestand, daß Meßthaler Wedekind um sein Vortragshonorar geprellt hätte, überraschte uns alle die Neuigkeit, daß die ganze Geschichte in freundschaftlichster Weise geregelt und das Geld freiwillig ausgezahlt worden sei.

Ähnliche Dinge in Meßthalers Verhalten kenne ich noch in mehreren Varianten, teilweise ganz scheußliche Handlungen, deren letzte Konsequenz aber immer im entscheidenden Augenblick ausblieb, um statt ihrer in ängstlicher Heimlichkeit eine grundanständige Wiedergutmachung treten zu lassen. Meßthaler war ohne Zweifel Poseur; er trug sich stets nach der neuesten und elegantesten Mode, gab kolossal viel Geld für den Schneider aus und spielte den gewissensrohen Kerl, der vor keiner Niederträchtigkeit zurückschrecke. Dahinter verbarg sich ein gefühlsarmer guter Mensch, der allerdings den Frauen sehr gern gefiel und in dem Glauben lebte, dazu bedürfe es vor allen Dingen der unbeherrschten Brutalität des Kraftmenschen. Ich lernte Meßthaler früh richtig einschätzen. Bei einem Versuch, ihn für eine Zeitschrift, die ich begründen wollte, mit ein paar hundert Mark heranzukriegen, bekam ich die spöttische Antwort, er lasse sich auch dann nicht anpumpen, wenn es angeblich zu idealen Zwecken geschehe. Ein paar Tage später aber erhielt ich die gewünschte Summe mit einem Brief Meßthalers, worin er mich fragte, ob er sich nicht an dem Zeitschriftenunternehmen als stiller Teilhaber beteiligen könne; er erhoffe sich ein sicheres Geschäft davon. Als der Krieg ausbrach, war er einer der ganz wenigen, die vom ersten Tage an nur Trauer und tiefen Abscheu empfanden. Er suchte meine Gesellschaft und vertraute mir als dem einzigen ausgesprochenen Kriegsgegner, den er kannte, seine Empfindungen bei all dem wirren Geschehen an. Nach meiner Verhaftung kam er zu meiner Frau, brachte ihr Leckerbissen und Zigarren in riesiger Fülle für mich (der ganze Reichtum ist den Plünderern meiner Wohnung zugute gekommen) und erklärte, er stelle sein ganzes Vermögen zur Verfügung, wenn ich dadurch befreit werden könne. Bald danach wurde er völlig menschenscheu. Der eleganteste Mann Münchens zog sich in seine Behausung zurück, ließ sich Haare und Bart wachsen und starb aus Gram über das Unrecht und die soziale Not in Einsamkeit und selbstgewähltem Verzicht auf allen Luxus.

Von der übrigen Gesellschaft der »Torggelstube«, die sich zum größten Teil aus Bühnenkünstlern zusammensetzte, soll noch gesondert berichtet werden. Ich habe viele gescheite und interessante Menschen dort kennengelernt, deren Namen im geistigen Leben Deutschlands bekannt waren oder noch geworden sind. Dort saß ich mit Georg Hirth zusammen und mit Franz Werfel, dort verkehrten als Gäste Otto Ernst und Alfred Holzbock, und jeder wurde seinem Wert entsprechend gefeiert oder leicht angeulkt. Dort hörte ich auch zuerst den famosen Justizrat Max Bernstein seine Anekdoten aus langer Verteidigerpraxis erzählen. Dann mußte ich ihn 1910 in meinem Geheimbundprozeß selbst als Verteidiger in Anspruch nehmen. Als er den Tatbestand ausgiebig geprüft hatte, meinte er: »Ja, schauen S', Herr Mühsam, in der Sach' gibt's nur zweierlei, Freispruch oder Höchststraf'.« – »Dann wollen wir doch lieber auf den Freispruch heraus«, antwortete ich. Bernstein schmunzelte: »Ich denk halt auch«, und nach fünftägiger fabelhafter Arbeit meines Verteidigers vor Gericht wurde ich dann eben freigesprochen. – Auch Bernstein lebt nicht mehr, und wer heute am Wedekind-Tisch der »Torggelstube« sitzt – ich weiß es nicht.

BRUTSTÄTTEN DER MÜNCHENER KULTUR

München brauchte zur Pflege kultureller Geselligkeit vielerlei Gärten. Das Klüngel- und Cliquenwesen war reich entfaltet, doch fanden allgemein keine so schroffen und unübersteigbaren Abgrenzungen statt wie etwa in Wien. Alle Zentren des geistigen Lebens strahlten in benachbarte und verwandte Zirkel aus, waren durch mancherlei Fäden mit ihnen verknüpft, unterhielten zueinander zahlreiche persönliche Verbindungen und Interessenverwebungen und bildeten so ein Netz, das – als Muster föderativer Gesellschaftsstruktur verwendbar – die Selbständigkeit von Wirkungsart und Daseinszweck jedes Zusammenschlusses wahrend, dennoch die Gemeinsamkeit der Lebensbeziehungen aller derer, die das Vorkriegs-München trotz Grillparzer mehr als Wien zum Capua der Geister machten, zu schöner Geltung brachte.

Was zusammengehörte und zueinanderstrebte, fand sich in den Caféhäusern, Weinstuben und Bierkellern an den Tischen, welche zu verschiedenen Tageszeiten die verschiedenen Sammelpunkte der verschiedenen Freundes- und Kollegenkreise abgaben. Aber der Stammgast des Cafés Stefanie war kein lästiger Fremdling, wenn er einmal im Café Luitpold bei den

Ästheten, im »Café Noris« bei den Schwabinger Honoratioren Georg Schaumberg und Graf du Moulin-Eckardt oder im »Café Orlando di Lasso« bei den kritikenverschlingenden Hofschauspielern auftauchte. Wer sonst abends die letzten Krach-Sensationen innerhalb der zahlreichen Künstlerbünde bei der Kathi Kobus oder in der »Torggelstube« mit den unmittelbar Beteiligten oder den mittelbar Interessierten zu diskutieren liebte, wurde gleichwohl willkommen geheißen, wenn ihn der Abwechslungsdrang einmal an den Wochenstammtisch der *Simplicissimus*-Künstler in der »Kette« oder zum Frühschoppen in den »Franziskaner« führte, wo Ludwig Thoma, die Pfeife im Munde, den Ton angab, zu dem die Schauspieler Gustl Waldau, Fritz Ulmer und Fritz Basil die Begleitmusik machten. Man kannte sich in München, man grüßte sich auf der Straße, man setzte sich im Hofgarten zum Nachmittagskaffee zusammen an den Tisch, man traf sich bei allen Premieren im Theater und sprach in den Pausen miteinander über das neue Stück oder über das aktuelle Schwabinger Ereignis. Es gab immer Gesprächsstoffe, die alle Zirkel gleichmäßig bewegten.

Vielleicht habe ich selber bei der besonderen Beweglichkeit meines Betätigungsbedürfnisses außergewöhnlich viele Nester der Münchener Kunst- und Literaturzüchterei bebrüten helfen. Ich glaube das gar nicht; ich werde eher in solchen Ruf gekommen sein wegen meiner Aktivität, die ich gerade außerhalb dieser esoterischen Bezirke im öffentlichen Leben bemerkbar machte und die ich mit einem leichten Hautgout von respektheischender Anstößigkeit umgab. Zur Zeit des »Soller-Prozesses« – ich hatte den Versuch gemacht, das sogenannte Lumpenproletariat revolutionär zu organisieren –, als mein Name im Mittelpunkt der Münchener Gespräche stand, verließ ich einmal mit meinen Verteidigern Justizrat Bernstein und Hugo Caro (Berlin) und in Begleitung Frank Wedekinds das Künstlerhaus gegenüber dem Justizpalast, wo wir mit Herren und Damen aus dem Bekanntenkreise Bernsteins Abendbrot gegessen hatten. Wedekind faßte die Stimmung der Tischgesellschaft gegen mich, den Angeklagten, in die Charakteristik zusammen:

»Sie wissen nicht recht, was sie aus Ihnen machen sollen. Man betrachtet Sie als eine Kreuzung von Ehrensäbel und Schandfleck.« So ähnlich haben mich wohl auch manchmal Persönlichkeiten beurteilt, die in geistiger Hinsicht den Bohemekreisen näherstanden als die wohlhabenden Bürger, auf die Wedekinds Bemerkung gemünzt war.

Mein Bekanntenkreis in München zog sich allerdings recht weit. Aber der freundschaftliche Verkehr beschränkte sich doch wesentlich auf einige bestimmte, mehr oder weniger ineinander verwobene Zirkel. Mit vielen Berühmtheiten gab es wohl einmal ein zufälliges Zusammentreffen, das dann den Austausch formeller Höflichkeiten begründete, aber keinesfalls als Verkehr bezeichnet werden kann. Natürlich kam ich gelegentlich mit Ludwig Ganghofer zusammen oder mit Ludwig Quidde, Thomas Mann, Hans Pfitzner, Franz Blei, Hans von Weber oder mit Prominenten der Oper, zu der ich sonst gar keine Beziehung hatte, wie der Bosetti, doch kann hier von einer näheren Bekanntschaft, die mir irgendein Urteil erlaubte, keine Rede sein.

Dagegen pflegte ich engeren Verkehr mit Persönlichkeiten, die allen jenen Menschen näherstanden, so daß im ganzen von einer einzigen zusammengehörigen Gesellschaft in München gesprochen werden kann. Beispielsweise kam ich viel mit Heinrich Mann in Berührung, mit Kurt Martens, mit Friedrich Huch und Franz Dülberg, durch die dann wieder gewisse Fäden in fernerstehende Kreise gezogen waren. Mit anderen für das geistige Leben Münchens überaus bedeutsamen Persönlichkeiten, zu denen indirekt die verschiedenartigen Verbindungen liefen, bin ich unmittelbar nie in Beziehung gekommen, so zum Beispiel nicht mit Ricarda Huch, deren Bakunin-Buch erst während meiner Festungszeit zu einem kurzen Briefwechsel führte.

Die Zentren der geistigen und geselligen Gemeinschaft des kulturellen Münchens beschränkten sich aber durchaus nicht auf Stammtische oder Atelierunterhaltungen. Da gab es den »Neuen Verein«, einen Nachkommen des »Akademisch-Dramatischen Vereins« der neunziger Jahre, ein Experimentier-Institut für moderne, gefährliche, dem Zensor unsympathische Aufführungen. Jede Veranstaltung dieses Vereins war ein Kulturereignis für München. Die von der Polizei verbotenen Stücke Wedekinds wurden vom »Neuen Verein« vor geladenem Publikum gespielt, und der Beifall raste und wurde am entsprechenden Ort richtig verstanden als Protestdemonstration gegen die Bevormundung des Geschmacks. Jungen Lyrikern wurden Vorträge vor einem Publikum von erlesenen Ansprüchen ermöglicht. Die Verdienste des Vereins waren sehr groß. Allmählich ging es ihm wie allen neuen Bewegungen, wenn sie alt werden: Die verdienten Kräfte, die die Maschine zuerst angekurbelt haben, stehen mit der stilisierten Ölkanne neben ihrem Werk und gießen unentwegt dieselbe Schmiere in die Räder. Sie merken nicht, daß die Konstruktion veraltet, daß die Kanne unpraktisch geworden ist und das Öl ranzig wird. Es geschah, was noch heute manchmal gewissen Volksbühnen passiert: Die Zeit läuft im Sauseschritt, und ihre Vorkämpfer von ehedem laufen nicht mit, sie verknöchern, versauern, verbonzen. Wir Jungen des Münchener »Neuen Vereins« schlugen Lärm, und eines Tages – im Herbst 1913 – gab es eine große Auseinandersetzung, und dem literarischen Beirat wurden etliche rebellische Kollegen der letzten Generation vor die Nase gesetzt. Bei der Gelegenheit wurde auch ich in den literarischen Beirat gewählt. Da die verdienten alten Kräfte aber nicht gleichzeitig abgehalftert wurden, gab es weiterhin Kompromisse, und der Ausbruch des Krieges hatte nicht mehr sehr viel Reste der literarischen Salons der in Ehren ergrauten Jüngsten wegzuräumen. Ich will es hier eingestehen, daß wir Opponenten innerhalb des literarischen Beirates des »Neuen Vereins« 1914 mit der Absicht umgingen, den Verein von innen heraus in die Luft zu sprengen, das heißt eine wirklich neue Vereinigung zur Förderung allerjüngster Dichtung zu schaffen und die unzweifelhaft hochverdienten und übrigens persönlich überaus sympathischen angestammten Betreuer des Instituts wieder unter sich zu lassen. Ich glaube, Wilhelm Weigand und der Syndikus des Vereins, Dr. Rosenthal, gegen die wir fast nie etwas durchsetzen konnten, werden mir für das Eingeständnis nicht böse sein; der in seinem Widerstand gegen jedes Wagnis unerschütterlichste Vertreter der alten Richtung, der gute alte Literaturprofessor Dr. Emil Sulger-Gebing, kann leider nicht mehr um Nachsicht gebeten werden. Auch unsere Opposition hätte keine Möglichkeit mehr, ihre Pläne zu verwirklichen. Mein armer Freund, der Schauspieler Bernhard von Jacobi, einer der feinsten und klarsten Geister der Münchener Kulturzeit, starb schon im Oktober 1914 den ihm am wenigsten gemäßen Tod, im Felde. Dasselbe Ende nahm der kluge junge Schriftsteller Walter Kühn. Ich für meine Person war lange durch besondere Umstände verhindert, mich um die Fortsetzung unserer literarrevolutionären Pläne zu bekümmern, und unser letzter Bundesgenosse gegen den petrefakt gewordenen Geist des »Neuen Vereins«, Dr. Ludwig Streit, mag sich im München von heute vergeblich nach Mitkämpfern umschauen, die gerade dort noch einmal die Fahne des jüngsten Deutschlands aufpflanzen möchten. Es sei denn, er fände in Dr. Artur Kutscher den Kampfgenossen, der zu jener Zeit oft mit uns am gleichen Strange zog, ohne indessen, wie mir scheint, über Wedekinds und Unruhs Dramatik hinaus noch weitere Entwicklungsmöglichkeiten der modernen Literatur anzuerkennen.

Dr. Kutscher war gewiß kein übertrieben revolutionärer Mann. Aber er wagte ein Unternehmen, das ihn in den Augen der zünftigen Literarhistoriker dazu machte. Er etablierte sich als Privatdozent an der Münchener Universität und kündigte ein Kolleg an über modernste deutsche Literatur und speziell über das dichterische Werk Frank Wedekinds. Den alten Professoren Franz Muncker, Sulger-Gebing usw. standen die Haare zu Berge, und Kutscher hatte eine schwierige Position, die er aber wacker verteidigte. Er gründete neben seiner eigentlichen Lehrtätigkeit noch ein literarisches Seminar, das nach und nach zu einer eigenen Brutstätte Schwabinger Geistes wurde. Dieses Seminar, angefüllt mit Weisheitsbeflissenen aller Fakultäten und mit teilweise entzückenden Studentinnen, die sich ebenfalls aus den unterschiedlichsten Hörsälen und vielleicht auch aus echten Schwabingerinnen der »Pension Führmann« zusammenfanden (einer Einrichtung, die im Kapitel »Schwabing« einen eigenen Absatz verdient hätte) – das »Kutscher-Seminar« verbindet sich mir mit einer Fülle recht anmutiger Erinnerungen. Es stellte nicht nur eine Schule der Hochschulweisheit dar, sondern war zugleich der Mittelpunkt einer angenehmen, literarisch geschmackvoll garnierten Geselligkeit. Einmal wöchentlich versammelte der Dozent seine Jünger im kleinen Saal eines bekannten Münchener Hotels, dann trug ein Dichter aus seinen Werken vor, und daran schloß sich dann vielerlei zwanglose Unterhaltung. Jeder Münchener Literat von Ansehen und Können ist im Kutscher-Seminar zu Wort gekommen, und ich war nicht nur die etlichen Male dort, wenn ich selber vorzulesen hatte, sondern kam auch sehr häufig als Gast, wenn ein Kollege in Apoll seinen Fittichgaul ritt. Dort habe ich zum Beispiel Georg Kaiser kennengelernt, dort hörte ich mehrmals Max Halbe ein neues Drama vorlesen, dort saß ich mit Georg Hirschfeld beisammen und freute mich auch manchmal mit dem Nachwuchs an Lautenschlag und Gesang von Frank Wedekind. Doch war dies alles nicht der stärkste Magnet des Seminars.

Der brave Dr. Kutscher, der ernst erfüllt war von seiner Mission, seinen Schülern den Genius der Musen in gefälligen Formen einzuflößen, wird wohl selbst nicht empfunden haben, was seine Lehrmethode den mitgenießenden Gast, die Daseinsfreude belebend, gelehrt hat: daß die schöne Literatur, genossen zwischen schönen Hörerinnen, in pädagogischer Absicht dargebracht, das philologische Interesse manchmal weniger beschwingt als das erotische. Häufig machte Kutscher mit seinen Schülern und Schülerinnen auch belehrende Fahrten, denen ich mich stets gern anschloß. Wir sahen das Passionsspiel in Brixlegg; wir sahen die Freilichtbühne bei Salzburg und eine Bauernaufführung von Uhlands Preisdrama *Ludwig der Bayer* in Kraiburg am Inn. Ich könnte alle diese trefflichen und lehrreichen Darbietungen in meinen Erinnerungen missen, ohne allzu tiefen Gram zu empfinden. Aber ich möchte die Fahrten mit dem Kutscher-Seminar nicht missen. Es waren Fahrten auf Schwabinger Flügelrädern, mag das unser Kutscher gewollt haben oder nicht.

Es wäre Unrecht, die Brutstätten der Münchener Kultur zu behandeln und dabei diejenigen zu übergehen, deren Basis das Kegelschieben ist, das übrigens auf bayerisch Kegelscheiben heißt (scheibe, schieb, geschieben). Die bekanntesten Münchener Kegelgesellschaften waren die von Josef Ruederer und die von Max Halbe. Zur erstgenannten hatte ich schon deswegen keine Beziehung, weil Ruederer und Halbe erbitterte Feinde waren und ich viele Jahre hindurch auf der Halbeschen Kegelbahn scheibend und sogar buchführend tätig war. Die berühmtesten Ereignisse in der Kegelgesellschaft, die bei ihrer Begründung im Jahre 1889 den finstern Namen »Unterströmung« erhalten hatte, habe ich nicht mehr miterlebt. Doch lebte die Sage davon fort, wie Halbe Wedekind geohrfeigt, dem ihm beispringenden Freund ebenfalls eine runtergehauen hatte und Frank Wedekind dem brillanten Sekundanten zugerufen hatte: »Er hat dich geschlagen; du mußt ihn fordern!« Ich kam erst spät zur Teilnahme an der körperlichen Ertüchtigung unter Halbes Obhut. Das lag daran, daß Halbe und ich uns, ehe wir offiziell miteinander bekannt wurden, gegenseitig nicht leiden konnten. Wir wußten das auch beide und vermieden deshalb aufmerksam ein Zusammentreffen am gleichen Tisch. Als das dann doch einmal erfolgte, fragte mich der Dichter mit einer Offenheit, die mich sehr sympathisch berührte: »Warum können Sie mich eigentlich nicht leiden, Herr Mühsam?« Ich gab ihm zur Antwort: »Wahrscheinlich deshalb, weil Sie mich nicht mögen.« Damit war das Eis auf beiden Seiten gebrochen, und ich erhielt sofort die Einladung, mich auf der Kegelbahn einzufinden, auf der ich dann viele Jahre hindurch treuer Besucher war, ja, trotz meiner nicht alltäglichen Ungeschicklichkeit in allen manuellen Verrichtungen, sogar die Kunst des Kegelscheibens bis zu anerkannten Graden entwickelte. Max Halbe ist mir seit jener Zeit ein immer freundschaftlich gesinnter und in allen Lebenslagen getreuer Berater geblieben, und auch die Gegensätzlichkeit unserer Überzeugungen hat dem guten menschlichen Verhältnis zwischen uns keinen Abbruch getan. Alle Weihnachtsabende sammelt die Familie Halbe ein paar heimatlose Junggesellen unter ihren Tannenbaum, und jahrelang, bis zu meiner eigenen Verheiratung, gehörte ich zu denen, die dort weihnachtlich gefüttert, beschenkt und prächtig getränkt wurden. Max Halbe ist ein ausgezeichneter Kamerad, verläßlich und humorvoll; nur soll man ihn nicht gerade auf der Kegelbahn reizen, denn das Spiel mit der Kugel in die neun widerspenstigen Kegel hinein ist ihm in mancher Weise ein Symbol des Lebens, das er ernst nimmt. Wer es im Spiel über sich gewinnt, auf der Seite des Meisters Halbe leichtfertig die Partie zu gefährden, dem ist im ernsten Lebenskampf auch keine Zuverlässigkeit zuzutrauen. Es hat viele bedeutende Geister in Deutschland gegeben, die sich das auf der Kegelbahn von Max Halbe in zahlreichen Variationen und mit hinreichender Grobheit haben sagen lassen müssen. Über Halbes Kegelleidenschaft ist viel geulkt worden, doch haben, soweit ich es beobachten konnte, die Ulker, als sie noch selber in der »Unterströmung« mittaten, angeeifert von Halbes Beispiel, genau dieselbe Begeisterung für den Sieg im Parteln, Lübeckern oder Straubingern an den Tag gelegt wie der Meister selbst.

Übrigens war die Halbesche Kegelbahn immer ein Sammelplatz ausgezeichneter Menschen, und wenn einmal das Buch ans Licht gezogen werden wird, in dem im Laufe der Jahrzehnte die »goldenen Worte« gesammelt worden sind, die dort den Dichtern und Denkern, Malern und Sängern, Schauspielern und Lebenszigeunern entfahren sind, dann wird sich zeigen, daß das behäbige Training der Muskelgelenkigkeit beim Kegelscheiben eine ausgezeichnete Förderkraft für Witz, Bosheit, gallige Philosophie und kräftige Sentenzen besitzt. Soviel mir bekannt ist, hat Max Halbe seine »Unterströmung« über Krieg, Revolution und Schwabings Verfall gerettet und bis jetzt rüstig am Leben erhalten. Möge aus dieser alten Pflegestätte körperlicher und geistiger Gymnastik eine neue Brutstätte der Kultur erwachsen. München könnte sie mehr als jemals brauchen.

THEATERSTADT MÜNCHEN

Draußen an der Theresienwiese stand, dem 1908 geschaffenen Ausstellungsgelände zugehörig, das Münchener Künstlertheater. Dort saß das Publikum in bogenartig den Raum umspannenden Reihen, welche sich von Stufe zu Stufe bis unter das Dach erhoben. Das war ein großer Vorzug; denn diese bequeme Platzanordnung ließ einen vor sich über die damals noch modernen hohen und mit vielerlei Verzierungen versehenen Frisuren und Hüte der Damen hinwegsehen und schützte einem den Hals vor der Puste erhitzter Spätkömmlinge mit Fettansatz. Dem Zuschauer war also die Möglichkeit geboten, seine Aufmerksamkeit, sobald es dunkel wurde, ungeteilt den Vorgängen auf der Bühne zuzuwenden, die Bühne selbst jedoch war nach strengen theoretischen Grundsätzen erbaut, sie empfahl sich als Reformbühne, und ihre Unterscheidung von anderen Bühnen lag im wesentlichen darin, daß hier die dazumal sehr geschätzte Reliefwirkung der szenischen Gestaltung zur baulichen Eigenart des ganzen Theaters gemacht war. Während der Regisseur eines Theaters der üblichen Anlage mit seinem in die Tiefe reichenden Bühnenraum sich eine Aufführung im Reliefstil erst umständlich durch das Herablassen eines Vorhanges zur Schaffung einer schmalen Vordergrundszene herrichten mußte, hatte man hier eine fertige Sache. Dafür fehlte freilich die Versenkung, fehlten alle Einrichtungen, die einer erfindungsreichen Inszenierung Gelegenheit zur Entfaltung gegeben hätten, fehlte den Schauspielern der Raum zu breitem Spiel. Es versteht sich, daß eine so merkwürdig gebaute Schaubühne in den Kreisen der von Theaterdingen mehr als von allen andern Angelegenheiten bewegten Münchener

Literaten und Künstler Anlaß zu äußerst leidenschaftlichen und hartnäckigen Auseinandersetzungen gab. Die Theoretiker der vereinfachten Bühnenkunst, allen voran der geistige Urheber der Münchener Reformbühne Georg Fuchs, der erste Direktor des Unternehmens – er geriet später in politischen Zusammenhängen in bitteres Unglück –, verteidigten heftig die wohltätige Einschränkung der szenischen Bewegungsfreiheit, durch die das Drama seiner Bestimmung wiedergegeben werde, durch seine eigenen Mittel zu wirken, statt ehrgeizigen Regisseuren zum Zirkus ihrer Ausstattungslaunen zu dienen. An unserm Tisch in der »Torggelstube« war Dr. Kutscher der begeistertste Herold des Künstlertheaters. Wedekind stand dabei auf seiner Seite; er bewies nämlich mit seinen alljährlichen Gastspielen in Stollbergs Münchener Schauspielhaus, daß ihm als Regisseur seiner eigenen Stücke in der Tat die Reliefbühne zu ausgezeichneten Wirkungen verhalf, da sie ihn zweckmäßig aller Schwierigkeiten großer Inszenierungen überhob, zugleich aber, daß die Vorzüge des Relieftheaters mit den denkbar einfachsten Mitteln bei jeder gewöhnlichen Bühne auch zu haben sind. Ich vertrat mit allen Bühnenkünstlern den Standpunkt, daß der Versuch im Ausstellungspark eine Spielerei von Theoretikern sei, und schon im zweiten Spieljahr war Professor Fuchs genötigt, zur Überwindung der Unzulänglichkeiten des Bühnenraums den Mann zu Hilfe zu rufen, der mit dem Reformtheater widerlegt werden sollte: Max Reinhardt.

Reinhardt übernahm im Sommer 1910 die Direktion des Künstlertheaters, schmiß die ganze seine Künstlerschaft einengende Stiltheorie über den Haufen und spielte, natürlich entsetzlich behindert, aber gerade dadurch zu Trotzdem-Leistungen angeeifert, auf der schmalen Bühne Komödie, wie er es auf der großen Bühne des Deutschen Theaters gewohnt war. Wir sahen die *Räuber* in der von Berlin her bekannten Besetzung und Inszenierung, nur mußten die verwegenen Scharen von beiden Seiten her auf die Bühne strömen. Wir sahen den *Kaufmann von Venedig* mit Schildkrauts unvergleichlichem Shylock, die Kulissen, die in Berlin üppigen Platz ausfüllten, eng zusammengepreßt; wir sahen sogar den *Sommernachtstraum* – Gertrud Eysoldts Puck! – und freuten uns, wie Reinhardt mit dem kümmerlichen Korridor dieser Szene auskam und das Werk als das zeigte, was es ist: als Ausstattungsstück vom höchsten dichterischen Rang. Einmal saßen wir, wohl nach einer Premiere, im größeren Kreise beisammen im großen Restaurant des Ausstellungsparks. Die Schauspieler schimpften mörderlich auf die Unzuträglichkeiten des Theaters. Fuchs, Kutscher und andere priesen das Grundsätzliche ihres Unternehmens, gaben aber zu, daß ein Umbau zweckdienlich sein könnte. Man riet hin und her, wie man die Bühne vertiefen, die Garderoben vergrößern und vermehren, die technischen Einrichtungen vervollkommnen könnte. Jeder gab andere Anregungen. Endlich öffnete Max Reinhardt selber den Mund, was bei ihm, wenn er nachdenklich ist, sehr langsam geschieht, und meinte: »Das beste wäre wohl, der Kasten brennte einmal nieder.«

Die Gastspiele des Deutschen Theaters in München waren in jedem Sommer, abgesehen von der Freude an den künstlerischen Genüssen, für mich persönlich eine Zeit gesteigerter Lebenslust. Meine vielen Freunde und Freundinnen von der Bühne mögen es der Gelegenheit, daß ich über sie schreibe, zugute halten, wenn ich ihnen korporativ eine Liebeserklärung mache. Von jeher habe ich keinen geselligen Verkehr angenehmer und menschlich befriedigender gefunden als den mit Schauspielern. Die verbreitete Ansicht, daß Bühnenmenschen im gewöhnlichen Leben unnatürlich, gespreizt, preziös und verlogen seien, beruht auf unglaublich oberflächlicher und unpsychologischer Beobachtung. Jede Berufstätigkeit färbt auf das Gehaben der Menschen im privaten Leben ab. Wer viel mit Arbeitern der verschiedenen Gewerke in Berührung kommt, lernt bald aus Gang, Haltung, unwillkürlichen Bewegungen Rückschlüsse auf ihre Erwerbsbeschäftigung ziehen. Schriebe einmal jemand eine Psychologie der Berufe, dann könnte er sehr lohnende Vergleiche anstellen und viele Eigentümlichkeiten der Menschen von ihrer täglichen Arbeit ableiten. Daß der

Künstler, Maler, Dichter oder Musiker, der sich seine Aufgaben selbst stellt, in seinem Äußeren oft eigenwilliger wirkt als der in seiner Berufspflicht gebundene Mensch, ist völlig natürlich. Aber nur er fällt durch sein Benehmen auf, weil der Durchschnittsbürger an dem vorbeisieht, der ungefähr unter seinen eigenen Daseinsbedingungen lebt. Der scharfe Beobachter erkennt im Besucher einer Sportveranstaltung den Ladenverkäufer wieder, den Arzt, Uhrmacher oder Volksschullehrer. Keiner kann am Abend ganz den Stempel auswischen, den ihm sein Tagewerk aufdrückt. So kann auch der Bühnenkünstler am Tage nicht völlig die Schminke entfernen, die er am Abend auflegen muß. Seine Sprechweise pflegt den Tonklang, der von der Bühne ins Parkett wirkt, sein Gesichtsausdruck hat sich im Rampenlicht gebildet, seine Gesten sind gesteigert, weil er gewohnt ist, sie aus der Entfernung beobachtet zu wissen. Darum scheint das Benehmen der Schauspieler außerhalb des Theaters vielen gewollt und gemacht – und es ist doch gerade im Gegenteil so, daß fast alle anderen Menschen in ihrer beruflichen Tätigkeit sich gehen lassen, keinen Wert legen auf den Eindruck, den sie mit ihrem Mienenspiel und ihren Bewegungen machen, dann aber abends dem Bedürfnis nachgeben, einmal schön zu scheinen. Die Schauspieler spielen in ihrem Beruf etwas anderes als sie wirklich sind, versetzen sich in die Rolle fremder Persönlichkeiten, führen Blicke, Griffe, Schritte, Muskelzuckungen aufpassenden Augen vor und haben dann im zivilen Leben das Bedürfnis, sich zu geben, wie sie wirklich sind, als natürliche Menschen. Die starken Gesten und theatermäßigen Eigenheiten der Aussprache oder auch der Ausdrucksweise, die vielen dabei zur Gewohnheit des allgemeinen Umgangs geworden sind, haben nicht mehr Pose an sich als das kurzsichtige Augenzwinkern des Trichinenbeschauers oder die O-Beine des Jockeis. Wenn ich unter lauter Schauspielern bin, dann habe ich das Bewußtsein, unter lauter echten Menschen zu sein, wahrhaftig nicht unter lauter fehlerfreien, lauter mustergültigen, lauter geistsprühenden Menschen – aber unter Menschen, die kein Theater spielen, wenn sie es nicht zeigen wollen, daß sie Theater spielen; die ihre Fehler harmlos und unbefangen auf den Tisch legen, die, auch wenn sie es nicht wollen, zeigen, wer sie sind; unter Menschen, die mehr als der Gesamttypus irgendeines anderen Berufes Kinder und reinen Herzens sind. Ich liebe nicht jeden Schauspieler und nicht jede Schauspielerin, aber die Schauspieler und Schauspielerinnen insgesamt liebe ich inbrünstig.

Ein ständiger Tischgenosse in der »Torggelstube« war das Mitglied des Münchener Schauspielhauses Friedrich Carl Peppler. Das war noch einer von der alten Schule, seine Bewegungen waren weit ausladend und immer majestätisch, sein R rollte von weit her. Trat eine Dame in die Straßenbahn ein und fand keinen Platz, so erhob sich der alte Herr mit viel umständlicher Feierlichkeit, bat die Schöne mit ausgestrecktem Arm, ihm die Gnade zu erweisen, seinen Platz einzunehmen, und stäubte, ehe sie es tat, die Stelle, auf der er gesessen hatte, mit seinem Taschentuch ab. Dies alles war sehr lächerlich an unserm guten Friedrich Carl, aber alles andere als innerlich unwahr. Er liebte wie jeder echte Schauspieler seinen Beruf über alles, und er führte diese Liebe vor, auf die er stolz war. Und allen, die wir viel mit ihm zusammenkamen, war er ein zuverlässiger, treuer Freund, und als er, wenige Tage nach Frank Wedekind, im März 1918 starb, haben wir alle ihn ehrlich betrauert. Es wäre doch aber sehr verfehlt, das äußerliche Gehaben Pepplers, Sigmund Lautenburgs oder Ferdinand Bonns als besonders kennzeichnend für das Benehmen von Schauspielern allgemein vorzuführen. Ich erinnere mich kaum natürlicherer Ausdrucksmittel bei einem Menschen als bei Bernhard von Jacobi, der doch mit unermeßlicher Liebe an seinem Berufe hing. Seine Beschäftigung mit der klassischen Literatur, die ihn zur Herausgabe einer vortrefflichen Wieland-Auswahl führte, zeigt deutlich genug, daß dieser Beruf so wenig wie ein anderer einseitig, eng oder äußerlich macht. Natürlich wirkte sich im Schauspielerberuf der Richtungsstreit, der in den Jahren vor dem Kriege alle Künste in Mitleidenschaft zog, besonders heftig aus. In München zumal, wo Ernst von Possart jahrzehntelang mit außerordentlicher Rigorosität verhängnisvolle Macht ausübte (ein Mann übrigens, den ich von meiner Liebeserklärung durchaus ausschließe), bedurfte es unendlicher Kämpfe, um jugendlichen Geist und ungekünstelte Kunst auf der Bühne zu Ansehen zu bringen. Nicht, daß die Alten sich, weil sie alt waren, dem Jungen entgegengestellt hätten. Aber Possart, klug, verschlagen, despotisch und in jedem Betracht viel ernster zu nehmen als die vielen Anekdoten, die im Gefolge seines Andenkens leben, vermuten lassen, hielt eisern auf Rückständigkeit im Münchener Theaterleben. Ich hoffe, daß der prächtige, jetzt über achtzigjährige und noch immer auf der Bühne tätige Aloys Wohlmuth einmal seine Erinnerungen vom Münchener Theater herausgeben wird. Er hat ein gutes Stück Kulturgeschichte miterlebt und hat niemals gegen die Jugend gestanden.

Die moderne Richtung war in der Person Albert Steinrücks Gegenstand versteckter und offener Angriffe und Begeiferungen. Wenn die klerikale Presse von der Theaterclique in der »Torggelstube« schrieb, dann war Steinrück gemeint, dem es als Regisseur des Hoftheaters schwer verübelt wurde, daß er mit Wedekind, mir und den übrigen bei Possart besonders übel angeschriebenen Leuten Freundschaft hielt. Es wurde freilich wohl auch von mancher Seite dafür gesorgt, daß der eifernde Greis von allerlei Bosheiten Kenntnis erhielt, die gegen ihn in unserm Kreise laut wurden. Als einmal elend über ihn hergezogen wurde, meinte Wedekind grinsend: »Aber ich bitte Sie, Possart hat doch ungeheure Verdienste um den Münchener Fremdenverkehr.«

Ich war mit Jacobi und Steinrück schon von Berlin her gut bekannt. Wenn dann im Sommer die große Reinhardt-Invasion hereinbrach, dann gab es ein freudiges Wiedersehen mit den übrigen alten Freunden vom »Café Monopol«, und in der »Torggelstube« war jeden Abend nach dem Theater ein Spektakel wie sonst das ganze Jahr nicht. Sie kamen alle hin, der alte Pagay und Friedrich Kühne, Adele Sandrock, Wegener,

Moissi, Eduard von Winterstein, viele noch, die längst unter der Erde ruhen, wie Viktor Arnold und Harry Walden und andere, die inzwischen beim Kino noch berühmter geworden sind, als sie beim Theater waren, wie Otto Gebühr und Harry Liedtke. Von den Frauen, die damals regelmäßig unsere Gesellschaft belebten, sind manche noch künstlerisch tätig, andere sind irgendwo im Hafen einer Familie gelandet. Vergessen wird keiner die schönen Abende in München, gegen elf Uhr wurde es lebhaft. Das kleine Zimmer der »Torggelstube« wurde von allen nicht zu uns gehörenden Gästen langsam entleert; sie gingen entweder von selbst, durch den Spektakel vertrieben, oder sie wurden durch leichtes Anpflaumen allmählich hinausgeekelt. War die Stimmung entsprechend vorbereitet, dann rief einer: »Fräulein Mizi, ein Klavier!«, und Wirt und Kellnerinnen, Stammgäste und Berliner schoben mit vereinten Kräften das Instrument herein, auf dem Reißig oder sonst einer der Jüngeren die ausgefallensten musikalischen Kunststücke vorführte, begleitet von wilden Gesängen und fabelhaften Pfeifkonzerten.

Mich hat immer die Leistungskraft meiner Freunde vom Theater in Erstaunen gesetzt, wenn sie nach der doch außerordentlichen Anstrengung ihrer Arbeit auf der Bühne, die den ganzen Menschen stundenlang körperlich, geistig und seelisch in Anspruch nimmt, sofort imstande sind, in der größten Ausgelassenheit ganze Gesellschaften zu unterhalten. Reinhardt hatte in der Musikhalle des Ausstellungsparks den Ödipus aufgeführt. Die Proben hatten bis zum letzten Tag gedauert, die Darsteller waren ungeheuer angestrengt, überdies aufgeregt in der Erwartung und vor Premierenfieber. Wegener hatte mich gebeten, ihn nach Schluß der Premiere mit einem Auto vor dem Bühneneingang zu erwarten. Die Aufführung wurde für München ein Theaterereignis erster Ordnung. Wegener in der tragenden Rolle bot eine hinreißende Leistung. Er beherrschte den riesigen Raum fast vier Stunden ohne Unterbrechung mit seinem Organ, seinem Spiel, seiner Gestalt, mit dem Schicksal des Ödipus in allen seinen sich stetig steigernden

Ausbrüchen. Ich wartete mit dem Auto, während er sich abschminkte, und dachte, ich werde den Mann halbtot in seiner Pension abliefern müssen Als er aber aus der Tür trat, rief er mir höchst vergnügt entgegen: »Solche Stücke mußt du schreiben, mit so vertrackten Familienverhältnissen!« Und dann fuhren wir in die »Torggelstube« und tranken gewaltig. In früher Morgenstunde hatten wir dann noch Streit miteinander. Wir befanden uns gleichzeitig im Erholungsörtchen, und ein gelblicher Schein schien flackernd von außen in die Fensterluke. Paul Wegener aber wurde lyrisch und wollte mich durchaus dazu bewegen, der lieben aufgehenden Sonne meine Andacht zuzuwenden. »Aber das ist doch eine Tranfunzel«, behauptete ich, während er dabei blieb, daß es die liebe Sonne sei, und sehr böse auf mich wurde, weil ich es nicht zugab. Wir hätten uns beinahe darüber gänzlich entzweit. Das war, glaube ich, im Jahre 1910. Als ich vor einigen Wochen bei Alexander Granach wieder einmal mit Wegener beisammen war – es hat sich ja im Laufe dieser achtzehn Jahre für uns beide einiges zugetragen –, da fing er wahrhaftig wieder mit der Geschichte an und bestand darauf, daß es die aufgehende Sonne gewesen sei, die damals durch die Luke geblinkt hätte. Ich halte aber daran fest: Es war nur eine Tranfunzel.

RUMMELPLÄTZE DES GEISTES

Während all der Jahre, in denen ich, mitwirkend und beobachtend, teilhatte an den Angelegenheiten, die Münchens literarisches, künstlerisches und kulturelles Leben bewegten, erinnere ich mich keiner Zeit, in der nicht zu allen bestehenden, teils der Ergänzung, teils der geistigen Erneuerung wegen, neue Zusammenschlüsse, Zirkel, Klüngel, Vereine und Klubs erörtert, geplant, vorbereitet oder geschaffen wurden. Die Notwendigkeit dazu war für manche Leute immer gegeben, die Beteiligung vieler Freunde aus verschiedenen Kreisen stets durch die in München mehr als anderswo zum Lebensstil erhobene Erkenntnis verbürgt, daß Abwechslung Spaß macht.

Es genügte, daß Artur Kutscher eben mit dem Studium der literarischen Gesellschaften Münchens in der Zeit der Blüte des Neuklassizismus mit Emanuel Geibel und Paul Heyse an der Spitze beschäftigt war und hierbei auf die vergnügten Kneipereien ihrer Tafelrunde im »Krokodil« stieß, um das unabweisbare Bedürfnis zu begründen, eine neue Kulturgemeinschaft unter dem Namen »Das junge Krokodil« ins Leben zu rufen. Im Ratskeller wurde für jeden Montag ein Tisch gechartert, und das Glück wollte, daß der Maler Berthold Körting gerade zu einer Afrikareise aufbrach und uns bei der Rückkehr ein selbsterlegtes, sehr niedliches und haltbar präpariertes Alligatorjunges mitbrachte. Das Tierchen wurde montags abends zur Verwunderung der Fremden, welche aus den kitschigen, öden Saufbildern in Familienwitzblattmanier an den Wänden des Ratskellers Münchener Humorigkeit sogen, an einem Beleuchtungskörper aufgehängt, und unter seiner Leiche nahmen wir Platz. Der Kreis unterschied sich von dem der »Torggelstube« hauptsächlich dadurch, daß dieselben Männer, mit denen man sich sonst dort oder auf der Kegelbahn traf, hier mit ihren Frauen einzukehren pflegten. Wedekind und Halbe, seit kurzem zu der zwar immer gefährdeten, aber nicht mehr ernstlich erschütterten Aussöhnung gelangt, die dann bis zu Frank Wedekinds Tode anhielt, waren regelmäßige Gäste im Jungen Krokodil. Bernhard von Jacobi kam mit seiner jungen Frau und Ludwig Scharf mit seiner ungarischen Gräfin. Der Dramatiker Bernhard Rehse und der von ersten Bühnenerfolgen verklärte Lustspieldichter Wilhelm C. Stücklen erschienen und der Graphiker Hubert Wilm. Mein eigener enger Freundeskreis war durch Albert Weisgerber, Walter Ziersch und C. G. von Maaßen vertreten, – und das Haupt der Vereinigung war neben Dr. Kutscher der von Sturm und Drang der Frühzeit zu bürgerlicher Beschaulichkeit abgeklärte Lyriker Karl Henckell. Weniger regelmäßig, aber doch häufig genug, um dem Jungen Krokodil zugehörig gelten zu können, sahen wir Kurt Martens,

Hans von Weber, Gustav Meyrink und Roda Roda, und mancher literarische Neuling roch dort zum erstenmal die Ausdünstung angesammelter Berühmtheit, die uns allen einmal als Ozon aus dem Genienparadies erschienen war, bis wir der philiströsen Ranzigkeit auch dieser Atmosphäre gewahr wurden. Der noch sehr jugendliche Alfred Henschke, der damals – es wird 1911–12 gewesen sein – seine ersten Klabund-Verse in Druck gab – ich glaube, ich hatte ihn zum Jungen Krokodil mitgeschleppt –, hat später mal irgendwo solche enttäuschenden Eindrücke beschrieben, wie er sie im Ratskeller zu München unter dem toten Alligator empfangen hatte.

Es gab auch hier gute Abende, ausgezeichnete Meinungsklärungen, wertvolle Bereicherungen des Urteils, witzige Bemerkungen und Bosheiten. Die Durchsetzung der Gesellschaft mit Damen trug aber nicht dazu bei, die geistigen Ansprüche, die man anderwärts an sich selber stellte, zu steigern. Dies bedeutet beileibe nicht, daß ich etwa die lächerliche Anmaßung übernehmen wolle, die die allgemein geistige Überlegenheit des Mannes behauptet. Frauen, die als Persönlichkeiten von eigenem Wert in unsrer Gesellschaft verkehrten, wie die geistvolle schöne Catherina Godwin, konnten es wahrhaftig an Intelligenz und kritischem Blick mit manchem Mann von klingendem Namen aufnehmen. Ich erinnere mich auch eines sehr schönen Abends im Ratskeller, als Yvette Guilbert in München zu Gast war und Frank Wedekind sie uns zuführte. Die meisten Damen des Kreises aber waren ja nur deshalb Damen des Kreises, weil sie Frauen der Männer des Kreises waren. In einer Gesellschaft von geistig erlesenen Frauen drücken deren Männer nicht minder aufs Niveau als umgekehrt. Genies sind weder in einem noch im andern Geschlecht die Regel, und die Frauen, die zwischen bedeutende Männer geraten, wissen sich gewöhnlich leichter, unbefangener und graziöser in ihre Gesellschaft einzufügen und den Gesprächen eine allen zusagende Richtung zu geben als Männer, die sich in eine geistreiche Damengesellschaft verirren, oder Spießbürger, die überhaupt aus ihren Niederungen in höhere Bezirke verschlagen werden.

Die Unterhaltungen im Jungen Krokodil bewegten sich gemeinhin auf den Ebenen des vom Dunstkreise des Kunstlebens umwobenen Klatsches und, wie es Maupassant einmal ausdrückt, in den blumigen Anlagen der verfeinerten Zote. Eine Wiederbelebung des »Krokodils« von ehedem ist aus dem Stammtisch im Ratskeller nie geworden. Kein so hübsches Gedicht wie Geibels »Lustiger Musikante« ist von unsrer allwöchentlichen Amphibiengemeinschaft übriggeblieben, und die überlieferten Gesellschaftsspiele unsrer Vorläufer vor sechzig Jahren, die in entzückenden Stegreifreimereien und Wortkunststücken doch irgendeinen Niederschlag fanden, übten wir – einige von uns – außerhalb mondän organisierter Geistesspringbrunnen. (Zum Beispiel: der »Sonettklub Mühsam-Maaßen«. Es wurden nach Platenschen Formregeln sprachlich vollkommene Sonette gedichtet, von denen wir abwechselnd Zeile für Zeile aneinanderfügten und so ohne Abrede über den Inhalt Gedichte entstehen ließen, deren jedes einmal, wie es der Zufall ergab, einen Mädchennamen enthalten mußte. Es müssen mehrere Dutzende dieser meistens etwas lasziven Gedichte vorhanden sein, die von unserem gemeinsamen Freund, dem medizinischen Forscher und Literaturhistoriker Dr. Erich Ebstein-Leipzig, mit andern unserer literarischen Privatvergnügungen gesammelt worden sind.)

Eines Tages entdeckte der Schauspieler August Weigert, daß es in München noch keinen Bühnenklub gab. Seinem Eifer gelang es in erstaunlicher Schnelligkeit, ein hervorragend geeignetes Klubhaus in der Kanalstraße nebst den dazu passenden Möbeln, Spieltischen, Vereinsmitgliedern und Geldgebern aufzutreiben. Die Befürchtungen der »Torggelstuben«-Kassiererinnen, die Stätten ihrer Wirksamkeit – die Domänen der Dämonen nannte sie mein Freund Ferdinand Hardekopf – würden nun aussterben, erwiesen sich zum Glück als unbegründet. Immerhin war ein neuer Rummelplatz des Geistes entstanden, auf dem sich die Grazien Schwabings mit allen Münchener Musen und mit den Teufeln des Alkohols und des Kartenspiels balgten. In München waren die Schranken zwischen den Vertretern der verschiedenen Kunstgattungen niedriger als irgendwo. Daher war auch der Bühnenklub dort viel weniger Schauspielerheim als etwa in Berlin, wo, wenigstens in der Vorkriegszeit – seitdem war ich Unter den Linden nicht mehr zu Gast –, die Bühnenkünstler stets die unbestrittenen und unverkennbaren Hausherren waren, die mit der ihren Beruf auszeichnenden Herzlichkeit dem Besucher aus den benachbarten Gebieten Gastfreundschaft erwiesen. Da sorgte Gustav Rickelt in eigener Person dafür, daß man in angemessener Gesellschaft einen angemessenen Tropfen bekam, und die Gespräche gingen um Engagements, Stücke, Kulissenereignisse oder Liebesangelegenheiten unter der Kollegenschaft. Auch war der Berliner Bühnenklub eine streng abgegrenzte Männervereinigung; Frauen hatten meines Wissens zu den Räumen keinen Zutritt. Das wäre in München nicht durchzusetzen gewesen. Die traditionsbesorgten Theatermitglieder in der Kanalstraße konnten nur erkämpfen, daß einige bestimmte Räume dem Zutritt von Damen entzogen wurden, um in ihnen die Feierlichkeit würdiger Männerunterhaltungen über die Frauen nicht dem Hineinwehen wirklicher erotischer Luft auszusetzen. Die eigentlichen Gastgeber in unserem Klubhause waren aber gar nicht so sehr die Theaterkünstler wie die Theaterstammgäste, als Maler, Bildhauer, Musiker, Dichter und Schriftsteller, dazu die große Menge Rechtsanwälte, die in München das Hauptkontingent der Premierentiger stellten. Sie alle fühlten sich als Herren im Bühnenklub, und kam Gustav Rickelt einmal nach München, dann war der Präsident der Deutschen Bühnengenossenschaft der gefeierte Gast zahlloser erfreuter Klubwirte, deren geringster Teil seine Berufskollegen waren.

Die Aufzählung von Namen der ständigen und gelegentlichen Besucher des Münchener Bühnenklubs, selbst wenn ich mich auf Berühmtheiten beschränken wollte, würde viel Platz in Anspruch nehmen. Die Tischgenossen aus der »Torggelstube« fanden sich wohl alle ein, dazu alle, die zum Theater in etwelcher unmittelbaren oder mittelbaren Beziehung standen, ausgenommen die wenigen, welche sich zu Possart und seinem

Einflußkreis enger hingezogen fühlten als zu den Bekennern modernen Geistes. Von manchen meiner Freunde weiß ich kaum mehr zu sagen, ob ich sie öfter im Klub oder am Weintisch gesehen habe, wie den Direktor der Münchener Kammerspiele Erich Ziegel und seine Frau Mirjam Horwitz, die Schauspielerinnen Rosa Valetti, Emilia Unda, Anni Mewes, Helene Ritscher und andre. Viele berühmte Gäste aus Berlin traf man nur im Bühnenklub, so habe ich meine persönlichen Eindrücke von der privaten Wesensart eines Mannes wie Ferdinand Bonn nirgends anders als in der Münchener Kanalstraße schöpfen können, wobei mein Urteil ungefähr zu dem Ergebnis gelangte, daß sich hier die ziemlich heterogenen Eigenschaften eines pathetischen Despoten wie Ernst von Possart, eines naiven Marktschreiers wie Danny Gürtler und eines wirklichen Künstlers zu einer halb spaßigen, halb betrüblichen Mischung vereinigten. Alte Bekanntschaften aus der Berliner Zeit wurden im Bühnenklub aufgefrischt, wenn etwa Herbert Eulenberg durch München kam und sich von dem alten treuen und gemütsweichen Alfred Mayer betreuen ließ. Manche Fremde fühlten sich dort wohler als in öffentlichen Lokalen, und besonders in der Kriegszeit noch gab es im Bühnenklub Auseinandersetzungen, die woanders kaum so ungefährdet hätten geführt werden können. Wedekind, von Berlin zurückgekehrt, erzählte, wie es in der deutschen Gesellschaft von 1914 zugehe, wo die Eingeweihten einander heimlich pessimistische Neuigkeiten zuflüsterten. Oder ich brachte Martin Andersen-Nexö hin, und ungläubige Ohren hörten zum ersten Male einen unbefangenen Ausländer seine Ansichten und Voraussagen äußern. Damals wurden die Klubräume, besonders in der zweiten Hälfte der Kriegszeit, zu einer wahren Zuflucht von Menschen, die sich aus allen abgestempelten Urteilen über das Geschehen in der Welt nach Aussprache, Kritik, Abwägung der Meinungen, vorurteilsloser Aufklärung sehnten. Ich erinnere mich höchst lebendiger und fruchtbarer Erörterungen mit dem Philosophen Scheler, und wenn mich mein Gedächtnis nicht stark trügt, so war es auch hier, wo ich ungefähr 1916 zum erstenmal mit Walter Rathenau zusammenkam, sicherlich nur zu allgemeinen Gesprächen über Kulturfragen, jedenfalls nicht zu so wesentlichen Auslassungen, wie ich sie kurz vor der Errichtung der bayerischen Räterepublik in einem rein politisch zusammengesetzten engen Kreise aus Rathenaus Munde hörte.

BIERULK MIT BEDEUTUNG

Ich weiß nicht sicher, ob sich der meiner Beobachtung zugängliche Lebenskreis verengt hat, so daß nur eben mir gewisse Äußerungen einer tatsächlich vorhandenen Kultur verborgen bleiben, oder ob mit dem Kriege und dem, was danach kam, die Erfindungsgabe geistig bewegter Menschen zur Belebung ihrer geselligen Unterhaltungen sich allgemein vermindert hat. Mir scheint leider, daß zu den Verlusten eines scheußlichen Krieges und einer in Äußerlichkeiten steckengebliebenen Revolution noch mehr Geistiges gehört, als bisher in allen Lagern gemerkt oder vermißt wird. Die Untersuchung, worin diese Verarmung des gesellschaftlichen Geistes ihre tiefsten seelischen Ursachen hat, würde in das Gebiet der Soziologie gehören und überdies Bezirke berühren, um deren Grenzen ich mich in diesen unpolitischen Erinnerungen vorsichtig herumzuschleichen bemühe. Die Erscheinung selbst aber ist sinnfällig, daß der Geist, wo er auf Ulk gestimmt wird, sich heutzutage verkrümelt, auf sich selbst verzichtet oder doch mit Gerissenheit auf geistfremdes Bedürfnis niedergebogen wird. Ausgelassenheit gibt es sicherlich, aber ich habe die Pflegstätten unbefangenen Blödsinns noch nicht wiedergefunden, wo in den Blödsinn lebendiger Geist ausgelassen würde. Wo in künstlerischen Kabaretts Witz mit Beziehung auf Vorgänge und Zustände des öffentlichen Geschehens gepflegt wird, da huft der Musengaul auf Eisen umher, deren Klappern man beim ersten Anapäst die Parteischmiede anhört, die sie mit Parolen graviert hat. Und ewig wird der konkurrierende Nachbar hergenommen, angeödet, durchgebeutelt und madig gemacht; der Ulk ist entweder spielerische Nichtigkeit oder ausgeklügeltes Werbemittel gegen jemand anders, nirgendwo geistreiche Selbstkritik, robuste Ironisierung der eigenen Gebarung, übertreibende Herauskehrung des Lächerlichen in dem, was man liebt, Erprobung seiner Ideale im Reagenzglas der Groteske.

Es ist schlimm, wenn ein Mensch, der sich ernste Aufgaben gestellt hat und mit ernstem Eifer ernsten Zielen zustrebt, sein Bedürfnis, zu lachen und Lachen zu wecken und zu hören, unter anderen Menschen befriedigen muß als unter denen, die ihm im ideellen Wollen die Kameraden sind. Das läßt sich nicht immer vermeiden, wenngleich die Fähigkeit zu geistvollem Ulk wahrhaftig nicht innerhalb umgrenzter Gesellschaftskreise Wurzel schlägt. Wohl aber unterbinden sehr oft bedrückliche Lebensumstände die Entfaltungsmöglichkeit vergnügter Sinnesart. Doch gibt es Berufe und vor allem besonders geistige Interessen, zu denen vielfach die gleichen Charakteranlagen hinlenken und wo auch die Gabe, mit geistiger Anmut hemmungslos fidel zu sein, zu gedeihen pflegt. Was mich betrifft, so fände ich keinen andern Zugang zum Lustigsein in lustiger Gesellschaft als den einer geistigen Verbindung auch im Wirken des Alltags, und die Vorstellung, gemeinsames reichliches Zechen sollte zwischen mir und Leuten völlig entgegengesetzter Denkrichtung den Boden gemeinsamen Genusses bereiten können, kommt mir absurd vor.

Mit meinen Münchener Freunden verband mich zwar nicht die Einheit der Weltanschauung, wie sie sich aus gedanklicher Kritik entwickelt, wohl aber in weitem Maße ein mindestens engverwandtes Weltgefühl, das, wenn auch in verschiedener Deutung, von Freiheit und Verbundenheit, von Schönheit und seelischer Kraft weiß. Man konnte am Tage miteinander an kulturellen Gütern arbeiten, daher konnte man am Abend miteinander lustig sein. Wir waren lustig, indem wir uns lustig machten, wohl auch mit Hilfe von viel Getränk, aber vielmehr mit Hilfe unbändiger Freude am Loslassen der Strippen, an denen die gesetzte Logik die Gedanken bewegt, am Freilauf der Phantasie, und wir machten uns lustig über die Kunst, die wir alle mit Inbrunst liebten, über die Ehrpusseligkeit der Künstlergesellschaften, deren Wesensart wir doch selbst bestimmend beeinflußten, über die Persönlichkeiten, deren Wert wir am höchsten schätzten, und über ihr Werk, das wir nicht müde wurden begeistert zu preisen. Wir machten uns lustig über unser eigenes Dasein und unser eigenes Schaffen und Mühen und Ernstsein und Lustigsein. Was wir aber haßten, weil es uns haßte, weil es den Geist in seiner freien Heiterkeit in die Ödigkeit vertrockneter Moral bannen wollte, darüber schütteten wir unser Lachen aus, daß es selber nichts mehr zu lachen hatte. Wahrhaftig, wir waren gewaltig respektlos, und die Geschichte, die ich erzählen will, mag manchem ungemütliche Gefühle machen; uns war zu viel Lebendiges heilig, das wir dennoch von keinem Witz verschonten, als daß wir dem Tode unter allen Umständen ein Ausnahmerecht hätten gewähren sollen.

Ich verkehrte viel mit Münchener Bibliophilen, unter denen mein Freund Carl Georg von Maaßen, Besitzer einer der schönsten und bedeutendsten Privatbüchereien Deutschlands, viel Aktivität entfaltete. Meine Armut hat mich niemals dazu kommen lassen, meine Beziehung zur Bibliophilie aus einer sehr heißen unglücklichen Liebe zu einer glücklichen werden zu lassen. Ich mußte mich schon an den Schätzen anderer mitfreuen, und schon früher in Berlin war ich oft Gast in der Buchhandlung von Breslauer und Meyer und bekam Einblick in die eben eingetroffenen Inkunabeln und Rarissima oder Erotika. Der Verkehr mit Friedrich von Schennis führte mich auch sonst mit Bibliophilen zusammen, so mit Franz Blei, Felix Poppenberg und andern. In München traf ich dann Blei wieder an, und die Leute, die sich in der Gesellschaft Maaßens bewegten, ohne an den Schwabinger Künstlertischen zu Hause zu sein, führte das gemeinsame Interesse an den Büchern dort zusammen, das wohl immer verbunden ist mit einer heftigen inneren Abwehr aller Muckerei und Geschmacksbevormundung. Hier berührten sich gesinnungsmäßig meine revolutionären Ansichten mit denen der teilweise sehr reichen Herren, die mit meinen positiven Zielen gewiß wenig zu tun hatten. Der Haß aller künstlerisch vorwärtsdrängenden Kreise in München, besonders der Bibliophilen, richtete sich mit großer Heftigkeit gegen den Herausgeber der klerikalen *Allgemeinen Rundschau*, einen Dr. Armin Kausen. Dieser Kausen wurde nicht müde, Schriftsteller, Künstler, Sammler, Kunsthändler, kultivierte Menschen jeder Art der Verletzung der guten Sitten zu bezichtigen. Er alarmierte Polizei und Staatsanwaltschaft unausgesetzt, um wahre Razzien gegen Schriften und Bilder zu veranstalten, die das keusche Empfinden eines Mannes beleidigten, der im Kuß der Muse selbst schon eine unzüchtige Berührung vermutet hätte. Ihm ist solcher Kuß bestimmt zeitlebens versagt geblieben. Dafür besaß er aber, wie behauptet wurde, eine Sammlung von Obszönitäten, die er als abschreckende Beispiele um sich schichtete und die wahrscheinlich einer primitiv begehrlichen Herrengesellschaft den Kitzel verursacht hätte, den Armin Kausen von jedem herrlichsten Kunstwerk ohne Feigenblatt ausgehen spürte. Manchen Bibliophilen hat die Verfolgungswut des Mannes, den schon der Bajuware Dr. Sigl als den Inbegriff alles Zelotentums ingrimmig bekämpft hatte, viel Geld, den Besitz wertvoller Werke und maßlosen Ärger gekostet; und gerade hatte er den Schriftsteller Alfred Semerau ins Gefängnis gebracht und den Zeichner Marquis de Bayros gezwungen, um schlimmeren Folgen seiner graziösen Laszivitäten zu entgehen, landflüchtig zu werden. Dr. Kausen war daher unser aller Liebling. Wo unser Witz gallige Niedertracht auszuträufeln trachtete, da ging es ihm nicht gut.

Die »Gesellschaft der Bibliophilen« in München feierte Stiftungsfest. Ich war eingeladen und versprach, nachts zu erscheinen, wenn das mir zu kostspielige Festessen verzehrt wäre. Als ich zwischen zehn und elf Uhr abends auf dem Wege war, begegnete mir der Berliner Zeitungskorrespondent

Dr. Joachim Friedenthal, der die letzten Tagesneuigkeiten zum Telegraphenamt trug. Er erzählte mir, daß vor kaum zwei Stunden Dr. Kausen plötzlich am Schlagfluß gestorben sei. Ich glaubte es erst, als mir der schon redigierte Telegrammtext gezeigt wurde. Im Sturmschritt lief ich zu den Bibliophilen und verkündete die Neuigkeit. Es dauerte sehr lange, bis ich alle Feinde des Mannes, die hier, schon einigermaßen angeheizt, vereint waren, davon überzeugen konnte, daß es sich wirklich um keine Mystifikation und um keinen Witz von mir handelte. Es wurde sofort beschlossen, das Stiftungsfest als Kausen-Gedächtnisfeier weiterzubegehen. Einem Mann, der mit seinem Kasperletheater bestellt war, um das vorbereitete Stiftungsfestspiel vorzuführen, wurde der Teufel und seine Großmutter, das Kasperl und der Konstabler aus dem Kasten gezogen, und dann improvisierten wir ein wüstes, in jeder Beziehung zensurwidriges Puppenspiel. Hier entlud sich aus dem Stegreif, befeuert von Alkohol und befriedigtem Haß, ein Katarakt witzigster Frivolität, und der hier und da zwischen allem Bierulk aufwachende Gedanke, daß diese Orgie des entfesselten Hohnes unter den Schatten des Todes tobte, vermochte die Stimmung: Heißa, rief Herr Sauerbrodt – nicht zu lähmen, sondern füllte nur den rüden Blödsinn mit tieferer Bedeutung.

Das Bedürfnis, seinen Witz in beziehungsreichem Bierulk zu entladen, brauchte nicht immer erst durch derartige, etwas gespenstische Anlässe geweckt zu werden. Der Hang zur Parodie saß in vielen von uns drin und wurde bei allen Gelegenheiten angeeifert, wo uns würdige Feierlichkeit an zu geringe Objekte verschwendet schien. Wenn in ferner Zukunft einmal ein literaturhistorisches Seminar die Luxusdrucke der Münchener Bibliophilen, deren ich etliche besitze, in philologische Bearbeitung nehmen wird, so wird sich ergeben, welche Fülle von tückischer Bosheit sich hinter dem kindischsten Ulk verbarg und daß die ehrlichste Bewunderung für die Genialität unserer berühmten Zeit- und Tischgenossen keinen Halbe und keinen Wedekind vor den respektlosesten Anzapfungen bewahren konnte. Nach der Begründung des Münchener Bühnenklubs stellte C. G. – mit diesen Initialen seiner beiden Vornamen wurde Maaßen von seinen Freunden gerufen, mit ihnen stellte er sich selber fremden Herren und Damen vor – fest, daß die Schaffung eines Konkurrenzunternehmens unabweisbare Notwendigkeit geworden sei. Wir beschlossen, eine Vereinigung zu gründen, in der die Übelstände des Bühnenklubs, seine Übervölkerung mit Süddeutschen und mit Schauspielern, vermieden würden, und nachdem die wichtigste statutarische Bestimmung feststand, daß Bühnenkünstler aber grundsätzlich auszuschließen seien, Süddeutsche nur in Ausnahmefällen zugelassen werden sollten, erhielt unser Klub seinen unzweideutigen Namen: »Verein süddeutscher Bühnenkünstler«.

Zu den Mitbegründern gehörten übrigens die echt bayerischen Maler Albert Weisgerber und Max Unold, auch sahen wir mitunter unsern guten August Weigert, den unentwegt von sensationellem Erleben durchprickelten Menschendarsteller, in unserer Mitte; auch Bernhard von Jacobi und noch manches Mitglied eines Münchener Theaters nahmen bisweilen an unsern sehr vergnügten und überaus lauten Kunstübungen teil. Wir beschäftigten uns mit der gründlichen Reform des ganzen Theaterwesens, führten aus heiler Haut Stücke mit zwei oder drei Mitwirkenden auf, die nur zwei Minuten Zeit erhielten, sich über Inhalt und Verlauf des Dramas zu verständigen, dessen Thema ihnen vorgeschrieben wurde, und die in fünf Minuten Spielzeit bis zum glücklichen oder katastrophalen Abschluß ihrer Aufführung gekommen sein mußten. Beispiel: »Entschuldigen Sie, ich habe Ihre Braut verführt.« Oder wir stellten uns die Aufgabe, einen Satz oder ein einziges Wort zu sprechen, und zwar in einer Betonung und mit einem Ausdruck, daß jeder Teilnehmer ein völlig andres Geschehen damit zur Erscheinung brächte. So mußte jeder mit dem Wort »Drillinge« auf der Bildfläche erscheinen, wobei wir mit dem Klange der Verzweiflung, des Hohnes, des überströmenden Jubels, der Resignation oder der beamtenstrengen Sachlichkeit dieses eine Wort zum Inhalt einer Fülle verschiedener Dramen machten. Einmal wurde ein Dramentitel zur Aufgabe gestellt; der beste sollte dadurch preisgekrönt werden, daß drei besonders bestimmte Mitglieder das Drama dazu schreiben sollten. Der Preis fiel auf den Titel »Im Nachthemd durchs Leben«. Das Werk ist in zwei alkoholdurchseelten Nächten geschrieben worden, es liegt in einer schönen bibliophilen Ausgabe auf echtem Van-Gelder-Bütten gedruckt vor, wurde bei einem Faschingsfest mit von ersten Künstlern (Weisgerber, Unold, Krautheimer) geschnitzten Figuren auf dem Kasperltheater des Bunten Vogels, der »Freien Holzbühne«, aufgeführt und brachte so viel ein, daß nicht nur der Druck bezahlt werden konnte, sondern noch eine gewaltige Pfirsichbowle für den »Verein süddeutscher Bühnenkünstler« übrigblieb. Wir tagten oder nächtigten in einem Kellerlokal unter einem Speicherhause, wo der größte Krach keine Nachbarn und keine Polizeistreifen aufmerksam werden ließ, und wahrhaftig, an Spektakel hat es nicht gefehlt. Wir rekonstruierten aus dem Gedächtnis Schillers Tell, wobei wir das Gebirge aus Mobiliar hochtürmten und sowohl den Apfel- wie den Geßlerschuß Tells, damit die Armbrust auch gehört werde, mit dem Schmeißen von Knallerbsen begleiteten. Wir sangen ad hoc gedichtete und vertonte Lieder, manchmal auch landesübliche Sauf- und Raufgesänge, und wenn ein oder das andre Mal Hans Pfitzner unser Gast war, mußte der große Musiker in eigener Person die ganze Nacht am Klavier sitzen und darauf Studentenlieder und Gassenhauer pauken. Es war der lustigste und dabei gescheiteste Kreis Menschen, den man hätte zusammenstellen können und den man, seit der Krieg alle fröhliche Kameradschaft zwischen Menschen unmöglich gemacht hat, die nach Meinung und geistiger Art weit auseinandergehen, auch nicht wieder wird zusammenbringen können. Da waren Gelehrte wie Maaßen, Hanns Floerke, Walter Foitzick, Graf Karl Klinckowström, die Maler Unold, Weisgerber, Hoerschelmann, Körting, die Schriftsteller und Dichter Ziersch, Bötticher (Ringelnatz), Arthur Hörhammer, der im Kriege fiel, und noch viele, die der Krieg wenn nicht erschlagen, so doch verschlagen hat.

In der allerletzten Zeit vor Ausbruch des Krieges gelang es dann noch einmal, in erfindungsreicher Ausgelassenheit mit Geist lustig zu sein. Fast derselbe Kreis, aus dem sich der »Verein süddeutscher Bühnenkünstler« zusammensetzte, fand sich in der »Hermetischen Gesellschaft« zusammen, wo, die Manen des Hermes Trismegistos beschwörend, die feierlichen Riten geheimer Adeptologen nicht ohne tiefere Bedeutung mit viel Witz parodiert wurden. Bierulk – ja. Aber wenn Menschen, denen das Leben ein verdammt ernstes Problem ist, die – jeder in seiner Weise – die Unzulänglichkeiten der irdischen Einrichtungen durch Schönheit, durch Weisheit, durch Kampf, durch Freiheit zu ändern suchen, wenn solche Menschen, im Geiste ungetrübt von Vorurteilen, Schulmeinungen und konventionellen Sitten, der ungezügelten kindischen Lust am Spaß das Hirn frei machen, dann bleibt in der Erinnerung kein Katzenjammer über nutzlos im Ulk vertane Zeit, sondern die Befriedigung, mit lachendem Spiel die Seele elastisch erhalten zu haben. Dies ist alles erst fünfzehn Jahre her, und die Menschen haben nicht bloß die Fähigkeit verloren, das Unbefangene mit Bedeutung zu tun; sie sind nicht einmal mehr imstande, der Vergangenheit den Mut zur Unbefangenheit zu verzeihen. Die Welt ist um vieles ärmer geworden.

MÜNCHENER FASCHING

München hatte, hat vielleicht wieder, zwei Jahreszeiten. Die erste umgab, anfangend mit der Eröffnung der Eisbahnen und endend mit dem Abschluß der Skisaison beim Schmelzen des Bergschnees, den Fasching; die zweite begann mit dem Abschluß der Starkbierzeit und hörte auf, wenn die Vorbereitungen zum Fasching zur Besinnung mahnten; sie gipfelte im Oktoberfest. Zwischen diese beiden Jahreszeiten fielen vor allem

Maibock und Salvator, ferner das Habenschadenfest in Pullach und das Sommerfest in Geiselgasteig. Sonst aber hielt die Münchener Gaudi in den warmen Monaten Sommerschlaf, nur unterbrochen von eingelegten Improvisationen in Schwabinger Atelierzirkeln, besonderen Veranstaltungen im Ausstellungspark und geselligen Unternehmungen unter Benutzung der Umgebung: Dachauer Moos, Isartal und Starnberger See.

Langweilig war das Vorkriegs-München nie, wenigstens nicht für jemand, dem keine Sorge um die geordnete Einteilung eines festen höheren Einkommens die Leichtigkeit der Lebensführung unterband. Es ist allerdings zu fürchten, daß der zahlenmäßig überwiegende Teil der Münchener Bevölkerung, der Teil, der seit der Ausrottung Schwabings dort die geistige Herrschaft angetreten hat, von der innerlich beschwingten Fröhlichkeit der eigenen Vaterstadt kaum je eine rechte Vorstellung gehabt hat. Mein persönlicher Verkehr in München beschränkte sich auf Künstlertum Schwabinger Prägung und eine Minderheit radikaler, von der Verbürgerlichung ihrer Klassengefährten nicht ergriffener Arbeiter. Ohne hier ins Gebiet der Politik übergreifen zu wollen, möchte ich dabei die soziologisch beachtliche Tatsache nicht verschweigen, daß in jenen von lärmenden Kämpfen wenig bewegten Zeitläuften eine starke Verschiedenheit in der Beurteilung und selbst in der Technik des Lebens zwischen meinen beiden Umgangswelten gar nicht bestand. Es war nicht nur sozial, sondern auch gesellschaftspsychologisch wohl begründet, daß sich später, als (ebenfalls nicht zufällig) gerade München der Schauplatz überaus ernster und besonders ausgeprägter kämpferischer Auseinandersetzungen wurde, die vitalste Auslese der Künstlerschaft mindestens mit ihren Sympathien, vielfach auch in tätiger Beteiligung mit der in Aktion übergegangenen proletarischen Vorhut verband (was eben die Ausrottung Schwabings in seiner kulturellen Sendung nach sich zog). Die große Masse der Einwohnerschaft Münchens ließ sich dazumal so wenig von den hohen Ideen und leidenschaftlichen Empfindungen ihrer duldsam belächelten Schwabinger mitreißen wie vorher von der erfinderischen Illumination des Lebens mit Schönheit, Witz, Unbefangenheit und Überschwang. Wohl feierten die guten Spießbürger ihren Karneval zu gleicher Zeit, wenn auch die Künstlerfeste Schwabings von Freude, Tollheit und erotischer Lust sprühten; wohl zog ganz Schwabing zum Nockherberg, wenn auch der brave Spieß aus allen Stadtgegenden hinaufwallte, um den Anstich des süffigen Salvatorbiers nicht zu verpassen; wohl hob das Oktoberfest alle Klassen- und Standesunterschiede auf und führte Geheimräte und Aktmodelle, berühmte Maler und Dienstmänner, ehrsame Bürgerfrauen und Kleinhändler vom Viktualienmarkt, Schauspieler und Plättmamsellen auf der Theresienwiese zusammen, und wohl war das Ende aller Lustbarkeiten und jeder Gaudi hier wie dort ein Rausch – aber es gibt zweierlei Rausch, und was weiß der Münchener mit seinem Rausch nach der neunten Maß von dem Rausch des Schwabingers im wahren Genießen von Freude und Schönheit?

Die erste große Gaudi, an der ich in München teilnahm, war ein Modellball in der »Blüte«. Da ich kein Tänzer war und nie einer geworden bin, rechnete ich nicht damit, von dem Vergnügen der andern viel abzubekommen. Ich war in den Plüschüberzug eines grünlichen Fauteuils gekleidet, den die Frau eines Freundes für diesen Zweck seiner ursprünglichen Bestimmung entzogen hatte, und ich gestehe, daß mir einigermaßen beklommen zumute war. Aber Kostümierung war Eintrittsbedingung, und ich beruhigte mich bald, da andere Festteilnehmer noch viel seltsamer aufgeputzt waren. Geld hatte ich nicht, gerade daß mir ein Freund durch irgendeine Schiebung den Gratiseintritt ermöglicht hatte. Die Finanzierung an Ort und Stelle, die sich notwendig erwies, als ein niedliches Modell sich entschloß, mir beim Zuschauen Gesellschaft zu leisten, geschah durch Erhebung eines Vorschusses bei der *Jugend*, deren Mitarbeiter ich war und deren literarischer Redakteur Dr. Hermann Sinsheimer, der als Oberländler mit Gamsbart am Hut und nackten Knien erschienen war, das erforderliche Goldstück aus seiner Lederhose verauslagte. Später wendete ich mich zu Beginn des Faschings jahrelang regelmäßig an den alten Herausgeber der *Jugend* selbst, Dr. Georg Hirth, der immer einsichtig genug war zu begreifen, daß man ohne Bargeld nicht richtig feiern konnte, und dessen Unterstützung den Vorzug hatte, daß sie einem nachher nicht vom Honorar abgezogen wurde.

Die »Blüte«, ein Lokal an der Schwabinger Grenze, war gesteckt voll Menschen: Die eigentliche Schwabinger Künstlerschaft war vollzählig da, »Dichtelei« und »Simplicissimus«, »Café Stefanie«, »Café Leopold« und »Café Noris« hatten ihre Stammgäste beurlaubt, um mit den Berufsmodellen der Kunstakademie und denen, die die verschiedenen »Abendakte« als anatomische Studienobjekte bedienten, zu feiern. Ich weiß nicht, ob es eine Ehrenrettung für die Mädchen bedeutet, die damals in München ihr Brot mit Modellstehen verdienten, oder ob ich sie mit der Feststellung nicht eher kompromittiere: Es waren in ihrer Mehrzahl alles andere als leichtsinnige oder gar schamlose Geschöpfe. Sie hatten ihren Freund und waren ihm pedantisch treu; daher galten sie als langweilig. Aber wenn sie beim Modellball selbst Gastgeber waren, dann zeigten doch auch sie, daß sie über die Anmut des Körperbaues hinaus Reize hatten, daß sie, denen die schwere Berufstätigkeit, stundenlang in erzwungenen Stellungen stillzuhalten, die Freude an der eigenen Schönheit arg verleiden mußte, mit Hingebung vergnügt, gesellig und zärtlich sein konnten. Ich kann das Jahr nicht mehr sicher bestimmen, wann ich meinen ersten Fasching in München erlebte; es mag 1905 gewesen sein. Aber bei jenem ersten Modellball sah ich die Maler und Dichter Schwabings, die ich bis dahin nur oberflächlich von Gesprächen und lustigen Kneipereien her kannte, zum erstenmal in voller Ausgelassenheit und erfuhr voll warmen Glücks, wie in sich freie Menschen, wenn sie ihre Freiheit unbefangen herausquellen lassen, nicht roh, unappetitlich und geschmacklos werden wie der Spießbürger, der sich in Gier auf Vergnügungen stürzt, die ihn Sünde dünken, sondern die Lust als ihr Recht betrachten und in der Freiheit der Lust schöner, besser und reiner werden. Dies gilt für die Schwabinger Frauen in demselben Maße wie für die Männer. Wahrhaftig, es wäre der Gräfin Reventlow nicht beigekommen, sich in irgendeiner Weise über die Modelle, die den Tanzsaal füllten, zu überheben. Weder daß sie – oder eine andere Frau, die von echter Freiheit wußte – gegenüber den Stubenmädchen, Verkäuferinnen und Berufsmodellen der Gesellschaft in der »Blüte« die Dame herausbiß, noch, was ja viel kränkender und viel ekelhafter ist, daß sie sich gar patronessenhaft leutselig zu ihnen herabgelassen hätte. Es war eine selbstverständliche Zusammengehörigkeit der Teilnehmer einer solchen Münchener Gaudi; jeder tat, was ihm gefiel, befreundete sich, mit wem ihm die Unterhaltung paßte, und gab sich, wie er war. Das hat mir München, das hat mir besonders Schwabing immer so lieb gemacht, daß hier die Freude am Leben zwischen Armut und Künstlerschaft soziale Gemeinschaft schuf, und der erste Modellball, der sonst keinen Anlaß bot, seiner Pracht oder seiner Besonderheit vor anderen Festen zu gedenken, ließ mich zum erstenmal erkennen, was meine innere Zugehörigkeit zu dieser Stadt begründete. Ganz persönlich habe ich allerdings noch einen Grund, warum sich die harmlose Gaudi gerade dieser Veranstaltung in meinem Gedächtnis festgesetzt hat. Meine Befürchtung nämlich, ich würde mich als Nichttänzer langweilen, erwies sich als ganz überflüssig. Das nette Modell, das mir bei der Flasche Wein auf Kosten der *Jugend* Gesellschaft leistete, wurde meine erste Münchener Freundin, meine erste »Faschingsbraut«, wie solche Bekanntschaften in meinem engeren Freundeskreise hießen, wenn sie sich zu einer den Tag überdauernden Beziehung entwickelten. Die ebenso auf der Oktoberwiese gewonnenen Freundinnen nannten wir »Wiesenbräute«.

Offizielle Künstlerfeste, deren erfinderische Stilschönheit den Münchener Fasching im Ruhme der Welt sehr erhöht hat, habe ich wenig mitgemacht. Hier überwog schon eine gewisse mondäne Abgeschliffenheit, und das dieser Gaudi gemäße Getränk war Sekt. Trotz aller Ungezwungenheit und Lustigkeit, hier war nicht ganz die Atmosphäre, die meiner Wesensart entsprach. Man zeigte einander Berühmtheiten, und die schönsten Masken waren am Ende doch die, die am meisten Geld für ihre Verkleidung hatten springen lassen können. Frei davon war nur die alljährliche »Vorstadthochzeit«, die in Maskierung und Benehmen die Sitten und Gebräuche eines dicktuerischen Kleinbürgertums verulkte. Diese Gaudi, deren kostbare künstlerische Stilleistung in der Durchführung aller erdenklichen Stilwidrigkeiten lag, bei der Menschen von höchstem künstlerischem Geschmack – Albert Weisgerber war der witzigste Organisator des Festes – die aufgedonnerte Geschmacklosigkeit, die mißlungene Vornehmheit und die tolpatschige Grazie zum Gegenstand des Wettstreites machten, trug in der Idee und in der Erfindung der Mitwirkenden so viel Lustigkeit in sich selbst, daß hier auch nur ein Anhauch von gesellschaftlicher Konvention unmöglich war, auch schon darum unmöglich, weil sich die reizvollsten Frauen hatten überwinden müssen, Frisur und Kostüm in den schreiendsten Gegensatz zu dem zu bringen, was sie selber schön fanden.

Einen »Bal paré«, die zweimal wöchentlich in den Räumen des Deutschen Theaters veranstaltete Geheimratsgaudi, bei der nur Fräcke und Dominos zulässig waren, kann ich leider nicht schildern. Mich hat nie der Ehrgeiz gestachelt, diese Treppe, die, hieß es, zum Arrivieren führen sollte, zu benutzen. Aber an den Bal-paré-Tagen, mittwochs und sonnabends, blieb das Café Luitpold, ein ziemlich wenig Münchenerisches Etablissement, das aber den Fremden als Stätte typischer Münchener Eigenart gezeigt wurde, die ganze Nacht durch (gegen Eintrittsgeld) geöffnet. Für zehn Mark konnte man sich den Eintritt für die ganze Faschingszeit erkaufen, und mein Besuch bei Dr. Hirth jeweils nach dem Dreikönigstag galt zumeist dem Erwerb einer Dauerkarte für das Café Luitpold. Dort sammelten sich nach dem Fest die Reste davon, und da konnte man häufig unter den Dominos, die nach der Gestelztheit im Deutschen Theater noch etwas heitere Gaudi ersehnten, recht unterhaltende Verbindungen anknüpfen.

Wahrhaft schön waren aber im Münchener Fasching nur die Atelierfeste, die ein Kreis von Freunden für einen erweiterten Freundeskreis veranstaltete. Es ist wahr, daß solche geschlossene Gaudi immer fast dieselben Menschen zusammenführte. Aber das waren doch Menschen, denen immer etwas Neues einfiel, und ich kann sagen, daß der Kreis, in dem ich heimisch war, obwohl wir alle keine Nabobs waren, eine erstaunliche Erfindungskraft im Ersinnen von Lustbarkeiten entfaltete.

Da war die Freundesgruppe um Lotte Pritzel, ausgezeichnet durch einen Stil des Gehabens, der in leichter Überspitzung von Gesten und Ausdrucksweise sich selbst geistreich ironisierte. Die bekannten Wachspuppen der Lotte Pritzel sind Sinnbilder dieses Stils, und ein Fest bei ihr oder von ihr inspiriert, war stets in dem zu solchen Lebensformen abgestimmten Ton gehalten, der zwischen Ästhetentum, Kunstgewerblerei und einem Filigran von Wortwitzen und erotischen Delikatessen schwang. Diese Gruppe, zu der die Brüder Strich gehörten, der Graphiker Rolf von Hoerschelmann, die Schauspieler Erwin Kalser, Annemarie Seidl, Karl Götz, Sibylle Binder, war in Faschingszeiten eng verbunden mit dem Kreise, in dessen Mittelpunkt C. G. von Maaßen stand und der sich aus den Mitgliedern des »Vereins süddeutscher Bühnenkünstler« und unserer »Hermetischen Gesellschaft« zusammensetzte. Hierzu gehörten die Maler Weisgerber und Unold, Hoerschelmann, Körting, dessen schöne und liebenswürdige Frau in der Veranstaltung von Gaudien (ich nehme an, daß der Plural richtig gebildet ist) und nachfolgenden Katerfrühstücken außerordentliche Fähigkeiten entwickelte; ferner die Schriftsteller Reinhard Köster, Walter Foitzick, ich, Bötticher-Ringelnatz und noch etliche außerhalb unserer Gemeinde unbekannte Persönlichkeiten. Es kam vor, daß ein dritter Freundeszirkel ein Fest gab und unsere Gesellschaft dazu einlud, und so gab es im Fasching vielerlei Verbrüderungen. Eine Veranstaltung fand uns allesamt vereint bei Professor Jaffé, eine andere bei Georg Hirschfeld, und überall traf man außer den alten Bekannten neue, vor allem neue Frauen. Emmy Hennings fehlte nirgends, und ein Mädchen, Marietta, die einzuladen ebenfalls Traditionspflicht war, verschönte jedes Fest durch die allmählich zur lieben Gewohnheit werdende Überraschung, daß sie gegen ein Uhr beim Tanzen ihre Hüllen fallen ließ und unter dem gutmütigen Beifall der übrigen nackt weiterhopste.

Der wildeste, bewegteste und lustigste Fasching, dessen ich mich in meiner ganzen Münchener Zeit erinnere, war der letzte vor dem Kriege, im Februar 1914. Ich denke an ein Fest bei Körting, das vom Abend bis zum übernächsten Morgen dauerte – wir sprachen nachher von der Nacht vom Dienstag zum Donnerstag – und endlich mit einem Frühschoppen in einer noch nie betretenen Kneipe abgeschlossen wurde. Ich denke vor allem an unser abenteuerliches »Gespensterfest« bei Köster, dessen Wohnung zu einer wahren Spukkammer hergerichtet war. Das Licht war auf eine grünviolette Färbung gebracht worden, an die Wände waren die schauerlichsten Greuel gemalt, am Eingang lag ein ausgestopfter Herr mit offenem Mantel, dem ein Regenschirm aus dem Bauch ragte, die Gesichter der Festteilnehmer waren mit Kreide verschmiert, über die sich rote Streifen zogen, oder sie waren sonstwie geisterhaft entstellt, die Frauen waren in mächtige Laken gehüllt, oder es hingen ihnen Algen und Wasserrosen in den offenen Haaren. Jeder, der kam, fröstelte zuerst; aber dann entstand aus dem Schauer, den die Umgebung ausströmte, aus dem lachenden Willen, keine abergläubischen Empfindungen aufkommen zu lassen, eine so mutwillige und ausgelassene Stimmung, wie ich sie nie vorher oder nachher miterlebt habe. Die Männer wischten sich die Malerei aus den Gesichtern, die Frauen aber wurden in dem bleichen Licht immer schöner, je mehr der Tanz, die Bowle und die Tollheit der Laune ihnen Farbe gab. Weisgerber, Unold und Körting, die die künstlerische Vorarbeit geleistet hatten, war ein Meisterwerk gelungen. Es war eine der letzten Veranstaltungen jenes Faschings, des Münchener Faschings überhaupt. Wenige Monate später begann ein anderes Gespensterfest, von dem viele unserer Freunde, Weisgerber,

Jacobi, Franz Marc, nicht zurückkehrten, für uns andere ist eine andere Welt geworden. Die freie Unbefangenheit des Genießens hat in ihr keine Stätte mehr.

Ich habe in Paris einen 14. Juli erlebt, den Erinnerungstag an den Bastillesturm. Da wurde auf der Straße getanzt und geküßt, und es war ein Überströmen lustvollen Freiheitsglückes. Die Künstler Schwabings machten im Karneval die selbe Inbrunst der Freude lebendig. Aber das war nur möglich, weil alle Volksschichten zu gleicher Zeit fröhlich waren und daher einander die Fröhlichkeit im Genießen gönnten. Ich hoffe auf eine Zeit, die der Freude wieder ihr Recht geben wird; aber meine Schlußfolgerungen aus dem Vergleich mit dem 14. Juli in Paris behalte ich für mich.

DER GUTE RICHTER

Künstler aller Art, Literaten mehr noch als alle andern, neigen dazu, ihre persönlichen Angelegenheiten, besonders aber ihre Ärgernisse und die Streitereien untereinander, für Begebenheiten von äußerster öffentlicher Wichtigkeit zu halten. Ein Krach, manchmal auch schon eine in spitzigen Formen ausgetragene Meinungsverschiedenheit zwischen zwei der Literatur mit Erfolg beflissenen Persönlichkeiten – ihre Bezeichnung als »Prominente« ist, glaube ich, Nachkriegsmode, früher hießen sie »Arrivierte« – trieb im »Café Stefanie« und in der »Torggelstube«, auf Kegelbahnen und überall, wo München-Schwabinger Kultur gedieh, gewaltige Aufregung hoch. Um die Beteiligten scharten sich ihre Cliquen, und war der Lärm innerhalb einer Clique entbrannt, so gab es neue Cliquen, geeint in Weltanschauung, Kunstehre und Todfeindschaft wider den abtrünnigen Teil. Es muß mit Bedauern gesagt werden, daß solche Mißhelligkeiten häufig genug vor eine Instanz getragen wurden, die eigentlich von kulturbestrebten Menschen nicht zur Entscheidung ihrer – doch irgendwo vom Geiste ausgehenden – Streitigkeiten in Anspruch genommen werden sollte: vor das Schöffengericht. Aber gab es einmal in der Au, wo das Amtsgerichtsgebäude steht, einen Beleidigungsprozeß mit literarischen Hintergründen, so lag Premierenstimmung über den Münchener Künstlerstammtischen. Die Aussichten der Parteien wurden mit Leidenschaft abgewogen, war einer der Prozeßgegner anwesend, so wurde ihm recht gegeben, und die Anwälte, die in solchen Fällen fast immer bemüht wurden, Dr. Wilhelm Rosenthal, Dr. Goldschmidt I oder Dr. Strauß III, lauter Herren, die ohnehin Stammgäste an unserm Torggelstubentisch und regelmäßige Premierenbesucher in allen Theatern waren, plädierten im engeren Kreise schon wochenlang vor dem Ereignis für ihren Klienten.

Wie alles, was sich in den Kunst- und Kulturbezirken Münchens zutrug, so waren auch die Literaturprozesse trotz aller feindseligen Temperamentswallungen im Grunde Familienereignisse. Das öffentliche Interesse nämlich, das die Literaten ihren Persönlichkeiten beizumessen pflegen, besteht genau in dem Umfange der in sich abgeschlossenen Welt ihrer Beziehungen zueinander. Der literarische und künstlerische Produzent lebt gewöhnlich in dem Irrtum, sein Konsument, der Leser seiner Novellen oder Parkettgenießer seiner Dramen, nehme nicht nur an einem Werk, sondern auch an seinem Schicksal Anteil; da sich weitere Kreise von seiner Arbeit innerlich bewegen lassen, nachzufühlen, was er im Kunstschaffen gefühlt hat, so müßten sie auch von seinen Privaterlebnissen bewegt sein, mit seinen Freuden jubeln, mit seinen Leiden weinen und in seinem Ärger mit ihm schimpfen. Er täuscht sich. Wenn sich ein Lyriker und ein Dramatiker bei einer Tasse Kaffee gegenseitig Kitscher und Plagiator nennen, dann ist das – und mir scheint das so vollkommen in der Ordnung – ihren Lesern, auch wenn sie sogar ihre bewundernden Verehrer sind, genauso gleichgültig, wie es dem Schriftsteller egal ist, ob die Schneiderin und die Hutmacherin seiner Frau, deren Werke er aufrichtig bewundert, sich miteinander vertragen oder nicht. Innerhalb der Zunft hat auch deren Zwist seine weltwichtige Bedeutung. Die Zunft der Münchener Geistigkeit umfaßte aber den ganzen Familienkreis Schwabings und der zugehörigen Kultursprengel, und dazu gehörten alle, die sich aus Berufsgründen oder aus Sympathie von Schwabinger Luft umwehen ließen. Kein Zweifel: Außer den Rechtsanwälten, welche in den literarischen Beleidigungsprozessen in der Au die Ehre des Beleidigten oder das pflichtbewußte Wahrheitsgewissen des Beleidigers (nebst der Gegenklage) zu vertreten hatten, gehörte auch der Gerichtsvorsitzende in allen diesen Verhandlungen mit zur Familie, der Oberlandesgerichtsrat Wilhelm Mayer, der sich in weiten Kreisen den Namen »der gute Richter« erwarb und den man allgemein den Vergleichs-Mayer nannte.

Weit über München hinaus ist dieser ungewöhnliche Richter, der so ganz und gar ins Bild des geistig bewegten Vorkriegs-Münchens hineinpaßt, bekannt geworden durch die Führung des berühmten Prozesses, den der Afrikaforscher Carl Peters gegen einen sozialdemokratischen Redakteur anstrengte und in dem des Klägers Methoden der Negerkolonisation ausführlich erörtert wurden, und durch den von Mayer geleiteten Beleidigungsprozeß Maximilian Hardens gegen einen Zentrumsredakteur, in dem der Fürst Philipp Eulenburg sich die Verdrießlichkeit zuzog, des Meineides beschuldigt zu werden. Zur Zeit dieser großen politischen Prozesse war ich nicht in München; ich sah den Vergleichs-Mayer in minder weltgeschichtlichen Erörterungen, milde lächelnd, klug und nach besten Kräften ausgleichend, dabei sehr bedacht auf wirkungsvolle Einzelheiten, die Streitfälle wutgeblähter Unsterblicher im tiefen Gefühl seiner eigenen Dazugehörigkeit schlichten. Erst in der zweiten Hälfte des Krieges sah ich den Richter auch einen politisch höchst belangvollen Prozeß lenken, in dem der früher ganz umgängliche, durch die Ereignisse in patriotische Raserei versetzte Professor Cossmann dem pazifistischen Historiker Veit Valentin gegenüberstand. Es war das letztemal, daß ich den Vergleichs-Mayer am Werke beobachtete; es war das erstemal, daß ich ihn seiner Aufgabe nicht gewachsen fand. Der

Vergleich, den er zustande brachte, kam auf eine Verurteilung Valentins hinaus. Der leidtragende Teil in dieser Prozeßverhandlung war die historische Wahrheit, obwohl, wie ich aus Mayers eigenem Munde wußte, die Stimmung des Richters keineswegs so kriegerisch war wie die des Herausgebers der *Süddeutschen Monatshefte*.

Der Ort der Handlung war in allen Prozessen, die Herr Oberlandesgerichtsrat Mayer leitete, der Sitzungssaal fünf im oberen Stockwerk, ein Saal, eigens für die Theateraufführungen gebaut, die das liebe literarische Publikum in jeder Gerichtsverhandlung erblickte, in der zwei Kollegen ihren Groll gegeneinander ausspritzten. Mayer aber genoß seine großen literarischen Beleidigungsprozesse auch kaum anders, als ein Regisseur sein Werk genießt. Es muß recht schrecklich gewesen sein, als der Saal fünf noch nicht da war und alle die schönen Verhandlungen noch in armseligen kleinen Amtsgerichtsräumen in Szene gehen mußten. Dr. Rosenthal erzählte uns, wie der Vergleichs-Mayer einmal in seiner Verlegenheit vor dem Termin die beteiligten Anwälte einlud und mit ihnen eine regelrechte Regiesitzung abhielt. Er jammerte bitter, daß er keinen Raum habe, um alle Wünsche von Presse und Publikum, die ihn schon um Karten ersucht hatten, zu erfüllen. »Weiß denn keiner von den Herren Rat, was man da machen kann?« fragte er. Da erhielt er von dem witzigen Anwalt die Antwort, die das Wesen aller Mayerschen Prozesse mit einem Wort erschöpfend kennzeichnete. »Ja«, sagte Rosenthal, »ich wüßte vielleicht einen Rat!« Mayer strahlte: »Da wäre ich Ihnen wirklich sehr dankbar, Herr Doktor; was meinen Sie?« Und Dr. Rosenthal erteilte den Ratschlag: »Wiederholen!«

Ich selber habe Mayer nur in seinem großen Saal wirken sehen, der, soviel ich weiß, mit dem Prozeß Max Halbe gegen Friedrich Freksa eingeweiht wurde. Es handelte sich um eine Broschüre »Josef Ruederer und das Wolkenkuckucksheim«, in der sich der noch recht jugendliche Freksa zum Herold der Rivalität des kraftbayerischen Ruederer gegen Halbe machte und dabei den Dichter der *Jugend* nicht nur literaturkritisch fürchterlich lästerte, sondern noch obendrein als Menschen durch den Kakao zog. Der Prozeß gab lange Zeit ausreichenden Gesprächsstoff, wobei Freksa die am meisten belachte Figur abgab. Der hatte sich erst vor seine Streitschrift gestellt wie eine Gluckhenne vor ihre Küken und pathetisch ausgerufen: »Ich bin eine Michael-Kohlhaas-Natur!« Und nachher brachte Mayer doch den erstrebten Vergleich zustande, bei dem Kohlhaas alles mit Bedauern zurück- und die Kosten auf sich nehmen mußte. Zwischen der Halbeschen und der Ruedererschen Kegelbahn aber gab es nie wieder die geringste Verbindung.

Gewöhnlich fingen die literarischen Beleidigungsprozesse nicht mit einer Broschüre an, sondern endeten mit verschiedenen. Da hatte sich einmal Roda Roda gründlichst mit einem reichen Herrn verkracht, der einen großen Verlag finanziert, viel Geld in ein Theater gesteckt und mit dem Humoristen weitere Pläne erwogen hatte. Wegen eines gemeinsam verfaßten Operettentextes war es dann zum Bruch gekommen, und Roda Roda verlor angesichts dieser persönlichen Enttäuschung allen Witz, der ihn, wenn andre sich ärgern, nie verläßt. »Ich fresse Zorn!« rief er eines Abends über den Tisch der »Torggelstube« und bekräftigte seinen Grimm noch durch den Bericht einer besonderen Übeltat seines Widersachers. »Nicht möglich!« meinte Karl Ettlinger erschrocken. Doch mit einem »Mein Ehrenwort!« brachte der Ankläger jeden Zweifel zum Schweigen. Doch dieses nicht eben sehr wichtige Gespräch in der »Torggelstube« führte uns alle nicht lange darauf im Sitzungssaal fünf in der Au zusammen. Roda Roda hatte in seiner Wut über den reichen Herrn einen Artikel veröffentlicht, in dem er alle diejenigen seiner Kollegen, die für dessen Theaterverlag als Lektoren tätig waren und außerdem Theaterkritiken schrieben, der Korruption beschuldigte. Dazu gehörte in erster Reihe Karl Ettlinger, aber auch ich war in diesem Zusammenhang genannt. Ich begnügte mich im Bewußtsein der vollständigen Unangreifbarkeit meines Verhaltens mit einer kurzen, aber hinlänglich saftigen Abfuhr, die ich Roda Roda in meinem Blatt zuteil werden ließ. Ettlinger aber ging jener

Szene in der »Torggelstube« nach, stellte irgendeine kleine Unrichtigkeit in der Darstellung der Sache fest, die Rodas Ehrenwort heraufbeschworen hatte, und wurde nun seinerseits weit über die Wichtigkeit des Anlasses hinaus aggressiv. Roda und ich grüßten uns nicht mehr – das war klar; als aber Ettlinger zu mir kam und mich als Zeugen gewinnen wollte, um zu bestätigen, daß das Ehrenwort in der Brust unter der roten Weste falsch gewesen sei, da weigerte ich mich entschieden, auf solche Weise Rache zu nehmen. Aber dann mußte ich doch schwören. Ich war nämlich, im Vertrauen darauf, daß keiner der Prozeßbeteiligten Wert darauf legen werde, mich zu befragen, als Zuhörer zur Verhandlung gekommen, und da fiel in irgendeinem Zusammenhang mein Name als eines der Gesprächszeugen in der »Torggelstube«. »Oh«, sagte der Richter, »dann können wir Herrn Mühsam ja gleich mal hören. Darf ich Sie bitten vorzutreten?« Ich versicherte also unter Eid, daß ich Rodas Ehrenwort nicht so feierlich aufgefaßt hätte wie Ettlinger und nicht entrüstet sei. Hierauf stritten Kläger und Beklagter, wer von ihnen der bedeutendere Dichter sei, und Mayer vermittelte: »Aber wir wissen doch alle, daß Sie beide außerordentlich bedeutend sind!« Und nachdem dann noch einige Zärtlichkeiten gewechselt waren, wobei sogar der Götz von Berlichingen zitiert wurde, konnte Mayer den Vergleich auf Kosten Ettlingers zuwege bringen. Roda Roda aber reichte mir zur Versöhnung die Hand und gestand mir: »Du hast geschworen wie eine Nachtigall.« Sollte mich bei der Darstellung dieses weltgeschichtlichen Vorgangs mein Gedächtnis irgendwie irre führen, so mögen künftige Historiker die Broschüre zur Hand nehmen, die Roda Roda der Nachwelt über den denkwürdigen Prozeß vermacht hat.

Im Frühjahr 1914 spielte sich unter dem Vorsitz Mayers ein Beleidigungsprozeß ab, der allerdings erheblich größere Wichtigkeit hatte als die vergnüglichen forensischen Auseinandersetzungen rivalisierender Unsterblichkeitsanwärter. Ein Theaterdirektor mußte sich durch einen Strafantrag gegen den Schriftleiter des *Neuen Weges*, des Organs der deutschen Bühnengenossenschaft, von außerordentlich schweren Vorwürfen zu reinigen versuchen. Die Genossenschaft hatte ihm ungeheuerliche Verfehlungen durch den Mißbrauch seiner Arbeitgebergewalt gegen das Schauspielerpersonal vorgeworfen. Der gute Richter zog den Prozeß im größten Maßstab auf, und vier Tage gelang es ihm, in der denkbar wirkungsvollsten Weise die Einheit von Szene und Tribunal herzustellen. Der als Sachverständiger zugezogene Hoftheater-Generalintendant Ernst Possart verstand es, an verschiedenen Höhepunkten der Verhandlung Schillersche Verse zu deklamieren; doch hielt sich im übrigen der Verlauf der von erregenden Ausbrüchen gequälter Menschen erschütterten Zeugenvernehmung in völlig sachlichen und sehr würdigen Formen. Mayer zeigte sich hier als ein von sozialem Gefühl getragener, von starker sittlicher Kraft erfüllter Mensch. Er versuchte nicht, einen Vergleich herbeizuführen, sondern sprach das Urteil, indem er den beklagten Redakteur freisprach, dem Kläger aber mit starken Ausdrücken der Empörung jedes soziale Empfinden bestritt und ihn unwürdig erklärte, eine Bühne zu leiten und Vorgesetzter von Angestellten zu sein. Ich hatte, wie alle, die dem Prozeß beiwohnten, einen großen Eindruck von der Persönlichkeit Mayers, wie sie hier zutage trat, und in einem sehr ausführlichen Artikel meiner Zeitschrift *Kain* stellte ich ihm das Zeugnis aus: »In seiner Auffassung der Dinge war so viel menschliches Verstehen, so viel Wissen um das wirkliche Leben, so viel guter Wille, die Anwendung der Gesetze mit den Empfindungen des Herzens in Einklang zu bringen, wie es an deutschen Richtertischen nur ganz selten ist.« Und in weiteren Ausführungen nannte ich den Gerichtsvorsitzenden einen »charaktervollen und bedeutenden Mann«. Dennoch: Mayer war viel zu eng verbunden mit der ganzen Münchener Art kultureller Lebendigkeit, als daß er nicht auch hier jede handelnde Figur und sich selbst als Dirigenten ins Licht der bestmöglichen Wirkung gerückt hätte. Die feierliche Aufmachung und die auf Zitierung in der Presse bedachten, in bayerischem Dialekt vorgetragenen Geistreicheleien in Fragestellung und Zwischenbemerkungen des Richters gehörten in den Sitzungssaal fünf wie der alte Gerichtsdiener, das Faktotum des Oberlandesgerichtsrats, der alle Münchener Künstler persönlich kannte, weil er sie alle schon mal als Zeugen aufgerufen hatte. Der Krieg war noch nicht lange entbrannt, da schrieb mir eines Tages eine Kabarettkollegin, die ich noch von der Scharfrichterzeit kannte, sie sei in einen Beleidigungsprozeß hineingezogen, der in der Au verhandelt würde, und ich möchte doch hinkommen, damit sie in dieser ihr ganz fremden Umgebung einen Freund in der Nähe hätte. Es handelte sich um eine ganz üble Familienstänkerei eines alten Adelsgeschlechts, dessen Mitglieder sich gegenseitig der Erbschleicherei und der größten Niederträchtigkeiten beschuldigten. Das arme Mädel war als Freundin eines der beteiligten Herren da hineingeraten. Als ich den Saal betrat, in dem Mayer die Geschichte ausgleichen sollte, sprang mir die Künstlerin entgegen, und wir küßten uns zur Begrüßung, was zwischen uns ganz harmlose und selbstverständliche Umgangsform war. In einer Verhandlungspause aber kam der Gerichtsdiener an mich heran und meinte: Sagen S', Herr Mühsam, war des Freilein net bei die ›Elf Scharfrichter?‹ I moan do, i kenn's von einem Prozeß mit derer Delvard.« Als aber die Verhandlung geschlossen war und ich das Gerichtsgebäude verließ, lief mir auf der Treppe der Richter selber nach und stellte die gleiche Frage an mich. »Ich sah doch«, sagte er, »wie Sie sich begrüßt haben. Da fiel mir's ein, daß sie ja damals bei den Elf Scharfrichtern aufgetreten ist.« Dann aber – wir hatten uns seit dem Prozeß des Theaterdirektors nicht mehr gesehen – wechselte er plötzlich das Thema: »Richtig, Herr Mühsam, ich hab mich noch gar nicht bei Ihnen bedankt. Sie haben jüngst so freundlich über mich geschrieben.« Der Richter, der sich bei einem radikalen Schriftsteller für eine gute Kritik bedankt – das war das alte München.

Im Kampfjahr 1919 mußte der gute Richter seine Wirkungsstätte dem Standgericht überlassen, und ich war zum letzten Male im Sitzungssaal fünf, als ich selber dort zu fünfzehn Jahren Festung verurteilt wurde. Mayers Faktotum waltete noch seines Amtes. Er sah mich kopfschüttelnd an – wie einer so tief sinken konnte!

FRANK WEDEKINDS LETZTE JAHRE

Am 24. Juli 1914 feierten wir den fünfzigsten Geburtstag von Frank Wedekind. Ein eigener Ausschuß hatte sich gebildet und war mit dem Aufruf »an alle Freunde seiner Persönlichkeit und seines Werkes« in die Öffentlichkeit gegangen, sich zu einer »demonstrativen Ehrung eines hervorragenden Dichters« zu vereinigen. Eine Ehrengabe wurde gesammelt, »um diesem Dichter, der als einer unserer bedeutendsten Dramatiker um die Freiheit seines Schaffens bis auf den heutigen Tag schwer kämpfen und leiden mußte, ein schwaches Entgelt hierfür und besonders ein Zeichen öffentlicher Verehrung zu bieten«. Die nach Wedekinds Tode verbreitete Auffassung, als ob er mindestens in den letzten Jahren seines Schaffens frei und sorglos unter der Sonne unbestrittener Anerkennung gewandelt wäre, ist in der Tat völlig verkehrt. Die stockreaktionäre Münchener Polizei verbitterte Wedekinds Leben bis zuletzt mit den gehässigsten und beschränktesten Zensurmaßnahmen und fand dabei die Unterstützung des sogenannten »Zensurbeirates«, eines Gremiums von Professoren, überalterten Literaten, Irrenärzten und Prominenten von der Art des Herrn von Possart; Persönlichkeiten von größerem Format, wie Max Halbe und Thomas Mann, die man dekorationshalber hineingeholt hatte, traten nach kurzer Zeit ostentativ wieder aus. Meine letzte öffentliche Versammlung vor dem Kriege, in der ich über das Thema sprach: »Die Bevormundung des Geistes durch den Säbel« beschäftigte sich hauptsächlich mit dem Verbot der Aufführung von Wedekinds »Simson«, die das Münchener Schauspielhaus zum fünfzigsten Geburtstag vorbereitet hatte. In dieser Versammlung, am 6. Juli, stimmten über siebenhundert Künstler und Akademiker einer von mir vorgelegten Entschließung zu, in der es nach einem grundsätzlichen Protest gegen die polizeiliche Theaterzensur allgemein mit Beziehung auf die Herren Ruederer und von Gleichen-Rußwurm hieß: »Die Versammlung erwartet, daß die dem Zensurbeirat angehörenden Herren angesichts des subalternen Charakters und der Einflußlosigkeit ihrer Tätigkeit unverzüglich auf ihr Ehrenamt verzichten und sich solidarisch den gegen die Zensur gerichteten Bestrebungen ihrer Standes- und Bildungsgenossen anschließen werden.« Der Appell blieb wirkungslos, aber Josef Ruederer reihte mich in die nicht geringe Schar seiner Spezialfeinde ein; er soll mörderlich über mich geschimpft haben.

Die Polizei nahm das Verbot des Stückes, das in Berlin und Wien unbeanstandet aufgeführt war, nicht zurück, und die bayerische Regierung bestätigte ihre Entscheidung. So stand die Geburtstagsfeier, wie es sich für Wedekind gehörte, im Zeichen einer von Ingrimm durchzogenen Trinkfreudigkeit. Es wurden sehr lange und herzliche schlechte Reden gehalten, in denen der Dichter gepriesen und die Zensur verwünscht wurde, und endlich sprach Frank Wedekind selbst, voll tiefsten Ernstes, hinter dem die Ironie, nur den besten Kennern seiner Lebensbeurteilung bemerkbar, zuckte. Es war eine Art Predigt über die Berufung des Schriftstellers zur Führung der Volksgesamtheit in jedem geistigen Kampf, und als Beispiel berief er sich auf »die Schriftstellerin Debora« und zitierte ihr Triumphlied: »Es gebrach, an Bauern gebrach es in Israel, bis ich, Debora, aufkam, bis ich aufkam, eine Mutter in Israel... Lobet den Herrn, die ihr auf schönen Eselinnen reitet, die ihr am Gericht sitzet, und singet, ihr, die ihr auf dem Wege gehet... Wohlauf, wohlauf, Debora! Wohlauf, wohlauf, und singe ein Liedlein!... Da herrschten die Verlassenen über die mächtigen Leute.« (Buch der Richter, Kap. 5) Es ist schade, daß diese Rede Wedekinds – wahrscheinlich die letzte, die er vor vielen Zuhörern hielt – nicht stenographisch aufgenommen worden ist. Sie war mit ihren verblüffenden Gedanken und Vergleichen ein Meisterwerk der Stegreifrethorik und zugleich eine der kennzeichnendsten Kundgebungen dieses erstaunlichen und in jeder Äußerung genialischen Geistes. Sie war ein Bekenntnis zur eigenen Berufung, dabei Anklage gegen die stumpfe Satzung, die dem Schwunge des Genius überall die Flügel stutzen mochte, und warnender Hinweis auf die nahe drohenden Ereignisse, bei denen vielleicht dem Liedlein der Schriftstellerin Debora die Aufgabe zufallen konnte, die mächtigen Leute noch zur Besinnung zu bringen. Wenige verstanden den tieferen Sinn dieser Tischrede beim Festessen zum eigenen fünfzigsten Geburtstag, aber als Wedekind schloß, da lag doch eine nachdenkliche Ergriffenheit über der Gesellschaft und hätte vielleicht dem ganzen Abend den Charakter gegeben, wäre nicht eine bizarre Überraschung eingetreten, so jäh, als ob Wedekind selbst sie zu grellem Effekt als Regiebemerkung für ein Drama ersonnen hätte, und so komisch, daß der feierliche Ernst der Festteilnehmer urplötzlich in gewaltiges Gelächter umschlug. Als der Dichter sein Glas auf Kunst und Dichtung und auf die deutschen Schriftsteller als Träger der vorwärtsdrängenden Kultur geleert hatte und wieder Platz nahm, setzte das Orchester ein, und mitten in die Stimmung getragener Feierlichkeit, alttestamentarischer Vergleiche, von leisem Spott untertönter Beichte eines verehrten Mannes und sogar eines gewissen Schuldbewußtseins spritzte das Offenbachsche Couplet: »Ich bin Menelaus der Gute – laus der Gute, laus der Gute ...«

Acht Tage nach diesem Geburtstagsfest stand die Welt in Flammen.

Meine eigenen Erlebnisse an den verhängnisvollen Tagen gehören zum geringsten Teil in meine unpolitischen Erinnerungen hinein. Die allgemeine Aufregung teilte sich selbstverständlich auch der »Torggelstube« mit. Am 31. Juli gab es zwischen Max Halbe und mir eine Auseinandersetzung darüber, ob der Krieg noch vermeidbar sei, wobei ich Auffassungen bekundete, die schon kein Verständnis mehr fanden. Zufällig waren zwei alte Bekannte in München und mit am Tisch: Max Martersteig und Ernst von Wolzogen, die ich beide danach nie wiedergesehen habe. Ich hatte bei allen den Eindruck, als sähen sie dem werdenden Geschehen mit denselben Empfindungen entgegen, mit denen sie etwa die Eröffnung eines neuen Theaters erwartet hätten. Zu später Stunde kam noch Wedekind, der, offenbar um seiner Erregung Herr zu werden, das Gespräch auf fernliegende Gleichgültigkeiten hinlenkte. Ich hielt das nicht aus und lief davon. Am nächsten Tage begann dann schon das Abschiednehmen von einzelnen, die ihre Einberufung erhalten hatten. Der erste aus unserem Kreise war Bötticher-Ringelnatz, der zur Marine abreisen mußte. Wedekind war sehr ernst, als er ihm gute Heimkehr wünschte. Ich glaube nicht, daß er sich von dem Begeisterungstaumel auch nur eine Minute hat einfangen lassen. Doch blieb uns, die wir außerhalb der Geisteswelt empfanden, die damals nur sich selbst das Daseinsrecht zugestand und selbst freie Köpfe vollkommen umnebelte, nicht viel anderes übrig, als zu schweigen. Ich war schon am 1. August auf dem Platzl Gegenstand wilder Bedrohung und sah, wie sinnlos und unfruchtbar es war, gegen einen Massenwahn anzukämpfen, solange keine Mitkämpfer gefunden wären. In meinem gewohnten Umgangskreis zeigten sich kaum Spuren von Verständnis für meine Kriegsfeindschaft. Nur Emil Meßthaler entzog sich von Anfang an der allgemeinen Stimmung. Ferner war Heinrich Mann in scharfer innerer Opposition gegen den patriotischen Überschwang, während Frank Wedekind zweideutige Bemerkungen machte und Artikel schrieb, die man heute kritisch lesen sollte, um zu erkennen, wie er sich über die Leser lustig machte, indem er sie in den Glauben versetzte, er sähe die entfesselte Welt mit ihren Augen.

Die Hofopernsängerin Almos hatte das Unglück, aus Sarajevo zu sein und nie ein Hehl daraus gemacht zu haben, daß sie mit der Annexion Bosniens durch Österreich nicht aufgehört habe, als Serbin zu empfinden. Eines Abends traf ich sie, und sie gestand mir, daß ich der erste Mensch sei, der sie seit dem Ausbruch des Krieges unverändert freundlich behandele. Der *Simplicissimus*-Zeichner Henri Bing war Franzose. Er hatte unausgesetzt Anfeindungen zu ertragen, und ich nahm mich nach bestem Können seiner an. Als ich Wedekind davon erzählte, verzog er den Mund: »Ich danke meinem Schöpfer, daß Hannover Anno 66 preußisch geworden ist, sonst hätten mich jetzt meine besten Freunde im Verdacht, daß ich die Räude haben könnte.« Ich bin überzeugt, daß Wedekind unter dem Kriegsunglück seelisch furchtbar litt, ja, ich glaube, daß seine körperliche Widerstandskraft unter diesem seelischen Leid sank und daß er ohne die seelischen Erschütterungen, die er, immer bestrebt, seinen wahren Menschen hinter einer Maske verborgen zu halten, in der Unterhaltung verleugnete, der Krankheit nicht so früh unterlegen wäre. Im Sommer 1915 hatte er sich einer Operation unterziehen müssen. Ich besuchte ihn in der Klinik. Er lag sehr bleich und mit völlig vergeistigtem Gesicht im Bett. Da verbarg er sich nicht vor mir und sagte: »Wenn es jetzt mit mir aufhörte – was läge schon daran? Die Kultur geht zugrunde, der lebendige Nachwuchs fällt im Kriege – Jacobi, Weisgerber –; die Alten und die Temperamentlosen bleiben übrig. Man fühlt sich überflüssig auf der Welt.« Als er dann aus der Klinik entlassen war, sprach er öfter mit mir vom Herzen weg. Ich erinnere mich der Äußerung: »Mir graut vor der Zukunft. Sie werden dasitzen und Heldenstücke erzählen, und wenn unsereiner seine Meinung über die Fragen der Kunst oder Religion sagen möchte, werden sie uns übers Maul fahren: ›Sie waren ja gar nicht dabei – wie können denn Sie mitreden wollen!‹«

Im Laufe der Zeit, während ich längst die unterirdischen Verbindungen pflegte, von denen ich selbstverständlich auch vor den literarischen Freunden nichts laut werden ließ, fanden sich dann doch engere Zirkel zusammen, die gegeneinander kein Mißtrauen mehr fühlten. Im Café Luitpold hatte sich ein Nachmittagskreis gebildet, der dort regelmäßig Frank Wedekind, Kurt Martens, Gustav Meyrink und häufig auch Heinrich Mann und mich zusammenführte. Hier wurden mit gedämpfter Stimme die Ereignisse besprochen und aus höheren Gesichtspunkten betrachtet als den an lauten Tischen beliebten. Meyrink gab dabei unseren realistischen Betrachtungen häufig etwas mystische Zutat bei. Mir erklärte er einmal, mir werde im Kriege bestimmt nichts Böses widerfahren, denn ich sei einer der ganz wenigen, die diesen Krieg nie gewollt und nie gebilligt und schon vorher gegen ihn geeifert hätten. Das mache mich immun gegen seine Gefahren. Aber vor einer Revolution solle ich mich in acht nehmen. Die lebe in meinen Wünschen und würde mich im Guten wie im Schlimmen zu finden wissen. Ich verstehe nichts von Okkultismus; aber gewisse Tatsachen haben Meyrink, was meine Person anlangt, wohl recht gegeben.

Im Januar 1917 war Maximilian Harden in München. Wedekind rief mich telephonisch an, er gehe zu Harden ins Hotel, der ihm anheimgestellt habe, auch mich hinzurufen. Ich weiß nicht mehr genau, ob wir zu dritt beisammen waren oder ob noch der pazifistische Universitätsprofessor Ernst von Aster dabei war, mit dem ich während der Kriegszeit viel verkehrte. Jedenfalls war diese Zusammenkunft für mich deshalb von hoher Bedeutung, weil ich dabei von Wedekind Auffassungen begründet hörte, die, kulturell betont, seine Gedanken über Deutschlands Zukunftsgestaltung erkennen ließen und die ich in anderen Zusammenhängen einmal der Öffentlichkeit zugänglich machen möchte. Aufzeichnungen habe ich mir damals nicht gemacht, da sie ihrem Urheber zu jener Zeit noch hätten gefährlich werden können. Sie hätten nämlich jeden Zweifel darüber ausschließen müssen, welche Haltung Frank Wedekind bei den späteren Vorgängen eingenommen hätte. Sein Standpunkt war meinem näher als selbst dem Hardens.

Leider hat der Tod die Erprobung seiner Erkenntnis verhindert. Die zweimal operierte Darmfistel machte ihm immer noch zu schaffen, und bei einer unserer letzten Zusammenkünfte erzählte er mir, er werde sich noch einmal operieren lassen. Er habe den Geheimrat Sauerbruch gefragt, ob sich die Schmerzen, die er häufig spüre, nicht beseitigen lassen, und die Antwort erhalten, diese Schmerzen seien an sich ungefährlich und könnten nur durch eine neue Operation behoben werden, die nicht notwendig und so riskant sei wie jede schwere Operation. Er wolle sich ihr aber doch unterziehen: »Ich habe doch keine Lust, als Krüppel herumzulaufen.« Eines Tages hörten wir dann, Wedekind liege in Nymphenburg in der Chirurgischen Klinik. Dann hieß es, die Operation sei vollzogen und gut gelungen, doch sei der Patient noch sehr schwach und dürfe keinen Besuch empfangen, und am 9. März 1918, als ich ahnungslos abends in den Bühnenklub kam, brachte man mir die niederschmetternde Nachricht entgegen, daß Wedekind tot sei.

In seiner letzten Lebenszeit war er weicher, menschlich zugänglicher geworden, als ich ihn früher je gekannt hatte. Er sprach über seine Häuslichkeit, erzählte Niedliches von seinen Kindern, erkundigte sich mit weniger zur Schau gestellter Förmlichkeit und mit mehr wahrer Beteiligung nach des anderen privatem Ergehen. Am 12. März fand auf dem herrlichen Münchener Waldfriedhof Frank Wedekinds Beerdigung statt.

Über diese Beerdigung ist schon viel geschrieben und berichtet worden. Der Dichter, dem der Bildhauer Elkan das Symbol eines auf rollender Kugel balancierenden Pegasus aufs Grab gesetzt hat, hätte sie sich selbst nicht widerspruchsvoller, nicht seinem Wesen gemäßer veranstalten können. Das Tragische und das Groteske wogen einander auf. Eine riesige Beteiligung von weinenden Männern und Frauen und von taktlosen Neugierigen füllte die Einsegnungshalle und hörte den Trauerreden zu, deren eine die Neugierigen auf ihre Kosten kommen ließ und die Weinenden zum Lachen brachte. Ein Reporter, von Wedekind aus vermeintlichen Nützlichkeitsgründen in seiner Nähe geduldet – ach, er wollte ja immer den smarten Geschäftsmann spielen und posierte den Opportunisten um jeden Preis und wurde doch nur mißbraucht und mißdeutet –, sabbelte am Sarge Geschmacklosigkeiten, die einem die Haare in die Luft trieben, drängte sich dem Toten in eine Nähe, die der Lebende nicht ertragen hätte, und die Trauergemeinde trippelte von einem Fuß auf den anderen, und einer sagte halblaut: »Das kommt davon.« Endlich ging es von der Halle zum Grab. Der lange Zug zerriß, und der abgelöste Teil eilte nach, stürmte über den Friedhof, rannte spornstreichs zur Stätte, wo der Sarg gerade hinabgeseilt wurde. Aus dem Gefolge aber löste sich eine wirre Gestalt, suchte Bilder zu stellen, sprach von Filmen und davon, daß er am nächsten Tage bei Frau Tilly Wedekind uns alle versammeln werde, denn er sei jetzt Kinoregisseur und wolle Wedekind durch eine Verfilmung aller seiner trauernden Freunde ein unvergängliches Denkmal setzen. Das war Heinrich Lautensack, der feine, begabte Dichter und Mitbegründer der Elf Scharfrichter. Ich versuchte, den aufgeregten Freund zu beruhigen, und zog ihn zur Seite, während August Weigert vor der offenen Gruft stand und meine Gedächtnisverse für Frank Wedekind sprach.

Aber in demselben Augenblick, in dem er schloß, riß sich Lautensack von meiner Hand, stürzte am Grabe nieder und rief zum Sarg hinab: »Frank Wedekind! Dein letzter Schüler – Lautensack!« Der Wahnsinn war ausgebrochen. Es war die erschütterndste Szene, die ich erlebt habe. Mir brachen die Tränen hervor, daß ich gestützt werden mußte. Lautensack kam einige Tage danach ins Irrenhaus, wo er nur noch wenige Monate lebte.

Frau Tilly lud die Freunde ihres Gatten zu sich ein, und wir stellten gemeinsam die Grundsätze fest für die Herausgabe des Nachlasses. Ich fand dann keine Gelegenheit mehr, tätig an diesem Werk mitzuwirken. Denn im April 1918 wurde mir Zwangsaufenthalt in Traunstein angewiesen, wo ich unter ziemlich bitteren Bedingungen bleiben mußte, bis im November andere Pflichten riefen.

Die Erde, die über die sterblichen Reste Frank Wedekinds rollte, sie begrub zugleich meines eigenen Lebens musische Leichtigkeit.

RÜCKBLICK – AUSBLICK

Wer aus Temperament und Beruf, sofern er Beruf und Berufung eins weiß, Leben und Arbeit in den allgemeinen Dienst gestellt hat, muß sich gefallen lassen, sein privates Verhalten der Kritik unterworfen zu sehen, die er selber am Treiben der Gesellschaft übt. Je höher man die Ansprüche an die Moralität der Menschheit erhebt, um so schwieriger wird es sein, alle eigenen Handlungen vor einer ins einzelne eindringenden Prüfung zu rechtfertigen. Wahrscheinlich hielte die individuelle Lebensführung keines Kirchenheiligen und keines Robespierre der genauen Nachforschung jeder Äußerung unter den Gesichtspunkten der eigenen Anforderungen an die Gesamtheit stand. So bleibt es wohl das Richtigste, die Zumutungen an die sittliche Festigkeit der Menschheit an den Kräften abzumessen, die dem eigenen Willen zur Verfügung stehen, um die Vorstellung vom rechten Leben zum Antrieb des Wirkens und zum Inhalt des Verkehrs mit andern Menschen zu machen. Wer jedoch im Dienst an der Allgemeinheit von dem Streben geleitet ist, das Allgemeine von Grund aus zu ändern, der hat, will er seine Erfahrungen und Erlebnisse rückblickend ordnen, nur die Verpflichtung zur Wahrhaftigkeit; er hat auch am wenigsten nötig, zu bemänteln und zu beschönigen. Denn er kann für sich den Entlastungsgrund in Anspruch nehmen, der billigerweise allen Zeitgenossen zusteht, daß trübe Weltumstände auch dessen Benehmen und Taten beeinträchtigen, der die Einrichtungen als trüb erkannt hat und die Umstände zu bessern wünscht. Eine gewandelte Gesellschaft wird ja nicht den Charakter eines Menschen, aber die Wirksamkeit jedes Charakters wandeln.

Ich war bemüht, in den zwei Dutzend Bildern, die ich seit fast eineinhalb Jahren an dieser Stelle aus einer vergangenen Kultur in die Erinnerung der Gegenwart projizieren durfte, nur die Wahrheit wiederzugeben. Es ist sinnlos zu lügen, wo hundert Zeugen auftreten können und alle behaupteten Tatsachen von lebendigen Kumpanen oder beweiskräftigen Dokumenten auf ihre Zuverlässigkeit zu untersuchen sind. Dabei würden ohne Frage objektive Irrtümer festzustellen sein, auf deren einzelne, allerdings völlig unwesentliche, ich auch schon in Zuschriften aufmerksam gemacht worden bin; subjektiv Falsches, Aufschneiderei, gewollte Färbung und Entstellung fände sich bestimmt nicht. Andrerseits: Persönliche Erinnerungen schreiben ist etwas anderes als Geschichte schreiben. Beteiligtes Erleben setzt sich anders im Gedächtnis fest als aus vergleichendem Studium ermitteltes Geschehen. Die Erinnerung kommt aus der persönlichen Beteiligung, nicht aus den Urgründen und der Logik der Ereignisse. Daher kann die reine Wahrheit eines Aussagenden nicht immer übereinstimmen mit der reinen Wirklichkeit; daher bleibt aus solchen Erinnerungen, wie ich sie niedergelegt habe, schließlich auch mehr vom erzählenden Menschen zu sehen als von der erzählten Zeit, und ich muß zufrieden sein, wenn die erzählte Zeit wenigstens in ihrer Tönung und in ihrem Klange von andern empfunden wird.

Es war ein Ausschnitt aus meinem Leben, den ich mir vornahm aus der Versenkung zu heben, ein Ausschnitt, dessen Ränder zunächst zeitlich umschnitten sind: Die Kindheit konnte wegfallen, weil ihr Verlauf ohne Belang für öffentliche Anteilnahme war und weil das Kind seine Umwelt nicht anders beobachtete als andre Kinder auch, der Zeit- und Gesellschaftskritiker in ihm noch schlief und sein Wirkenseifer noch nicht aus der Bahn der überlieferten Tugenden drängte. Was aber nach der geschilderten Zeit folgte, war fast ganz nur die Fortsetzung einer Lebensbestätigung, die hier gewollt, bewußt und oftmals betont unerzählt bleiben sollte. Denn aus dem zeitlichen Ausschnitt meines Lebens nahm ich wiederum nur den Ausschnitt meiner unpolitischen Erinnerungen – und gab doch selbst von ihm bloß einen Ausschnitt. Nicht allein, daß auf ein zusammenhängendes Abrollen der Begebenheiten meines zigeunernden Lebens verzichtet wurde, da es mir wahrhaftig nicht auf chronologische Berichterstattung ankam, sondern auf Beleuchtung von Zuständen, Persönlichkeiten, Kulturerscheinungen einer gerade erst sich in die Vorgeschichte eingliedernden Zeit – die Schicksale jedes Menschen, auch des in vielerlei Beziehungen vom Gesamtschicksal der Mitwelt bewegten und verpflichteten Zeitgenossen, ziehen ihre Erlebnisse mitbestimmend aus den allerpersönlichsten, vor jedem Hineinblicken Fremder ängstlich geschützten Privatangelegenheiten. Davon Aufhebens zu machen, ist nicht mein Geschmack, und es trifft wohl auch auf das Privatleben zu, was ich hier in der einleitenden Betrachtung über das Schreiben von Memoiren aussprach, daß man nur das erinnernd zusammenfassen möge, womit man fertig ist, was abgeschlossen der Vergangenheit angehört. Darum habe ich es von mir gewiesen, meine politischen Kampferlebnisse in Memoiren abzulagern, weil ich ihre besten noch vor mir zu haben hoffe: Darum – und auch weil meine Herzens- und Seelenabenteuer kaum öffentliche Wichtigkeit haben können – sträubt sich mein Gefühl auch, eine Beichte des inneren Menschen auszuarbeiten, weil dieser innere Mensch sich noch lebendig genug fühlt, Persönliches und Verschwiegenes auf sein geselliges und öffentliches Tun einwirken zu lassen, Freude, Schmerz, Ärger, Lust und stille Ironie ganz für sich selber und mindestens unter Ausschluß ungebetener Zeugen mit so viel Anstand in sich zu verarbeiten, wie er nur vor sich selbst verantworten will. Endlich fehlen auch in diesen Erinnerungen völlig die sorgfältig neben dem Lebensweg aufgerichteten Meilensteine der eigenen literarischen Produktion. Aber vom Werden lyrischer Gedichte erzählen heißt genauso Intimes profanieren wie Liebschaften ausschreien, beides, wenn es nicht im bildhaften Ausdruck der Kunst geschieht, so eitel wie unanständig. Und – ja, die literarische Produktivität gehört wie das private Dasein und der öffentliche Kampf doch wohl zu den Obliegenheiten, die mir noch lange nicht memoirenreif zu sein scheinen. Nebenbei: Wer von meinem dichterischen Werk Kenntnis erlangen will, kann sie sich auf andre Art als durch Lesen meiner Erinnerungen verschaffen.

So ist also, wenn meine Absicht gelungen sein sollte, einiges Licht gefallen auf einen begrenzten Bezirk nicht gerade öffentlichen, aber das öffentliche Geschehen beeinflussenden Lebens der Vorkriegszeit. Das Verhalten künstlerischer Menschen im Wechselspiel ihrer Beziehung zueinander und zu ihrer Zeit sollte gezeigt werden, und da einer der Ihrigen die Vorführung unternahm, so konnte nur eine autobiographische Arbeit entstehen. Natürlich konnte ich dabei nicht vermeiden, die meinem persönlichen Wesen eigenen Betrachtungen an die mitgeteilten Vorgänge und Gebräuche anzuknüpfen, und es ist mir auch vollkommen klar, daß die hier umgangenen Gebiete meines besonderen Lebenswandels mit mancherlei Vorsprüngen in den Kreis meiner Boheme-Erinnerungen hineinragen. Ein Mensch kann die Nahrung eines Erlebens in sehr verschiedenen Töpfen kochen, schließlich wird doch alles vom selben Organismus verarbeitet und geht in den Blutumlauf eines unzerlegbaren Ganzen ein, und wenn hier auch ein Lebensbild entstanden sein mag, das fast alles Licht aus Vergnüglichkeit und heiterem Fertigwerden mit allem Übel empfängt, so konnte doch nicht alles Übel und gar aller Ernst und strenger Eifer immer im Schatten gehalten bleiben. Oft nämlich geschieht es auch, daß sich in einem bestimmten Gegenstand alle Elemente mischen, die sich sonst auf die getrennten Tätigkeitsgebiete des Geistes und des Kampfes verteilen. Um ein Beispiel zu nennen: das Problem der Erotik. Von den Beziehungen der Geschlechter war selbstverständlich in meinen unpolitischen Erinnerungen in vielen Zusammenhängen die Rede, wenn ich auch eigene Angelegenheiten dieser Art nur manchmal nebenbei gestreift habe. Aber die Formen des Liebeslebens, wie sie die künstlerische Boheme sorglos und um Theoreme unbekümmert in Genießen umsetzt, waren für mich zugleich in zahlreichen Auslassungen Vorwurf dichterischer Behandlung, im persönlichen Erleben Erprobung weltanschaulicher Grundsätze und im öffentlichen Werben Schulbeispiel für die Möglichkeit freiheitlicher Weltgestaltung.

Der einzige tiefgreifende Konflikt, den ich in den langen Jahren unserer Freundschaft mit Gustav Landauer hatte, betraf unsere weit auseinandergehende Auffassung über Ehe, Familie, geschlechtliche Ausschließlichkeit, Eifersucht und Promiskuität, ein Konflikt, der zwar das persönliche Verhältnis zwischen uns nicht lange trüben konnte, sachlich aber nie überbrückt wurde. Landauer sah in der ehelich unterbauten Familie die Voraussetzung der »Ordnung durch Bünde der Freiwilligkeit«, die nach seiner Definition Sinn der von uns beiden erstrebten anarchistischen Gesellschaft ist. Ich sah (und sehe) in der Ehe als einer gesellschaftlich geschützten Einrichtung die Wurzel persönlichkeitunterbindenden Zwanges, in der Einschätzung des monogamischen Lebens als Treue die Verfälschung sittlicher Grundbegriffe, in der Anerkennung der geschlechtlichen Eifersucht als berechtigte und zu Ansprüchen berechtigende Empfindung die Förderung schlimmster autoritärer Triebe und in der Gleichsetzung von Liebe und gegenseitiger Überwachung eine die Natur vergewaltigende, tief freiheitswidrige und reaktionären Interessen dienende Sklavenmoral. Wedekinds Fanfaren für eine neue Sexualmoral fanden daher schon sehr frühzeitig in meinem ursprünglichen Empfinden stärksten Widerhall, obwohl der Radikalismus seiner Ideen kaum an die letzten sozialen Folgerungen der Bejahung des polygamischen Lebensrechtes auch der Frauen vortastete. Mehr noch als bei Wedekind fand ich meine Ansichten bei Karl Kraus in Wien bestätigt, in dessen Kreis freilich der revolutionäre Gedanke der Befreiung der Sexualität von jeder moralischen Norm in einer nicht immer vom Verhalten der gefeierten Individuen bestätigten Schwärmerei für die Genialität hetärischer Frauencharaktere verlorenging. Die allgemeinen Aufstellungen der Psychoanalytiker – Dr. Otto Gross – über das Wesen der Eifersucht und den Zwangscharakter der Vaterschaftsfamilie kamen meinen Ideen darüber ganz nahe, ohne sie indessen in ein Gesamtbild künftiger Gesellschaftsgestaltung einzuordnen. Für mich selbst gehörte die Befreiung der Persönlichkeit von den gewaltigen Bindungen des Liebeslebens von jeher als organischer Bestandteil in das Programm der Befreiung der Menschheit von jedem knechtischen Druck, und ich habe das Thema, das ich übrigens schon 1909 in einem »polemischen Schauspiel« dramatisch behandelt habe, in einem Thesenstück, *Die Freivermählten,* erörtert, um sichtbar zu machen, wie eng zusammengehörig in mancher Hinsicht der leidenschaftliche Kampf um neue Lebensgestaltung der ganzen künftigen Menschheit und die natürliche Haltung ihrer Zeit kulturell zuvorkommender Menschen in ihrer geselligen Fröhlichkeit sein kann.

Indem ich jedoch von Dingen spreche, die eigentlich vielleicht schon jenseits der unpolitischen Grenzen liegen, in denen sich meine Betrachtungen bewegen sollten, sehe ich nicht nur, wie unfest diese Grenzen sind – ich sehe zugleich, wie gründlich sich in den wenigen Jahren, die seit dem Abschluß meiner Bohemezeit verflossen sind, im ethischen Urteil der Mitwelt für unwandelbar gehaltene Maximen erschüttern ließen. Gewiß bilde ich mir nicht ein, unter denen, welche sich an der Hand meiner Erinnerungen in eine noch nahe Vergangenheit zurückführen ließen, um dort etwas abseits der Alltagspromenade Stätten einer gewissermaßen mit der Zukunft experimentierenden Menschenauslese zu besuchen, Proselyten für meine besonderen Weltwünsche gewonnen zu haben. Das liegt meinen nur auf Inventuraufnahme gewisser Erlebnisse bedachten Absichten ja auch um so ferner, als ich meine Bekehrungspredigten von ganz anderen Kanzeln zu halten pflege. Aber ich glaube doch feststellen zu dürfen, daß die mit ganz unkonventioneller Moral gepflasterten Wege, die die Leser mit mir gegangen sind, heute nur noch von verknöcherten Frömmlern und Philistern als schlüpfrige Lasterpfade angesehen werden. Stimmt das, dann käme diese Überwindung von Vorurteilen einer bedeutungsvollen Wandlung des sittlichen Bewußtseins unserer Zeit gegenüber der allgemeinen Denkart gleich, die noch vor fünfzehn Jahren Geltung hatte. Persönlichkeiten vom Range Peter Hilles, der Gräfin Reventlow, Friedrich von Schennis', vieler anderer, von denen hier die Rede war, lebten aus ihren natürlichen Notwendigkeiten heraus in den Formen freiheitlicher Moral; sie gaben sich die Gesetze ihres Verhaltens nach den Bedürfnissen ihres angeborenen Wesens, und das angeborene Wesen künstlerischer Menschen ist, was noch nicht genügend erkannt ist, immer im Einklang mit sozialer Gesamthaltung. Unsozial im Kunstbezirk ist nur der Snob; ich habe unter wirklichen Künstlern und künstlerisch bewegten Zigeunernaturen nicht einen einzigen unsozialen Menschen getroffen.

Soziale Menschen aber wirken mit ihrem Leben, wenn es außerhalb der traditionellen Bahnen läuft, erzieherisch. Wenn wir heute vor Nichtrevolutionären erzählen können, wie es in unseren Kreisen zuging, als diese Kreise der gesitteten Wohlanständigkeit als Schwefelhöllen der Verderbtheit galten, und wenn wir mit unseren Erzählungen nicht mehr tugendsame Entrüstung, sondern verstehende Sympathie wecken, so haben wir beispielgebend gelebt und, bewußt oder nicht, der nächsten Generation vorgemacht, daß es möglich ist, in Verbundenheit frei zu sein, sie damit gemahnt, Zustände zu schaffen, in denen die Freiheit nicht das Vorrecht einiger um ihren Ruf unbesorgter Künstlermenschen zu sein braucht, sondern die Lebensform der Verbundenheit aller Menschen.

Die Zeitspanne, auf der ich mit dem Scheinwerfer der Erinnerung ein paar Lichtkegel spielen ließ, umfaßt knapp zwanzig Jahre. Über zehn Jahre decken die Zeit, die inzwischen Vergangenheit geworden ist. Gerade vier Jahre sind es, seit ich selber wieder aus der Versenkung hervortreten konnte, die mich lange genug vom Mitleben an der Gegenwart abschloß. Allmählich sah ich die Freunde wieder, die mir einst Gefährten gewesen waren, Gefährten im Streben, im Kämpfen, im Fröhlichsein. Manche hatten sich jung erhalten im äußeren Ansehen und waren alt geworden im Herzen; manche traten mir mit weißen Haaren entgegen, die ich als Jünglinge gekannt hatte und waren nicht gealtert im Denken und Fühlen. Viele, sehr viele traf ich nicht mehr an. Der Tod hält eifrig Ernte unter denen, die mit uns Fünfzigjährigen in einer Linie standen. Ja, in der kurzen Zeit, seit im September 1927 diese Erinnerungen zu erscheinen begannen, hat er sich viele geholt, die hier genannt waren, von deren jedem ich Persönliches noch in

Fülle zu erzählen wüßte: Przybyszewski und Harden, M.G. Conrad, Bruno Wille und Fritz Stahl, Felix Dörmann, Klabund, Hugo Salus, Albert Steinrück und ganz kurz hintereinander vier Mitkämpen aus der schönen Zeit der Elf Scharfrichter: Richard Weinhöppel, Hanns von Gumppenberg, Paul Schlesinger und Leo Greiner.

Das Sterben der Gefährten mahnt den Lebenden, zu tun, was seines Werkes ist. Das Werk des Lebenden aber ist, nicht anders beim Vergangenen zu verweilen als schöpfend für Gegenwart und Zukunft. Ich schöpfe aus meinen unpolitischen Erinnerungen, und ich finde in ihnen Freude und Kampf und die Unbefangenheit zu leben, wie es lebendigen Geistern geziemt. War ich früher den wenigen verbündet, die der Menschheit vorausliefen zu einer frohen Welt, so will ich auch den vielen verbündet bleiben, die die Not lehrt, daß eine frohe Welt erkämpft werden muß, eine Welt, in der wieder Freude und Lachen Raum hat, aber nicht als das Vorrecht rebellierender Außenseiter, sondern als Inhalt des Lebens und der befreiten Menschheit.

Hubert van den Berg

Zur Politik des Unpolitischen

I.

Erich Mühsams *Unpolitische Erinnerungen* sind keine schlichten Memoiren – sie bieten vielmehr aus der Innenperspektive ein Panorama des literarischen Lebens während der vorigen Jahrhundertwende. Mühsam war um 1900 Bohemien, »Prototyp des Caféhausliteraten« und Kabarettist. Und die Kneipen, Kaffeehäuser und Kabaretts, wo er vorzugsweise seine Zeit verbrachte, waren nicht nur Hochburgen der anti-bürgerlichen Boheme, sondern ebenfalls – mit einem Wort Mühsams – »Brutstätten« kultureller Innovation: Wenn heutzutage von Berliner, Wiener und Münchner Moderne gesprochen wird und damit die künstlerischen und literarischen Neuerungen um 1900 zusammengefaßt werden, die auch als Naturalismus, Impressionismus, Symbolismus, Jugendstil, Dekadenz, Neuromantik bezeichnet werden, so gilt für diese Moderne, daß sie ihre Basis weitgehend in der Berliner, Wiener und Münchner Boheme hatte. Die Zentren der Boheme waren gleichermaßen Zentren dieser Moderne, und die Repräsentanten der Berliner, Wiener und Münchner Boheme waren gleichzeitig Protagonisten der Moderne: ob es nun Peter Altenberg oder Karl Kraus in Wien, Stefan George, Franziska zu Reventlow oder Frank Wedekind in München, Wilhelm Bölsche, Peter Hille, Edvard Munch, Else Lasker-Schüler oder Paul Scheerbart in Berlin waren. Und Mühsam kannte sie alle und schrieb über sie in diesen *Unpolitischen Erinnerungen*, die somit buchstäblich ein Vademekum durch das kulturelle Leben um 1900 sind. Dabei handelt es sich in den *Unpolitischen Erinnerungen* weniger um literarische Werke als um Rahmenbedingungen, um die Voraussetzungen und den Kontext der Literatur des frühen 20. Jahrhunderts, um »Namen und Menschen« in den Ballungsräumen der Boheme, in Schwabing, Friedrichshagen und Ascona, in Kaffeehäusern und Kabaretts, in Kegelclubs und Ateliers, in geheimen Gesellschaften und Wohngemeinschaften *avant la lettre*, um die Frage, wer mit wem verkehrte, wer zu welchem Kreis zählte, wer an welchem Stammtisch saß, wer sich an welchen festlichen Veranstaltungen beteiligte, aber auch wer von wem vor die Tür gewiesen wurde oder diese erbost laut zuknallen ließ.

II.

Mit insgesamt vierzehn Auflagen sind die *Unpolitischen Erinnerungen* Mühsams erfolgreichstes Buch. Sie sind gleichwohl in der vorliegenden Form von ihm nie vorgesehen worden. Es war Fritz Adolf Hünich, langjähriger Lektor im Leipziger Insel-Verlag und Herausgeber von Werken von und über Goethe, Rilke und Stefan Zweig, der 1949 eine Reihe von fünfundzwanzig, ursprünglich von September 1927 bis April 1929 im *Unterhaltungsblatt der Vossischen Zeitung* erschienenen Aufsätzen in Buchform sammelte und ihre Veröffentlichung unter dem Titel *Namen und Menschen* für den Leipziger Verlag Volk und Buch besorgte. Es war auch Fritz Adolf Hünich, der bereits 1931 eine kleine Auswahl dieser Aufsätze im Selbstverlag als Jahresgabe eines Leipziger Bibliophilenclubs herausgegeben hatte. Mühsam dagegen hatte eigentlich vor, die Serie aus der *Vossischen Zeitung*, die ihm allzu sehr auf die Anforderungen des Feuilletons einer bürgerlichen Tageszeitung und seiner Leserschaft zugeschnitten waren, für eine Buchausgabe zu bearbeiten und zu ergänzen: »Zusammengestellt und ein wenig ergänzt, käme ein wahrscheinlich nicht alltägliches Buch heraus«, schrieb er im Jahre 1931 im Rahmen einer Umfrage über ungedruckte Dichtungen. Das vorliegende Buch ist daher eher als Torso einer von Mühsam geplanten, allerdings nie realisierten umfassenden Darstellung der wilhelminischen Boheme zu verstehen.

Mühsam hatte eine zwiespältige Meinung zu seinen *Unpolitischen Erinnerungen*. Einerseits meinte er (in Briefen an seinen Freund aus der Münchner Bohemezeit, Carl Georg von Maaßen), daß er in diesen Reminiszenzen »doch wahrhaftig mein Niveau bis fast zu dem Tiefstand bürgerlicher Sensations-Schöngeister niedergesenkt hatte« und vor allem der Sensationslüsternkeit der Leser Vorschub leistete: »Da die Leute fortgesetzt Schmus über die ›Bohème‹zeit haben wollen, sollen sie damit gespeist werden, bis ihnen das Kotzen ankommt.« Andererseits freute er sich gleichzeitig darüber, dass er »den Geschmack auch verwöhnter Leute einigermaßen zu treffen« schien: »Ich bekomme viel Zuschriften und vor einiger Zeit auch von Bölsche eine nette Begrüßung wegen der Friedrichshagener Erinnerungen.« In einem Leserbrief in der *Vossischen Zeitung* schreibt der ehemalige sozialdemokratische Justizminister und Rechtsgelehrte Gustav Radbruch, der noch gemeinsam mit Mühsam im Lübecker Katharineum zur Schule gegangen ist, er lese »Erich Mühsams Erinnerungen mit um so größerer Freude, als sie zum Teil auch meine Erinnerungen sind. (...) Ich bin Erich Mühsam dankbar, dass er die Erinnerung an diesen Unvergeßlichen [aus der Boheme] wieder einmal geweckt hat«. Welche Bedeutung die Erwähnung in Mühsams Memoiren hatte, zeigt nochmals Mühsams Korrespondenz mit Maaßen. Obwohl er zu den meist genannten Personen zählt, beklagt er sich dennoch darüber, nicht überall dort, wo er mit von der Partie gewesen war, auch von Mühsam namentlich genannt zu werden. Mühsam gab ihm die Zusage, daß er, »wenn das Ganze als großes Buch erscheinen sollte«, »ohnehin vieles ergänzen [werde,] und Du wirst auch zur Kathi [Kobus in der Künstlerkneipe ›Simplicissimus‹] hineingesetzt werden«.

Ermutigt durch die positive Resonanz, die seine Szenen aus dem wilhelminischen Bohemeleben bei den Lesern der *Vossischen Zeitung*, insbesondere auch bei seinen alten Bekannten aus der Boheme, gefunden hatte, versuchte Mühsam einen Verleger für dieses Erinnerungsbuch zu finden, jedoch vergeblich. Wie Mühsam in der erwähnten Umfrage zu »Ungedruckten Dichtungen« in der Zeitschrift *Die Lebenden* berichtet, hatte er das Buchvorhaben »mehr als einem Dutzend Verleger« vorgelegt, darunter Propyläen, Albert Langen und Rütten & Loening. Alle lehnten jedoch ab. »Einigen war«, so Mühsam, »das Werk zu wenig, andern mein Name zu sehr politisch«. Es blieb daher zu Mühsams Lebzeiten bei Hünichs kleiner bibliophiler Ausgabe. Nach Mühsams Tod versuchte 1937 seine Witwe, Kreszentia Mühsam, in ihrem Moskauer Exil die Serie in der *Vossischen Zeitung* u.a. aus Zeitungsbeständen des Moskauer Marx-Engels-Lenin-Instituts für eine Buchveröffentlichung zu rekonstruieren. Kreszentia Mühsam geriet 1938 in die Fänge des NKWD, wurde zu acht Jahren Arbeitslager wegen »Teilnahme an einer konterrevolutionären Organisation« verurteilt. Und abermals scheiterte die Buchveröffentlichung der *Unpolitischen Erinnerungen* an der Politik.

III.

Erich Mühsam mag sich in den Jahren vor dem Ersten Weltkrieg in erster Linie als Bohemien, »Prototyp des Caféhausliteraten« und – neben Frank Wedekind – als Kabarettist einen Namen gemacht haben. Kurz nachdem er sich 1900 entschieden hatte, ein »professioneller Schriftsteller« zu werden und dazu aus Blomberg (Lippe) nach Berlin übergesiedelt war, hatte er in der »Neuen Gemeinschaft«, einem u.a. von Wilhelm Bölsche und den Brüdern Julius und Heinrich Hart betriebenen Siedlungsprojekt am Müggelsee, Gustav Landauer kennen gelernt. Landauer »bekehrte« Mühsam zum Anarchisten, der sowohl in der Boheme als auch in der Arbeiterbewegung bald zu einem der wichtigsten Wortführer der anarchistischen Sache avancierte und daher ab 1903 unter ständiger polizeilicher Beobachtung stand, wiederholt festgenommen und auch zu Geld- und Haftstrafen verurteilt wurde. Obwohl Mühsam seine Zeitschrift *Kain*, die er in den frühen zehner Jahren in München herausgab, kurz nach Beginn des Ersten Weltkriegs einstellte, da vorerst »im Lande aller Zwist« ruhen sollte und er sich »mit allen Deutschen einig« zu wissen glaubte »in dem Wunsche, daß es gelingen werde, die fremden Horden von unseren Kindern und Frauen, von unseren Städten und Äckern fernzuhalten« – er distanzierte sich jedoch bald von diesem hurrapatriotistischen *faux pas* –, reichte sein Ruf als anarchistischer Gegner der kaiserlichen Kriegspolitik sogar bis zur Frontpropagandaabteilung der französischen Armee, die 1918 hinter der deutschen Front ein Flugblatt *Die lustige Witwe* verbreiten ließ, mit einem – mit dem Namen Erich Mühsam unterzeichneten, jedoch im Umkreis der Berner *Freien Zeitung*, möglicherweise von Hugo Ball verfassten – *Marschlied zum Polterabend*, das die Deutschen zur »fröhlichen Hochzeit« ihrer Fürsten mit der Guillotine aufforderte, mit der »lustigen Witwe, / Die ›knax‹ den Kopf abbeißt, / Den Kopf mitsamt der Krone, / Wie immer sie auch heißt!«.

Diese Zeilen mögen nicht von Mühsam stammen, als aber das Kaiserreich zusammenbrach, zählte er zu den Ersten, die sich in München im November 1918 am Sturz des bayerischen Königshauses Wittelsbach beteiligten. Nach der Novemberrevolution gehört er zu denjenigen, die für die Gründung einer Bayerischen Räterepublik eintreten. Noch bevor diese Räterepublik im Mai 1919 von weißen Truppen und Freischärlern zerschlagen wird, ist Mühsam bereits am 13. April von der sozialdemokratischen bayerischen Gegenregierung durch Zufall festgenommen und in Bamberg, später in Ebrach inhaftiert worden. Anders als Gustav Landauer, der in der Verhaftungswelle nach der Zerschlagung der Räterepublik von Freischärlern grausam gefoltert und anschließend umgebracht wird, oder Eugen Leviné – »Wir Kommunisten sind Tote auf Urlaub« –, der vor einem Standgericht zum Tode verurteilt und sofort hingerichtet wird, kommt Mühsam durch seine vorzeitige Verhaftung mit dem Leben davon. Er wird zu fünfzehnjähriger Festungshaft verurteilt, zunächst in Ansbach, dann zusammen mit u.a. Ernst Toller in die Festung Niederschönenfeld eingesperrt. Erst die Amnestierung Hitlers führt im Dezember 1924 auch zur Freilassung Mühsams, dessen Gesundheit durch die schlechten Haftbedingungen in Niederschönenfeld schwer geschädigt worden ist.

Nach seiner Freilassung wird Mühsam aus Bayern ausgewiesen und läßt sich wieder in Berlin nieder. Hier haben sich das kulturelle Leben wie das politische Klima entschieden geändert. Die Boheme hat sich weitgehend aufgelöst und die anarchistische Bewegung ist als Linksaußen des politischen Spektrums von der KPD verdrängt worden. Gab es vor 1918 einen »literarisch-bohèmigen« und einen politischen Mühsam, so beschränkt sich sein Auftreten nach seiner Freilassung auf das Politische. Im Bereich der Literatur konzentriert er sich auf politische Pamphlete, Kampflieder und Theaterstücke, darunter die von der Piscator-Bühne gespielten Dramen *Judas* – über die Räterepublik – und *Staatsräson* – über den amerikanischen Gerichtsmord an den Anarchisten Sacco und Vanzetti.

Zwei Schwerpunkte lassen sich in Mühsams politischer Tätigkeit ab 1924 unterscheiden: Zunächst kämpft er gegen die katastrophalen Lebensverhältnisse in deutschen Gefängnissen, denen er bis vor kurzem selbst auch ausgesetzt war, und tritt er regelmäßig als Redner auf Kundgebungen zur Freilassung von politischen Gefangenen auf. Mühsam versteht sich zwar weiterhin als Anarchist oder genauer: als kommunistischer Anarchist, betont aber immer wieder die Notwendigkeit einer linken Einheit. Noch in der Festung Niederschönenfeld hat er für die *Einigung des revolutionären Proletariats im Bolschewismus* plädiert – so der Titel einer Artikelreihe 1922 in der *Aktion.* In diesem Sinne tritt Mühsam nach seiner Freilassung 1925 als Anarchist der kommunistischen Internationalen Roten Hilfe (IRH) bei. Zwar kritisiert Mühsam die IRH, weil sie sich über die zunehmende politische Repression in der Sowjetunion ausschweigt, und tritt 1929 offiziell aus der Roten Hilfe aus, weil sie sich allzu sehr von der KPD instrumentalisieren läßt. Im Rahmen der IRH engagiert er sich jedoch weiterhin für eine bessere Behandlung und die Freilassung anderer politischer Gefangener wie z. B. Max Hölz. Daneben setzt er sich auch in anarchistischen Zusammenhängen u.a. für die Rettung der italienisch-amerikanischen Anarchisten Sacco und Vanzetti ein, die wegen eines nachweislich nicht von ihnen verübten Raubüberfalls und trotz internationaler Proteste im Zuge der *red scare* am 23. August 1927 auf dem elektrischen Stuhl im Gefängnis von Charlestown, Massachussets, hingerichtet werden. Zwei Tage später berichtet Mühsam seinem Freund Carl Georg von Maaßen, daß er mit der Abfassung seiner »literarisch-bohèmigen«, unpolitischen Erinnerungen für die *Vossische Zeitung* beginnen wird – der erste Beitrag erscheint am 4. September 1927.

Insbesondere in den letzten Jahren der Weimarer Republik verlagert sich der Schwerpunkt von Mühsams politischer Arbeit auf den Kampf gegen den aufziehenden Nationalsozialismus, wobei er für eine breite parteiübergreifende Einheitsfront gegen ihn zu wirken sucht. Er tritt nicht nur als Redner auf – sowohl im kleineren, »eigenen« anarchistischen Kreis als auch auf Massenkundgebungen, die von der KPD oder von Organisationen aus ihrem Umfeld wie der IRH veranstaltet werden –, sondern scheut sich auch nicht vor der direkten Konfrontation mit der SA, wenn es gilt, politische Versammlungen oder die eigene Nachbarschaft – die Wohnsiedlung Berlin-Britz – gegen die Nazis zu verteidigen. Alfred Kantorowicz berichtet in diesem Zusammenhang, daß Mühsam sich auch an den Aktionen des »Schutzbundes Künstlerkolonie« beteiligte, einer informellen Organisation einiger hundert militanter Antifaschisten, Schriftsteller und Künstler aus Berlin-Wilmersdorf, die ihr Viertel, den sogenannten »Roten Block«, nazifrei zu halten versuchten. Zugleich zählt er im Schutzverband Deutscher Schriftsteller (SDS) zu den wichtigsten Wortführern der linken Opposition, die gegen die Abschaffung der Demokratie und Einschränkung der freien Meinungsäußerung durch die Notverordnungen Brünings kämpft, die bereits 1930 das Ende der Weimarer Demokratie einläuten – seine eigene, politische Zeitschrift *Fanal* wird im August 1931 polizeilich verboten. Zum letzten Mal wird Mühsam am 20. Februar 1933, noch nach Hitlers Regierungsantritt, auf der letzten Kundgebung der Berliner Ortsgruppe des SDS öffentlich gegen die Nazis auftreten.

Diesem »anderen« – für die Zeit der Weimarer Republik könnte man auch sagen: »eigentlichen« – Mühsam wird man in seinen *Unpolitischen Erinnerungen* kaum begegnen, obwohl dieser »andere« Mühsam Verfasser dieser Erinnerungen ist. Wie er selbst schreibt – die Anspielung auf Thomas Manns *Betrachtungen eines Unpolitischen* liegt nahe –, handelt es sich hier um »unpolitische Erinnerungen eines Politischen«.

IV.

Die *Unpolitischen Erinnerungen* waren in erster Linie Auftrags- und Brotarbeit. Seit Beginn seiner Schriftstellerlaufbahn mußte Mühsam seinen Lebensunterhalt durch solche Aufträge bestreiten, Aufträge für die zahlungsfähige sozialdemokratische, bürgerlich-liberale und – später auch – kommunistische Presse. In der Regel waren es aktualitätsbezogene satirische Zeitglossen in Versform, die er für Periodika wie *Der Wahre Jacob*, *Der Arme Teufel*, *Fröhliche Kunst*, *Simplicissimus*, *Morgen*, *Jugend*, *Die Weltbühne*, *Die Welt am Montag* und das *Berliner Tageblatt* schrieb, oft unter Pseudonym, zunächst um seinen eigenen Ruf als seriöser Schriftsteller nicht zu gefährden, später – in den letzten Jahren der Weimarer Republik – um überhaupt noch publizieren zu können, weil dies unter seinem eigenen Namen nicht mehr möglich war. Brachten solche Verse meistens nur geringe Einnahmen, so waren die Memoiren in der *Vossischen Zeitung* einträglicher. In einem Brief an Maaßen heißt es: »Die Sache ist insofern für mich von Bedeutung, als die dringlichsten Existenznotwendigkeiten einigermaßen garantiert werden. Ich bekomme 125 Mk. für den Artikel, habe also für eine längere Reihe von Monaten 250 Mk. sicher: Miete und ein Teil der übrigen regelmäßigen Kosten sind also gedeckt.«

Literarische Brotarbeit verlangt selbstverständlich eine gewisse Sensibilität für die Anforderungen des betreffenden Mediums. So waren auch die *Unpolitischen Erinnerungen* auf das Format der Unterhaltungsbeilage der *Vossischen Zeitung* zugeschnitten. Nicht nur durften die einzelnen Lieferungen eine gewisse Länge nicht überschreiten, auch mußten sie als selbständige Artikel lesbar sein, so lautete eine Auflage der Redaktion. »Die Schwierigkeit liegt darin«, wie Mühsam an Maaßen im August 1927 schreibt, »daß ich jeden Aufsatz als in sich abgeschlossene Arbeit liefern muß«. Da die Artikel zunächst in vierzehntägiger, danach in monatlicher Abfolge erschienen, konnte nicht angenommen werden, daß die vorangehenden Lieferungen dem Leser noch präsent waren. Die Redaktion mag sie als Serie in Auftrag gegeben, Mühsam mag sie als Reihe konzipiert und ein treuer Leser des *Unterhaltungsblatts*, wie z.B. Fritz Adolf Hünich, mag sie als Lieferungen einer Reihe verstanden haben – sie erschienen als selbständige Aufsätze, die in der *Vossischen Zeitung* nicht einmal als Folgen einer Serie kenntlich gemacht wurden.

Auch mußte Mühsam auf die Erwartungen des Publikums Rücksicht nehmen. Die *Vossische Zeitung* war im besten Sinne des Wortes eine bürgerlich-liberale Zeitung, die sich vor allem am Geschmack des höheren Bildungsbürgertums orientierte und diesem Geschmack zugleich Orientierung zu bieten suchte. Das *Unterhaltungsblatt* bot keine Zerstreuung durch Kreuzworträtsel und Groschenromane, sondern vielmehr erbauliche Ablenkung von der politischen und wirtschaftlichen Berichterstattung in Form von hoher Kultur: Man begegnet Glossen von Kurt Tucholsky neben Gedichten von Rainer Maria Rilke, Rezensionen der neuesten Romane von Thomas Mann neben Betrachtungen zum Werk von Hans Grimm, einer derzeit noch akzeptierten Größe in der deutschen literarischen Landschaft, und ... den Boheme-Erinnerungen Erich Mühsams. Politik war im *Unterhaltungsblatt* im Grunde unerwünscht und wenn sie vielleicht nicht gänzlich auszublenden war, so sollte sie doch immerhin auf ein Minimum beschränkt werden – es sollte eben Unterhaltung, Amüsement geboten werden, wenn auch Amüsement mit Niveau.

Erich Mühsams Bruder Paul hat später berichtet, die Redaktion der *Vossischen* habe Mühsam ausdrücklich verboten, Politisches anzurühren. Man wäre zwar bereit gewesen, anläßlich seines 50. Geburtstages Mühsams Erinnerungen aus der Zeit des Kaiserreichs zu publizieren, weil er damals mitten im literarischen Leben stand und »Namen und Menschen« kannte, hätte aber davor gewarnt, die Spalten des *Unterhaltungsblatts* für politische Propaganda und schon gar für anarchistische Propaganda zu mißbrauchen. Ob es dieses Verbot, diese Aufforderung zur Selbstzensur in dieser Weise gegeben hat, läßt sich nicht feststellen. Mühsam war aber »professioneller Schriftsteller« genug, um sich von vornherein darüber im Klaren zu sein, daß im Unterhaltungsblatt der *Vossischen Zeitung* Anderes gefragt war als die politischen Glossen und Essays, die er parallel in seiner eigenen Zeitschrift *Fanal*, Organ der Anarchistischen Vereinigung Neukölln, publizierte. Zugleich war er lange genug Bohemien gewesen und hatte sich lange genug in die ihm als solcher zugedachte Rolle des Bürgerschrecks einleben können, um zu wissen, daß das Bildungsbürgertum durchaus eine gewisse Narrenfreiheit gewährte. Von einer vollständigen Ausblendung des Politischen kann daher in den *Unpolitischen Erinnerungen* keineswegs gesprochen werden. Abgesehen von einer unterschwelligen politischen Dimension – darüber gleich mehr –, gibt es immer wieder kleinere Hinweise auf politische Vorfälle, wobei Mühsam über seinen Standort im politischen Leben sehr eindeutig bleibt. Oft befinden sich solche Bemerkungen am Ende der einzelnen Folgen und hätten von der Redaktion unschwer getilgt werden können, was aber nicht passierte, zumindest nicht immer.

Daß im Auftakt von Mühsams Szenen aus dem wilhelminischen Bohemeleben der »unpolitische« Charakter dieser Szenen nicht nur von Mühsam selbst (in »Soll man Memoiren schreiben?«), sondern auch von der Redaktion der *Vossischen Zeitung* hervorgehoben wurde – mit dem von der Redaktion eingefügten Untertitel »Unpolitische Erinnerungen« und einer redaktionellen Notiz: »Der Dichter der *Wüste* und der *Brennenden Erde*, Erich Mühsam, will sich an der Lebenswende des 50. Geburtstages Rechenschaft über seine Vergangenheit ablegen, soweit sie fernab liegt von dem Irrgarten der Politik. Nur unpolitische Erinnerungen eines der wenigen echten ›Bohemiens‹ unserer Literatur« [Hervorh. im Original] –, mag daher vor allem als Hinweis für die Leser gedacht sein, die Mühsam 1927 vielleicht noch als Bohemien in Erinnerung hatten, ihn Ende der zwanziger Jahre wohl vor allem als einen der Hauptverantwortlichen des Münchner Räteexperiments, als prominenten politischen Gefangenen und »bolschewistischen Rädelsführer« kannten. Ein Hinweis, den man auch als Versicherung lesen kann, daß hier niemand mit unerwünschter politischer Propaganda belästigt wird, sondern jener Mühsam zu Wort kommt, der früher Garant für angenehme Unterhaltung im Kabarett war und jetzt auch das Bedürfnis des Lesers des *Unterhaltungsblatts* nach anspruchsvollem Amüsement nicht enttäuschen würde.

Wird das Politische zumindest explizit weitgehend ausgeblendet, so war Zurückhaltung auch darüber hinaus geboten. Anders als der von Mühsam verabscheute Emil Szittya, der bereits 1923 ein Panorama der Boheme präsentiert hatte, *Das Kuriositäten-Kabinett*, in dem Szittya in sensationslüsterner Weise über Skandale, Affären, Exzesse, »seltsame Begebenheiten« und »sexuelle Merkwürdigkeiten« berichtet und mit einer erheblichen Portion Phantasie die Boheme als skurrile *freak show* darstellt, war Mühsam darauf bedacht, alles Häßliche, in irgendeiner Form Anstößige und vor allem auch alles möglicherweise Kompromittierende zu vermeiden, nicht nur weil er alte Bekannte nicht beleidigen oder an peinliche Geschichten erinnern wollte, sondern auch weil es den Lesern der *Vossischen Zeitung* im *Unterhaltungsblatt* Zerstreuung mit Niveau zu bieten galt. »Ich mag natürlich nicht an die schrecklichen Zustände erinnern, deren Zeuge ich sehr häufig war. Da ich diese unpolitischen Rückblicke doch nur schreibe, um meine ziemlich trübe Lage aufzubessern, will ich vermeiden, was andern wehtun könnte«, schrieb Mühsam 1929 an Gustav Radbruch. Die für die Leserschaft der *Vossischen Zeitung* anstößigen Aspekte des Bohemelebens – exzessives Drogen- und Alkoholkonsum, »sexuelle Abnormitäten« jenseits aller bürgerlicher Konvention, Diebstahl und Prostitution als keineswegs ungebräuchliche Einnahmequellen – werden in den *Unpolitischen Erinnerungen* zwar nicht gänzlich verschwiegen, allerdings nur sehr vorsichtig angedeutet. Anders als in seinem Tagebuch, in dem Mühsam in allen Einzelheiten und mit Vor- und Zunamen darüber Buch führte, wer ihm in welcher Weise zum Samenerguß verhalf oder einen Tripper besorgte, heißt es in der *Vossischen Zeitung* unterkühlt, daß »die Formen des Liebeslebens, wie sie die künstlerische Boheme sorglos und um Theoreme unbekümmert in Genießen umsetzt«, ihm »im persönlichen Erleben« zur »Erprobung weltanschaulicher Grundsätze« Gelegenheit boten. Nur hin und wieder wird die Leserschaft des *Unterhaltungsblatts* mit kleinen Pikanterien gefüttert, wie z.B. über die Tänzerin und Kabarettistin Marietta de Rigardo, die »jedes Fest« verschönte »durch die allmählich zur lieben Gewohnheit werdende Überraschung, daß sie gegen ein Uhr beim Tanzen ihre Hüllen fallen ließ und unter dem gutmütigen Beifall der übrigen nackt weiterhopste«. Wie es auf der *afterparty* zuging, wird der Phantasie der »bürgerlichen Sensations-Schöngeister« überlassen.

Nicht nur aus Gründen des Anstands wird in den *Unpolitischen Erinnerungen* über »allerpersönlichste, vor jedem Hineinblicken Fremder ängstlich geschützte Privatangelegenheiten« geschwiegen. Vielmehr will Mühsam von Erlebnissen berichten, »die nicht meine Erlebnisse allein sind, sondern in irgendwelcher Beziehung zur Zeitgeschichte, zur Kultur und zur Kennzeichnung der Gegenwart stehen«. In diesem Sinne stehen bekannte, insbesondere ältere Größen der wilhelminischen Boheme wie Peter Altenberg, Karl Kraus, Max Halbe, Heinrich und Julius Hart, Peter Hille, Paul Scheerbart, Frank Wedekind, Artur Kutscher, Gustav Meyrink, Max Reinhardt, Franziska zu Reventlow, Ludwig Scharf, Roda Roda und Joachim Ringelnatz im Mittelpunkt der einzelnen Skizzen. Da die *Unpolitischen Erinnerungen* im Grunde von Mühsams Lübecker Schulzeit in den frühen neunziger Jahren des 19. Jahrhunderts bis zum Ende des Ersten Weltkriegs reichen und der Tod Frank Wedekinds im März 1918 in Mühsams Erinnerungen mehr oder weniger das Ende der wilhelminischen Boheme markiert, fällt auf, daß Mühsam kaum Personen erwähnt, die er erst nach 1910 kennengelernt hatte. So fehlen auffälligerweise all jene Expressionisten in Mühsams Memoiren, die als neue »junge Generation« in den letzten Jahren vor dem Krieg Anschluß an die sozusagen ›etablierten‹ Bohemezusammenhänge der Jahrhundertwende suchen. Franz Jung, Johannes R. Becher, Hans Leybold, Oskar Maria Graf, Georg Schrimpf, Georg Heym, Kurt Hiller, Herwardt Walden, Franz Pfemfert – man wird ihre Namen vergeblich in diesem Buch suchen. Hier dürfte eine gewisse Neigung zur Abschottung in der älteren Boheme, zu welcher auch Mühsam zählte, eine Rolle spielen. So wie Franz Jung sich im *Weg nach unten* darüber beklagt, daß er und andere Neuankömmlinge um 1910 keinen Zugang zur »geschlossenen Gesellschaft« der alteingesessenen Münchner Boheme fanden, so verweigert Mühsam ihnen auch den Zugang zu seinen Memoiren, obwohl er durchaus über engere Beziehungen zur neuen expressionistischen Generation verfügte, wie u.a. seine Tagebücher dokumentieren.

Die Tatsache, daß expressionistische Künstler und Literaten außen vor bleiben, hängt aber gewiß auch damit zusammen, daß er über ihre »Notzüchtigung der neun Musen«, wie er es 1930 in einem Aufsatz über »Kunst und Proletariat« nennt, nicht sehr begeistert ist. Seines Erachtens wurde die deutsche Sprache von den Expressionisten lediglich »verkrampft« und die Leinwand »verkleckst« und »verschmiert«. In seinen *Unpolitischen Erinnerungen* merkt er an, »[n]ach unserer Generation (...) kam außer sporadischen Kometen wie der sehr bedeutsame Erscheinung Franz Werfel in langen Jahren nichts«. Mühsam erwähnt in diesem Zusammenhang seine Erwiderung im Jahre 1912 auf ein Bonmot von Hermann Bahr, der es als »Trost der alternden Generation sah, daß es immer Zwanzigjährige gibt«. »Ist es Hermann Bahr schon einmal aufgefallen«, fragte sich Mühsam, »daß heute wir, die wir zwischen dreißig und vierzig stehen, eigentlich die Jüngsten sind?« In diesem Sinne gibt es in seinen Memoiren für die expressionistischen »Jüngsten« keinen Platz. Nur diejenigen, die er schon aus anderen, älteren Zusammenhängen kannte und die schon früher Aufnahme in den von Jung gerügten »geschlossenen Gesellschaften« gefunden hatten – Ferdinand Hardekopf, Emmy Hennings, Else Lasker-Schüler, Ludwig Rubiner und Otto Gross –, werden von Mühsam erwähnt.

In seiner Bohemezeit zeichnete Mühsam sich durch eine ausgesprochene Frauenfeindlichkeit und einen entschiedenen Antifeminismus aus. Die Einladung zu einem nie realisierten Zeitungsprojekt mit Paul Scheerbart aus dem Jahre 1903 schloß mit der eindeutigen Mitteilung ab: »Frauen, besonders Frauenrechtlerinnen, haben keinen Zutritt!« In diesem Sinne kommt auch in seinen *Unpolitischen Erinnerungen* Frauen, die sich in der Boheme bewegten und am künstlerisch-literarischen Leben um 1900 teilnahmen, eine eher marginale Rolle zu. Sie sind überwiegend zur Geselligkeit, zur Unterhaltung, zur Bewirtung und zur Verschönung von Festen da; insbesondere für die sexuelle Libertinage der männlichen Boheme – für Mühsam Wahrzeichen dieser Boheme – sind »heiße Weibchen«, wie Mühsam sie nennt, unerläßlich. Obwohl Mühsam das Sexualleben der Boheme nur andeutet und seine kurz nach 1900 lautstark bekundete Frauenfeindlichkeit mit den Jahren ihre Prägnanz verloren hat, werden Frauen auch in den *Unpolitischen Erinnerungen* nicht zuletzt nach ihrer sexuellen Verfügbarkeit beurteilt, ob sie »mit Hingebung vergnügt, gesellig und zärtlich sein konnten«, »in fidelen Ateliers« bei Mühsam »auf dem Schoß« sitzen wollten und – wie Mühsam es 1914 im Lyrikband *Wüste-Krater-Wolken* wenig delikat dichtet – »fürs Körperlich-Solide« taugen. So heißt es zu den »Abendakten«, die »als anatomische Studienobjekte« der Münchner Kunstakademie dienten, er wisse nicht, »ob es eine Ehrenrettung für die Mädchen bedeutet, die damals in München ihr Brot mit Modellstehen verdienten, oder ob ich sie mit der Feststellung nicht eher kompromittiere: es waren in der Mehrzahl alles andere als leichtsinnige oder gar schamlose Geschöpfe. Sie hatten ihren Freund und waren ihm pedantisch treu; daher galten sie als langweilig«. Als weiblicher Star seiner Memoiren erscheint dagegen Franziska Gräfin zu Reventlow, weil sie für die »polygamischen Lebensrechte auch der Frau« eintrat und »unbekümmert um alle Konventionen und gesellschaftlichen Vorurteile« ihr Liebesleben einrichtete.

V.

Den Titel dieses Buches – *Unpolitische Erinnerungen* – könnte man so verstehen, daß hier eigentlich nur die amputierten Memoiren eines anarchistischen Schriftstellers zu finden sind, der über sein politisches Leben in einer bürgerlich-liberalen Zeitung nicht berichten darf. »Unpolitisch« besitzt unterdessen in Mühsams anarchistischem Weltbild eine dezidiert politische Volte. Seinem ersten Gedichtbuch, *Die Wüste*, hatte Mühsam 1904 den Leserhinweis vorangestellt, es sei »mit einem zweischneidigen Schwert aufzuschneiden«. So schlicht und eindeutig wie der Titel *Unpolitische Erinnerungen* wirken mag, so doppeldeutig ist er gemeint. Tatsächlich blendet Mühsam Politisches im engeren Sinne weitgehend aus. Berücksichtigt man allerdings Mühsams anarchistisches Politikverständnis, so kämpfte er – um den Titel seines politischen Testaments aus dem Jahre 1932 zu zitieren – für die *Befreiung der Gesellschaft vom Staat*, im Einklang mit der anarchistischen Vorstellung, eine soziale Revolution sei herbeizuführen, um politische Machtstrukturen und Hierarchiebildung zu brechen und so eine neue Gesellschaft entstehen lassen zu können, in welcher soziale Selbstverwaltung politische Herrschaft und hierarchisierte Macht ablösen sollte. Das Soziale und Politische sind hier keine komplementären Bereiche gesellschaftlicher Organisation, die einander gewissermaßen ergänzen und jeder für sich ihre eigene Dynamik besitzen, sondern zwei Sphären, die sich feindlich gegenüberstehen und sich miteinander mehr oder weniger im Kriegszustand befinden.

War es in Mühsams Vorstellungswelt nach dem Ersten Weltkrieg vor allem die Arbeiterklasse, der in einer sozialen Revolution eine Protagonistenrolle zukam, so war es kurz nach der Jahrhundertwende noch die Boheme, die Mühsam als die genuin revolutionäre Alternative zur bürgerlich-imperialen Ordnung des Kaiserreichs verstand. So hieß es 1906 in einem Aufsatz *Boheme* in Karl Kraus' Zeitschrift *Die Fackel*, der eigentliche Konflikt in der damaligen Gesellschaft entfalte sich nicht zwischen Bourgeoisie und Arbeiterklasse, sondern zwischen Philistertum und Boheme. Das Proletariat stünde vielmehr zwischen diesen Fronten, »in der Mitte zwischen Bourgeoisie und Tschandala, auf deren Seite nur noch die unorganisierten Gruppen kämpfen: Verbrecher, Landstreicher, Huren und Künstler«. Die Boheme verfüge daher, so Mühsam 1906 in der *Fackel*, über einen unmißverständlichen anarchistischen Impetus: »Der Haß gegen alle zentralistischen Organisationen, der dem Anarchismus zugrunde liegt, die antipolitische Tendenz des Anarchismus und das anarchistische Prinzip der sozialen Selbsthilfe sind wesentliche Eigenschaften der Bohemenaturen. Daher stammt auch das innige Solidaritätsgefühl zum sogenannten fünften Stande, zum Lumpenproletariat, das fast jedem Bohemien eigen ist«. Durch »böse Erfahrungen« bei der politischen Arbeit war Mühsam bereits vor dem Ersten Weltkrieg von der Idee abgerückt, daß es möglich wäre, »das Wort der unerzwungenen freudigen Arbeit, der gegenseitigen Hilfe, der Gemeinsamkeit und des Sozialismus«, kurz: des Anarchismus, in die Herzen des von der Sozialdemokratie »verächtlich als Lumpenproletariat erledigten fünften

Standes« zu führen – seine Bemühungen in diese Richtung seien mit einem Fiasko geendet, so gestand er 1910 in Landauers Zeitschrift *Der Sozialist* ein.

Die Auflösung der Boheme im Ersten Weltkrieg, seine eigenen Erfahrungen in der Münchner Räterepublik, aber auch der enorme Eindruck des russischen Sowjetexperiments ließen Mühsam den fünften Stand und die Boheme gegen die Arbeiterklasse als Hoffnungsträgerin eines revolutionären Neubeginns eintauschen und es ist dieses Proletariat, das seit dem Ersten Weltkrieg im Mittelpunkt seiner politischen wie auch poetologischen Überlegungen steht. Ende der zwanziger Jahre greift Mühsam jedoch in seinen *Unpolitischen Erinnerungen* auf die Boheme als gesellschaftlichen Gegenentwurf zurück. Dabei kommt dem Bohemeleben in Mühsams Schlußbetrachtungen im Kapitel »Rückblick – Ausblick« auch eine für die derzeitige Situation – wenn auch mittlerweile historische – Vorbildfunktion zu. Durch die »Überwindung von Vorurteilen« gegen unkonventionelle Moralvorstellungen und andere Lebensweisen habe die Boheme – so Mühsam 1929 – zu »einer bedeutungsvollen Wandlung des sittlichen Bewußtseins unserer Zeit« beigetragen. Bohemiens wie Peter Hille oder Franziska zu Reventlow »lebten aus ihren natürlichen Notwendigkeiten heraus in den Formen freiheitlicher Moral; sie gaben sich die Gesetze ihres Verhaltens nach den Bedürfnissen ihres angeborenen Wesens, und das angeborene Wesen künstlerischer Menschen ist (...) immer im Einklang mit sozialer Gesamthaltung«. Unter »wirklichen Künstlern und künstlerisch bewegten Zigeunernaturen« habe Mühsam »nicht einen einzigen unsozialen Menschen getroffen«. Vielmehr hätten Bohemiens wie Hille und Reventlow als »soziale Menschen (...) mit ihrem Leben, wenn es außerhalb der traditionellen Bahnen läuft, erzieherisch« gewirkt, indem sie eine »Lebensform der Verbundenheit aller Menschen« vorgelebt hätten.

Es dürfte deutlich sein, daß die Boheme damit zur utopischen Alternative für eine gesellschaftliche Situation avanciert, die in den letzten Tagen der Weimarer Republik mehr und mehr durch unüberwindbare sozialpolitische Feindschaften und Frontenbildung sowie durch die Bekämpfung und Unterdrückung des Abweichenden und Anderen in all seinen Variationen im Namen des »gesunden Volksempfindens« gekennzeichnet wurde. In diesem Zusammenhang können Mühsams *Unpolitische Erinnerungen* auch als Appell verstanden werden, als Appell an alle ehemaligen Bekannten aus der Boheme, die politischen Schützengräben zu verlassen, in denen man sich eingenistet hat. Indem Mühsam in seinen »unpolitischen« Reminiszenzen frühere wie aktuelle politische Parteinahmen ausblendet, kann er ein Bild der parteiübergreifenden »Gemeinsamkeit« skizzieren, wobei er z.B. ohne jede Spur von Ressentiment über seine Zusammenarbeit mit Hanns Heinz Ewers, einem »immer zuverlässigen und selbstlosen Freund« erzählen kann, »[s]o fern von meinen Wegen die Bahn lief, die Ewers manchmal, besonders in späteren Jahren, einschlug« ... Ewers hatte mittlerweile eine Karriere als Parteidichter der NSDAP angetreten. *Unpolitische Erinnerungen* schließt in dieser Hinsicht an Mühsams politische Einheitsbestrebungen an. Was Mühsam »in der politischen Arena« als Einheit der Linken vorschwebt, um dem Faschismus widerstehen zu können, deutet sich in diesem Buch außerhalb dieser Arena im Bemühen an, eine verlorengegangene, aber dennoch vorbildliche intellektuelle Einheit zu skizzieren, die die parteipolitische Polarisierung transzendiert.

VI.

In der ersten Lieferung seiner *Unpolitischen Erinnerungen* erwähnt Mühsam zwei ominöse Prophezeiungen. Als Bedenken gegen die Abfassung von Memoiren weist Mühsam auf eine Warnung an Heinrich Hart hin. Im Jahre 1904 habe er Hart vorgehalten: »Erinnerungen pflegt man zum besten zu geben, wenn man sich am Abend seines Lebens [befindet], seine Kräfte ermatten fühlt und die produktive Epoche seines Daseins hinter sich hat.« Kurzum: wenn der Tod sich ankündigt. Heinrich Hart starb – wie Mühsam angibt – schon im Jahre 1906. Nicht zwei, freilich keine fünf Jahre, nachdem er seine *Unpolitischen Erinnerungen* abschloß, starb auch Mühsam.

Als Erwiderung auf eine Warnung Wedekinds – »Sie reiten stehend auf zwei Gäulen, die nach verschiedenen Richtungen streben; sie werden Ihnen die Beine auseinanderreißen« – gibt Mühsam an, folgendermaßen geantwortet zu haben: »Wenn ich einen laufen lasse, (...) verliere ich die Balance und breche mir das Genick«. Mühsam kommentiert seine eigene Bemerkung 1927, »[h]eute stimm[e] das Bild nicht«, er befinde sich »nun fest im Sattel, wenn auch gerade auf dem Pferd, von dem Wedekind mich gern befreit gesehen hätte«, das andere führe er neben sich »an der Trense und [er] lasse [s]ich nur in Feierstunden von ihm tragen«.

Allerdings bewahrheitete sich auch diese Prophezeiung Mühsams: Im Februar 1933 wurde er – um im Bild zu bleiben – von den Nazis aus dem Sattel gerissen, als er sich gerade aufmachte, Deutschland zu verlassen. Am Vorabend seiner bereits geplanten Ausreise, die Fahrkarten sind schon gekauft, wird Mühsam im Rahmen der Massenverhaftungen nach dem Reichstagsbrand in »Schutzhaft« genommen. In den folgenden anderthalb Jahren wird Mühsam in verschiedenen Gefängnissen und Konzentrationslagern – Lehrter Straße, Plötzensee, Brandenburg, Sonnenburg, Oranienburg – gequält und gefoltert. Man reißt ihm nicht die Beine auseinander, aber bricht ihm dafür systematisch die Finger, um ihn vom Schreiben abzuhalten. Und Mühsam bricht sich zwar nicht selber das Genick, vielmehr wurde ihm buchstäblich das Genick gebrochen. Im Konzentrationslager Oranienburg wird Mühsam in der Nacht vom 9./10. Juli 1934 auf Befehl des Lagerkommandanten, SS-Gruppenführer Theodor Eicke, durch die SS-Wachmannschaft, die erst drei Tage zuvor, nach der »Nacht der langen Messer«, die SA im Lager abgelöst hatte, erdrosselt und im Klosettraum aufgehängt, um so einen Selbstmord vorzutäuschen. Mühsam hatte am Vorabend von Eickes Adjutanten, dem SS-Sturmführer Ehrat, die Aufforderung erhalten, sich binnen 48 Stunden selbst zu töten. Als er keine Anstalten dazu machte, wurde er von SS-Männern abgeholt und am nächsten Morgen von Mitgefangenen tot im Abort aufgefunden. Nicht nur weil Mühsam nach der Aufforderung zur Selbsttötung seinen Mitgefangenen ausdrücklich versichert hatte, er werde sich nie selbst umbringen, sondern auch weil der Strick, mit dem Mühsam sich erhängt haben sollte, in einer Weise geknotet und befestigt war, zu welcher der ungeschickte Mühsam mit seinen mehrfach gebrochenen Fingern außerstande war, war sofort klar, daß von einer »späten Selbsthinrichtung«, so wie es der *Völkische Beobachter* wollte, nicht die Rede sein konnte.

Als Mühsams Ermordung in den nächsten Tagen im Exil bekannt wird, löst der Fall Wut und Trauer aus. In der Exilpresse werden Gedichte von Mühsam abgedruckt, es erscheinen über dreißig Nekrologe. In Paris organisiert der nunmehr exilierte SDS eine große Trauerfeier. Ähnliche Veranstaltungen finden in New York und Amsterdam statt. Obwohl Mühsams Tod auch von anderen Emigranten – u.a. Walter Mehring, Ernst Toller, Georg Bernhard, Klaus Mann, Anselm Ruest, Alfred Kerr – zum Anlaß genommen wird, abermals gegen das nationalsozialistische Terrorregime zu protestieren, ist es vor allem das kommunistische Exilspektrum, das sich des Falles Mühsam annimmt. Die meisten Nachrufe werden von Kommunisten verfaßt – u.a. von Fritz Erpenbeck, Egon Erwin Kisch, Erich Weinert, Anna Seghers, Johannes R. Becher, Martin Andersen-Nexö, Alfred Kantorowicz. Auch wird Mühsams Witwe Kreszentia, als sie nach Mühsams Beerdigung Berlin verläßt und in Prag eintrifft, sofort von Vertretern der Roten Hilfe umworben. Während Kreszentia Mühsam bald nach Moskau weiterreist, erscheint in mehreren Sprachen die nominell von ihr, in Wirklichkeit von Werner Hirsch und Meta Krauss-Fessel verfaßte Broschüre *Der Leidensweg Erich Mühsams* im Verlag der IRH, in der Mühsam dargestellt wird als »der vorbildliche Kamerad, der alles Trennende zurückstellte, der diszipliniert und unerschütterlich mit allen übrigen zusammenhielt gegen den gemeinsamen Feind«.

Es ist wohl auch Mühsams Martyrium als nicht-kommunistischer antifaschistischer Intellektueller in nationalsozialistischer Haft, der trotz seiner anarchistischen Gesinnung und trotz all seiner Kritik am Kommunismus mit der kommunistischen Bewegung eng verbündet war, das ihm später auch in der DDR eine – wenn auch eingeschränkte – Salonfähigkeit zukommen läßt. Nicht nur werden manche Straßen und sogar vereinzelt Kasernen der Nationalen Volksarmee nach dem anarchistischen Antimilitaristen Mühsam benannt, auch werden seine Werke in der DDR herausgegeben. Als erstes erscheinen im Gründungsjahr der DDR die *Unpolitischen Erinnerungen*, herausgegeben von Fritz Adolf Hünich, der den Titel der dritten Folge in der *Vossischen Zeitung* für diese Gelegenheit zum Haupttitel gemacht hat: *Namen und Menschen.*

Namen und Menschen ist nicht nur die erste vollständige Buchausgabe der Serie aus der *Vossischen Zeitung*, die Mühsam als politischer Paria um 1930 nirgendwo mehr unterbringen konnte, sondern sogar Mühsams erste Buchveröffentlichung überhaupt seit seiner Ermordung im Konzentrationslager Oranienburg vor fünfzehn Jahren (und – so ist hinzuzufügen – mehr als zehn Jahre nach dem Verschwinden seiner Witwe, die das Buch gleichfalls herausgeben wollte, im stalinistischen Gulag). Insofern die Gründung der DDR 1949 – wie bereits die Gründung der SED 1946 – mit dem zumindest auf propagandistischer Ebene lautstark bekundeten Bemühen einherging, nicht nur Kommunisten, sondern auch Vertreter anderer politischer Richtungen für das Projekt des ersten Arbeiter- und Bauernstaates auf deutschem Boden zu interessieren, kann die Veröffentlichung von Mühsams *Unpolitischen Erinnerungen* als Signal verstanden werden, daß man durchaus abweichende politische Meinungen zu tolerieren gedachte, wenn nur jene Kooperationsbereitschaft gegeben war, die man bei Mühsam bereits in der Weimarer Republik festzustellen glaubte. Und: So wie Mühsam in seinen Beiträgen in der *Vossischen Zeitung* Ende der zwanziger Jahre die ehemals miteinander verbündete Intelligenz auf ihre frühere parteiübergreifende »Gemeinsamkeit« anspricht, so wird diese Intelligenz durch die Herausgabe von Mühsams Beiträgen in Buchform nochmals auf die von Mühsam ersehnte »Lebensform der Verbundenheit aller Menschen« angesprochen, deren Realisierung nunmehr durch die sich »aus der Zusammenarbeit mit der Arbeiterklasse bietenden Möglichkeiten« unmittelbar bevorstünde – so Fritz Adolf Hünich in seinem Nachwort.

Die Tendenz zur Vereinnahmung des kooperationsbereiten Anarchisten Mühsam löste bereits 1934 insbesondere im Kreis deutscher Anarchosyndikalisten größere Irritationen aus. Damals hoben Anarchosyndikalisten wie Arthur Lehning, Rudolf Rocker und Augustin Souchy immer wieder hervor, daß Mühsams politische Identität von der deutschen Exilpresse kommunistischer Provenienz gefälscht wurde, indem sie Mühsams Kritik am Kommunismus und an der Sowjetunion verschwiegen und somit seine wahre anarchistische Identität geleugnet hätte; aus diesem Grund wurde auch von anarchistischer Seite die von dem exilierten SDS veranstalteten Trauerfeier in Paris durch Störaktionen unterbrochen. Ihrerseits unterschlugen die Anarchosyndikalisten jedoch, daß Mühsam weitaus enger mit dem KPD-Spektrum zusammenarbeitete, als ihnen lieb war – was nicht allen Anarchisten nachgesagt werden kann: Noch 1948-49 wird es Erich Mühsam in der deutschen anarchistischen Emigration nachgetragen, u.a. in den Londoner *Mitteilungen deutscher Anarchisten*, er hätte sich allzu sehr auf den Kommunismus eingelassen und somit Verrat am Anarchismus begangen. Die Emigration seiner Witwe in die Sowjetunion und ihre nominelle Urheberschaft einer Propagandabroschüre der Roten Hilfe schien die Kritik an Mühsam zu bestätigen.

Daß Kreszentia Mühsam bereits 1936 im Rahmen der stalinistischen Säuberungen wegen »trotzkistischer Agententätigkeit« vom NKWD im Lubjanka-Gefängnis inhaftiert, nach internationalem Protest bald wieder freigelassen, jedoch 1938 wieder verhaftet – nachdem sie den nach Moskau mitgebrachten Nachlaß ihres Mannes dem Maxim-Gorki-Institut im Tausch gegen eine monatliche Rente ausgehändigt hat –, zu acht Jahren Arbeitslager verurteilt worden war und in mehreren Gefängnissen und Gulag-Lagern Zwangsarbeit verrichten mußte, bis sie erst 1947 in die Moskauer Region zurückkehren durfte – das alles bleibt in den *Mitteilungen deutscher Anarchisten* unberücksichtigt.

Sowohl um den guten anarchistischen Ruf der Mühsams wiederherzustellen als auch um sie als Opfer zweier Diktaturen, als »Gefangene von Hitler und Stalin« darzustellen, vor allem aber um Öffentlichkeit für den mittlerweile in Vergessenheit geratenen Fall der Kreszentia Mühsam zu schaffen, publiziert Rudolf Rocker 1949 in der gerade gegründeten Bundesrepublik das Pamphlet *Der Leidensweg der Zensl Mühsam*, in dem er die Freilassung von Kreszentia Mühsam fordert. Es dürfte in diesem Zusammenhang kaum Zufall sein, daß *Namen und Menschen* in einem Hünichs Nachwort beigefügten Zusatz »in die Hände von Frau Kreszentia Mühsam« gelegt wird, die »in Moskau die Betreuerin des von ihr dorthin verbrachten handschriftlichen Nachlasses Erich Mühsams ist«. Zeilen, die offensichtlich dazu gedacht waren, Rockers Broschüre zu entkräften. Tatsächlich war Kreszentia Mühsam 1949 aus ihrem zeitweiligen Wohnort Iwanowa in der Nähe von Moskau vom NKWD gerade wieder als »Trotzkistin« nach Nowosibirsk verbannt worden; erst 1954 kehrt sie aus Siberien nach Iwanowa und im nächsten Jahr aus der Sowjetunion nach Deutschland, in die DDR zurück. Es mag daher politisches Kalkül gewesen sein – Vortäuschung politischer Offenheit und Vertuschung stalinistischer Repression –, das Hünich die Gelegenheit gab, 1949 Mühsams Memoiren zu veröffentlichen.

In Fritz Adolf Hünichs Nachwort aus dem Jahre 1949 begegnet man bereits jenem typischen Spagat, der für die obligaten Nachworte aller folgenden, in der DDR veröffentlichten Mühsam-Ausgaben charakteristisch ist: Zwar ediert Hünich Mühsam, nicht aber ohne sich unmißverständlich von Mühsams angeblich ohnmächtigem und verschwommenem, wenn auch gut gemeintem »individualistischem Idealismus«, sprich: von Mühsams Anarchismus, zu distanzieren, sei es aus Überzeugung, sei es aus Opportunismus oder bloß aus Selbstschutz. Solche Pflichtübungen, wie immer man sie auch bewerten mag, erlaubten Hünich jedoch, so ist hier festzuhalten, seinen bibliophilen Interessen nachzugehen. Es besteht kein Zweifel daran, daß er 1949 noch derselbe literaturbesessene Bibliophile war, dem bereits 1931 viel daran lag, Mühsams Memoiren zu veröffentlichen, weil das Buch – so Hünich 1949 zwischen allen politischen Obligatorien – »eine der interessantesten Epochen unserer Literatur widerspiegelt«.

Verwendete Literatur

Hubert van den Berg: *Erich Mühsam (1878–1934). Bibliographie der Literatur zu seinem Leben und Werk.* Leiden 1992; Hubert van den Berg: »Frauen, besonders Frauenrechtlerinnen, haben keinen Zutritt!« Misogynie und Antifeminismus bei Erich Mühsam. In: *IWK,* Jg. 28 (1992), H. 4: 479-510; Hubert van den Berg: Die Ermordung Erich Mühsams. Stellungnahmen und Diskussionen deutscher Emigranten 1934 bis 1935. In: *Exilforschung. Ein Internationales Jahrbuch,* Bd. 12. München 1994: 174-190; Hubert van den Berg: *Avantgarde und Anarchismus. Dada in Zürich und Berlin.* Heidelberg 1999; Gertrude Cepl-Kauffmann / Rolf Kauffeldt: *Berlin-Friedrichshagen. Literaturhauptstadt um die Jahrhundertwende. Der Friedrichshagener Dichterkreis.* München 1994; Chris Hirte/Uschi Otten (Hg.): *Zensl Mühsam. Eine Auswahl aus ihren Briefen.* Lübeck 1995; Chris Hirte: *Erich Mühsam. »Ihr seht mich nicht feige«. Biografie.* Berlin 1985; Fritz Adolf Hünich: Nachwort. In: Erich Mühsam: *Namen und Menschen. Unpolitische Erinnerungen.* Leipzig 1949: 252-256; Heinz Hug: *Erich Mühsam. Untersuchungen zu Leben und Werk.* Glashütten/Ts. 1974; Heinz Hug/Gerd W. Jungblut: *Erich Mühsam (1878–1934). Bibliographie.* Vaduz 1991; Rolf Kauffeldt: *Erich Mühsam. Literatur und Anarchie.* München 1983; Helmut Kreuzer: *Die Boheme. Beiträge zu ihrer Untersuchung.* Stuttgart 1968; Erich Mühsam: *Die Wüste. Gedichte.* Berlin 1904; Erich Mühsam: *Wüste-Krater-Wolken. Die Gedichte.* Berlin 1914; Erich Mühsam: *Ausgewählte Werke.* 3 Bde. Hg. von Chris Hirte. Berlin 1978–84; Erich Mühsam*: In meiner Posaune muß ein Sandkorn sein. Briefe 1900–1934.* Hg. von Gerd W. Jungblut. Vaduz 1984; Erich Mühsam: *Berliner Feuilleton. »Nie wieder 1931«.* Hg. von Heinz Hug. München 1992; Erich Mühsam: *Tagebücher 1910–1924.* Hg. von Chris Hirte. München 1994; Zensl Mühsam: *Der Leidensweg Erich Mühsams.* Paris/Zürich 1935; Andreas W. Mytze (Hg.): *Erich Mühsam zum 40. Todestag.* Berlin 1974; Rudolf Rocker: *Der Leidensweg von Zensl Mühsam.* Frankfurt am Main 1949; Emil Szittya: *Das Kuriositäten-Kabinett.* Konstanz 1923.

NAMEN- UND SACHREGISTER

Das Register beruht auf dem der Erstausgabe, das 1949 von Fritz Adolf Hünich zusammengestellt wurde.

Adler, Hans 97
Allgemeine Rundschau 156
Almos 181
Altenberg, Peter 99, 101ff, 195, 204, *Abb.*
Andersen-Nexö, Martin 154, 211
Aretino, Pietro 14
Arnold, Karl 113
Arnold, Victor 84, 148
Asch, Schalom 84
Aster, Ernst von 183

Baader, Franz von 90
Bahr, Hermann 49, 84, 101, 205
Bakunin, Michail 109, 136
Ball, Hugo 198
Barnowsky, Victor 84
Basil, Fritz 135
Baum, Peter 46f
Bayros, Marquis Franz de 158
Becher, Johannes R. 205, 211
Begas, Ottomar 82
Behn, Fritz 120
Berg, Leo 46
Bergé, Mucki 114
Berliner Tageblatt 201
Bern, Maximilian 50
Bernardy, Olly 74
Bernauer, Rudolf 84
Bernhard, Georg 210
Bernstein, Max 133ff
Bernus, Alexander von 74
Beutler, Margarete 22, 36, 41, 45, 47, 73, *Abb.*
Biensfeldt, Paul 84
Binder, Sybille 168
Bing, Henri 109, 181
Björnson, Björnstjerne 108
Bläsing, Walter 71
Blei, Franz 136, 157
Blumenthal, Oskar 43
Böcklin, Arnold 31
Bölsche, Wilhelm 33, 35, 37, 40, 193, 198
Bondy, Walther 107f
Bonn, Ferdinand 146, 154
Bosetti, Hermine 136
Bradsky, Bozena 51
Brahm, Otto 38, 42
Brann, Paul 116
Brenk-Kalischer, Beß 25
Breslauer, Martin 157
Bruant, Aristide 111
Brüning, Heinrich 200
Brupbacher, Fritz 79
Buber, Martin 23
Busch, Ernst *Abb.*

»Cabaret zum Peter Hille« 56f, 70
»Café des Westens« 12, 20, 34, 41, 50f, 66, 69, 80ff, 84ff, 109
»Café du Dôme« 14, 20, 107ff
»Café Leopold« 92, 165
»Café Monopol« 83f, 107, 147
»Café Noris« 135, 165
»Café Savoy« 84
»Café Stefanie« 20, 74, 91, 109, 118, 129, 134, 165, 170
Carl August 34
Carlson, Birger 78
Caro, Hugo 135
Christen, Ada 47
Claß, Heinrich 16
Comichau, Theodor 51
Conrad, Michael Georg 42, 90, 193
Conradi, Hermann 43
Corinth, Lovis 14, 25, 43
Cossmann, Paul Nikolaus 172
Cotta, Johannes 56

»Dalbelli« 55ff
Danegger, Adolf 74
Dante Alighieri 86
Dauthendey, Max 26, 92, 94, 117f
David, Jacques-Louis 109
Das neue Jahrhundert 16, 28
Das Reich der Erfüllung 28f
Dehmel, Richard 26f, 43, 58
Delvard, Marya 73, 94, 97, 177, *Abb.*
Der arme Teufel 35ff, 41, 48

Der liebe Augustin 81f
Der Sozialist 208
Der wahre Jacob 201
Deutsch, Poldi 83
Devrient, Ludwig 34
»Dichtelei« 74, 93f, 165
»Die Elf Scharfrichter« 20, 36, 43, 55, 73f, 96, 103, 177, 185, 193, *Abb.*
Die Fackel 18, 98ff, 103, 207
Die Freistatt 74
Die Gesellschaft 16, 27, 42
»Die Kommenden« 45ff, 50
Die Lebenden 197
»Die neue Gemeinschaft« 7, 20, 22f, 29, 31, 33, 77, 197
»Die Torggelstube« 115, 126, 129, 131, 133, 135, 143, 146ff, 152, 153, 170f, 174f, 180
Die Welt am Montag 201
Die Weltbühne 201
Die zehnte Muse 50f
Diegelmann,Wilhelm 84
Dörmann, Felix 97f, 193
Dolorosa (eigentlich Marie Eichhorn) 47
Dostojewskij, Fjodor Michailowitsch 42
Dülberg, Franz 136
Dunajec 113
Duncan, Isadora 119
Duphorn, Hugo 22
Durieux, Tilla 84
Dymow, Ossip 84

Ebstein, Erich 152
Edel, Edmund 82
Ehrat 210
Eichler, R. M. 116
Eicke, Theodor 210
Eißelt, Eduard 63ff
Elkan, Bruno 184
Endell, August 51
Engert, Ernst Moritz 113
Erler, Fritz 116
Ernst, Otto (d.i. Otto Ernst Schmidt) 133
Erpenbeck, Fritz 211
Ettlinger, Karl 116, 174f
Etzel, Theodor 39
Eulenberg, Herbert 154
Eulenburg, Philipp Graf zu 101, 172
Evers, Franz 26, 53
Ewers, Hanns Heinz 39, 51, 71f, 82, 209
Eysoldt, Gertrud 33, 83, 144

Falckenberg, Otto 74
Falke, Gustav 26
Fanal 200, 202
Feldhammer, J. 83
Fidus (eigentlich Hugo Höppener) 32f, 37f
Fischer, Hans W. 22f
Flaischlen, Cäsar 33
Flaum, Franz 53
Fleischer 85
Floerke, Hanns 161
Foitzick, Walter 161, 168
Fort, Paul 109
Frank, Bruno 116
Frank, Leonhard 116
Freie Bühne für modernes Leben 42
Freksa, Friedrich 116, 173f
Freud, Sigmund 95, 103
Friedeberg, Raphael 77ff, *Abb.*
Friedell, Egon 98, 101
Friedenthal, Joachim 159
Friedländer, Benedikt 75
Friedlaender, Salomo (alias Mynona) 21
Fröhliche Kunst 39, 41
Fuchs, Georg 143f
Futterer, Josef 113, 127

Ganghofer, Ludwig 136
Gaulke, Johannes 53
Gebühr, Otto 148
Geibel, Emanuel 34, 44, 150, 152
George, Stefan 48, 83, 91ff, 195, *Abb.*
Gerson, Dora *Abb.*
»Gesellschaft der Münchner Bibliophilen« 158f
Giampietro, Josef 83
Gleichen-Rußwurm, Alexander von 179
Gnas, Friedrich *Abb.*
Godwin, Catherina 151
Goethe, Johann Wolfgang von 14, 45, 54, 196
Götz, Ferdinand 107f
Götz, Karl 168
Gold, Alfred 44
Gottowt 83
Gottsched, Johann Christoph 45
Gouba Cornelis Gabes *Abb.*
Graf, Oskar Maria 205
Granach, Alexander 149, *Abb.*
Grassl, Paul *Abb.*
Greiner, Leo 74, 193
Gretor, Willy 107

Grillparzer, Franz 134
Grimm, Hans 202
Gross, Otto 95, 116, 123, 190, 205, *Abb.*
Großmann, Rudolf 109
Gürtler, Danny 56f, 154
Guilbert, Yvette 151
Guillaume, James 108
Gumppenberg, Hans von 94, 128f, 193

Haase, Paul 52f, 55, 71
Hadwiger, Viktor 69ff
Haeckel, Ernst 33
Hafa, Woldemar 22
Hagemeister, August *Abb.*
Halbe, Max 43, 91, 94, 116, 139, 140f, 150, 159, 173f, 178, 180, 204
Hardekopf, Ferdinand 54, 85, 94, 152, 205
Harden, Maximilian 16, 42, 101, 172, 183, 193, *Abb.*
Hart, Heinrich 6ff, 23ff, 28ff, 35, 42, 198, 204, 209
Hart, Julius 7f, 23ff, 28, 30ff, 35, 42, 198, 204
Hartig, Rudolf *Abb.*
Hauptmann, Carl 35
Hauptmann, Gerhart 14, 35, 43
Hebbel, Friedrich 43
Hegeler, Wilhelm 33
Heine, Thomas Theodor 113
Held (eigentlich Herzfeld), Franz 43
Henckell, Karl 33, 35, 43, 150
Hennings, Emmy 91, 94, 114, 169, 205
Henry, Marc (eigentlich Aristide Vaucheret) 73, 94, 96f, 103
Herbin, Auguste 107
Hermine-Lionette 109
Herrmann-Neisse, Max 21
Hervé, Gustave 109
Hessel, Franz 107f
Heym, Georg 205
Heyse, Paul 34, 44, 90, 150, *Abb.*
Hille, Peter 20, 22, 24f, 31, 40, 46f, 52, 56f, 66, 70, 117, 191, 195, 204, 208, *Abb.*
Hiller, Kurt 205
Hirsch, Werner 211
Hirschfeld, Georg 43, 168
Hirschfeld, Magnus 23, 139
Hirth, Georg 133, 165, 167
Hitler, Adolf 199f, 213
Hoeflich, Lucie 83f
Hölderlin, Friedrich 72
Hölz, Max 199
Hörhammer, Arthur 161
Hoerschelmann, Rolf von 93, 161, 168
Höxter, John 20, 71, 84, *Abb.*
Hoffmann, Camill 48
Hoffmann, E.T.A. 34, 94
Hoffmann-Bestenhof, August von 92
Hofmann, Ida *Abb.*
Hofmannsthal, Hugo von 48f
Hollaender, Felix 30, 83
Hollitzer, Karl 97
Holm, Korfiz 118
Holz, Arno 35, 84
Holzbock, Alfred 133
Horwitz, Mirjam 154
Hubert, Ali 85
Huch, Friedrich 93, 136
Huch, Ricarda 136
Hünich, Fritz Adolf 196f, 201, 211ff

Ibsen, Henrik 43f
»Im siebenten Himmel« 55f
Irber, Mary 103
Itelsohn, Gregor 13, 18

Jacobi, Bernhard von 138, 146f, 150, 160, 170, 182
Jacobowski, Ludwig 45
Jacobsohn, Siegfried 43f
Jaffé, Edgar 116, 123, 168
Jagersbacher, Gustav 102
Jean Paul (Friedrich Richter) 46, 72
Jugend 43, 116, 164ff, 173
Jung, Albert 22
Jung, Franz 205

Kahane, Arthur 83
Kain 49, 176, 198
Kaiser, Georg 139
Kalischer, Siegmund 25
Kalser, Erwin 168
Kampffmeyer, Bernhard 33, 35
Kampffmeyer, Paul 35
Kantorowicz, Alfred 200, 211
Kausen, Armin 158f
Kayßler, Friedrich 14, 33
Kerr (eigentlich Kempner), Alfred 101, 210
Keyserling, Graf Eduard 92
Kisch, Egon Erwin 211
Kirchbach, Wolfgang 45

Klabund (Alfred Henschke) 151, 193
Klett, Maja 120
Klinckowstroem, Graf Carl von 161
Knoblauch, Adolf 22
Kobus, Kathi 94, 112ff, 118f, 135, 197
König, Leo von 44f, 75
Körting, Berthold 150, 161, 168f
Köster, Reinhard 168f
Kokoschka, Oskar 131
Kopp, Guido *Abb.*
Koppel, Robert 51
Kraus, Karl 18, 98ff, 190, 195, 204, 207
Krauss-Fessel, Meta 211
Krautheimer, Anton 161
Kretzer, Max 33
Kritische Waffengänge 42
Kruse, Max 33, 51
Kruse, Oskar 33, 51
Kubin, Alfred 99
Kühn, Walter 138
Kühne, Friedrich 84, 147
Kunold 39
Kutscher, Artur 138ff, 153f, 150, 204

Lachmann, Hedwig 22
Land, Hans (eigentlich Hugo Landsberger) 16, 27f
Landauer, Gustav 22, 29f, 33, 105, 130, 189f, 198, 208, *Abb.*
Langen, Albert 92, 197
Langen, Dagny 108
Langheinrich, Franz 116
»Lapin agile« 110f
Lasker-Schüler, Else 21, 43f, 195, 205, *Abb.*
L'Assiette au beurre 108
Lautenburg, Sigmund 146
Lautensack, Heinrich 74, 185
Lehning, Arthur 212
Lentrodt, Wilhelm 40, 61f
Le Témoin 108
Levy, Rudolf 14, 108
Leybold, Hans 205
Li Tai Pe 19
Liebermann, Max 43
Liebthal, Elfriede *Abb.*
Liedtke, Harry 148
Lieven, Lotte *Abb.*
Liliencron, Detlev von 26f
Lindau, Paul 42f
Lindner, Alois *Abb.*
Lindtberg, Leopold *Abb.*
Löscher, Fritz 31
Löscher, Ida 31
Lorm, Hieronymus 44
Lorm, Sidonie 83
Lublinski, Samuel 63
Ludwig I. von Bayern 90, 139
Luther, Martin 94
Lux, Heinz 47f

Maaßen, Carl Georg von 94f, 150, 152, 157, 160f, 168, 196f, 200f
Mackay, John Henry 33, 35, 43, 68f
Magazin für Literatur 7, 27, 53
Mann, Heinrich 120, 136, 181f, *Abb.*
Mann, Klaus 210
Mann, Thomas 120, 136, 178, 200, 202
Mantels, E. 74
Marc, Franz 113, 117, 170
Marie Madeleine (Baronin von Puttkamer) 47
Marietta de Rigardo (eigentlich Marie Kirndörfer) 55, 169, 204
Martens, Kurt 136, 150, 182
Martersteig, Max 83, 180
Maupassant, Guy de 152
Mayer, Alfred 154
Mayer, Wilhelm 172f, 175ff
Mehring, Walter 210
Meinhard, Carl 84
Meßthaler, Emil 131ff, 181
Metzner, Franz 32f
Mewes, Anni 154
Meyer, Alfred Richard 70
Meyer, Edmund 157
Meyer-Förster, Elsbeth 51f
Meyer-Förster, Wilhelm 51f
Meyrink, Gustav 38, 80ff, 92, 151, 182f, 204
Moeller (van den) Bruck, Arthur 41
Moissi, Alexander 83, 148
Morgen 201
Montez, Lola (eigentlich Maria Elise Rosa Gilbert) 88
Moulin-Eckardt, Graf Richard du 135
Mühsam, Kreszentia 133, 197, 211ff, *Abb.*
Mühsam, Paul 202
Müller-Jahnke, Clara 47
Munch, Edvard 53, 195
Muncker, Franz 138
Murger, Henri 19

»Nachtlicht« 96ff, 103
Negri, Ada 47
»Neuer Verein« 136ff
Neumann 16
Nietzsche, Friedrich 30
Nohl, Johannes 72, 74ff, 78f, 104, 109
Nollendorf-Casino 45f
Nolo (eigentlich Erich Mühsam) 36
Nonnenbruch, Max 92
Nora, A. de (eigentl. Anton Alfred Noder) 116

Oedenkoven, Henry 79, *Abb.*
Olden, Balder 94
Olnhowski, Wilhelm *Abb.*

Pagay, Hans 147
Panizza, Oskar 43
Pascin, Julius 82, 107ff, 113
»Pension Führmann« 139
Peppler, Friedrich Carl 146
Peters, Carl 172
Pfemfert, Franz 205
Pfitzner, Hans 136, 161
Philipps, Carl 53
Picasso, Pablo 107
Pieck, Wilhelm *Abb.*
Piscator, Erwin 199
Polgar, Alfred 103
Poppenberg, Felix 157
Possart, Ernst von 147, 153f, 176, 178
Pracht, Anni *Abb.*
Preuschen, Hermione von 67
Pritzel, Lotte 21, 85, 91, 168
Przybyszewski, Stanislaw 35, 43, 53, 58, 193
Pserhofer, Arthur 51
Purrmann, Hans 107
Puschkin, Alexander 42

Queri, Georg 115
Quidde, Ludwig 136

Radbruch, Gustav 17, 196, 204
Rathenau, Walter 155
Rechenberg-Linden, Baron 123ff
Reclus, Elisée 33
Rehren, Ludmilla von 23
Rehse, Bernhard 150
Reichel, Eugen 45
Reichert, Markus *Abb.*
Reinhardt, Max 33, 83f, 143f, 147f, 204
Reißig 148
Reuer, Josef *Abb.*
Reventlow, Franziska Gräfin zu 22, 91ff, 107, 116, 119ff, 166, 191, 195, 204, 206, 208, *Abb.*
Reventlow, Ludwig Graf zu 119
Reventlow, Rolf Graf zu 120ff, 125, *Abb.*
Rickelt, Gustav 153
Rideamus (eigentlich Fritz Oliven) 71
Rilke, Rainer Maria 93, 95, 196, 202
Ringelnatz, Joachim (eigentlich Hans Bötticher) 94, 114, 161, 168, 180, 204
Ritscher, Helene 154
Rocker, Rudolf 212f
Roda Roda, Alexander (eigentlich Sandór Friedrich Rosenfeld) 56, 92, 97, 151, 174f, 204
Rodin, Auguste 53
Rößler, Carl (eigentlich Franz Reßner) 38f, 116
Rometsch 22
Rosenthal, Wilhelm 138, 171, 173
Rossius-Rhyn, Ernst 51, 69
Rubiner, Ludwig 25, 63, 205
Ruch, Hannes (eigentlich Richard Weinhöppel) 73, 97, 193
Ruederer, Josef 116, 140, 173f, 179
Ruest, Anselm 70, 210

Sacco, Nicola 199
Sallust 15
Salus, Hugo 69, 81, 193
Sandrock, Adele 84, 147
Saphir, Moritz Gottlieb 90
Sauerbruch, Max 183
Scharf, Ludwig 43, 73, 94, 113ff, 118, 150, 204
Schaukal, Richard 26
Schaumberg, Georg 135
Schaumberger, Heinrich 116
Schaumberger, Julius 39
Scheerbart, Paul 22, 57ff, 117, 195, 204f
Scheffel, Joseph Victor von 42
Scheler, Max 154
Schennis, Friedrich von 9, 22, 86f, 157, 191
Schickele, René 49, 71, 85
Schildkraut, Rudolf 83, 143
Schlaf, Johannes 14, 35, 43, 67f
Schlesinger, Paul (alias Sling) 74, 193

Schmied, Rudolf Johannes 22, 85ff
Schmidt, Erich 46
Schneider, Otto Albert 23
Schnitzler, Arthur 101
Scholz, Wilhelm von 45
Schrimpf, Georg 205
Schulz, Georg David 55
Schulz, Wilhelm 113
Schur, Ernst 26
Schwabinger Beobachter 93
Seemann, Elsa Laura 51
Seghers, Anna 211
Seidl, Annemarie 168
Semerau, Alfred 158
Servaes, Franz 42
Siegfried, Curt 15ff, 26f, 30
Sigl, Johann Baptist 158
Simplicissimus 43, 80, 92, 135
»Simplicissimus« 93f, 103, 112ff, 165
Sinsheimer, Hermann 164
Slevogt, Max 43
Sohr, Mimi *Abb.*
Souchy, Augustin 212
Spiegel, Ferdinand 116
Stahl, Fritz 51, 193
Stalin, Josef 213
Stauf von der March, Ottokar 45
Steiger, Edgar 116
Steiner, Rudolf 45, 47f
Steinrück, Albert 14, 84, 146f, 193
Stieler, Eugen von 92
Stirner, Max (eigentlich Kaspar Schmidt) 53, 68f
Stollberg, J. G. 143
Straus, Oscar 51
Strauß, Dr. 171
Streit, Ludwig 138
Strich 168
Strick, Hans 74
Strindberg, August 35, 44
Stuck, Franz von 112
Stücklen, Wilhelm C. 150
Süddeutsche Monatshefte 173
Sulger-Gebing, Emil 138
Suppes 22
Szittya, Emil 203

Thöny, Eduard 113
Thoma, Ludwig 56, 135
Tilke, Max 55f
Toller, Ernst 199, 210
Tolstoi, Leo Graf 30
Trautner, Annie 114
Triesch, Irene 33
Tucholsky, Kurt 202
Türck, Hermann 38
Turgenjew, Iwan 51

»Überbrettl« 39, 43, 50ff
Uhde, Wilhelm 107, 109
Uhland, Ludwig 139
Ulmer, Fritz 135
Unda, Emilia 154
Unold, Max 94, 113, 160f, 168
Unruh, Fritz von 138

Vanzetti, Bartolomeo 199
Varnhagen, Rahel 34
Valentin, Veit 172f
Valetti, Rosa 154
Vallé, Josef 103
Villon, François 19
Völkischer Beobachter 210
Vossische Zeitung 63, 196f, 201f, 203ff, 211f

Waibel, Toni *Abb.*
Waldau, Gustav 127
Walden, Harry 148
Walden, Herwardt 205
Waßmann, Hans 84
Weber, Hans von 136, 151
Wedekind, Donald 52ff, 97
Wedekind, Frank 9f, 43f, 52ff, 73, 94, 97, 103, 107, 113, 115f, 127ff, 134ff, 143, 146f, 150f, 154, 159, 178ff, 190, 195, 197, 204, 209, *Abb.*
Wedekind, Tilly 185
Wegener, Paul 83, 147ff
Weidner, Albert 35
Weigand, Wilhelm 137
Weigert, August 127, 152, 160, 185
Weinert, Erich 211
Weisgerber, Albert 84, 110, 113, 117, 150, 160f, 167ff, 182
Werfel, Franz 49, 133, 205
Wetzel, Eduard 22
Whitman, Walt 14
Wieland, Christoph Martin 146
Wilde, Oscar 17, 83
Wilhelm II. 82, 114
Wilke, Rudolf 113

Wille, Bruno 33, 35, 37, 193
Wilm, Hubert 150
Winterstein, Eduard von 148
Wlach 85
Wölfflin, Heinrich 46
Wohlmuth, Aloys 14, 147
Wolff, Julius 42
Wolfskehl, Karl 92f, *Abb.*
Wolzogen, Ernst von 12, 39, 50f, 180
Zavrel, Franz 84
Zickel, Martin 39
Ziegel, Erich 154
Ziersch, Walter 150, 161
Zille, Heinrich 81
Zola, Emile 106
»Zum hungrigen Pegasus« 55f
Zweig, Stefan 48, 196
Zwintscher, Oskar 33

INHALT

Soll man Memoiren schreiben? 5
Latente Talente 11
Boheme 18
Namen und Menschen 26
Friedrichshagen 34
Junge Generation 42
Die zehnte Muse 50
Scheerbartiana 58
Allerlei Begegnungen 65
Wanderjahre 73
Berliner Nachlese 80
Schwabing 88
Wiener Episode 96
Pariser Eindrücke 104
Die Gäste der Kathi Kobus 112
Die Gräfin 119
Die »Torggelstube« 126
Brutstätten der Münchener Kultur 134
Theaterstadt München 142
Rummelplätze des Geistes 149
Bierulk mit Bedeutung 155
Münchener Fasching 162
Der gute Richter 170
Frank Wedekinds letzte Jahre 178
Rückblick – Ausblick 186

Nachwort 195

Register 215